Dessa vez é real

ANN LIANG

Tradução
Carolina Cândido

Copyright © 2023 by Ann Liang
Copyright da tradução © 2023 by Editora Globo S.A.

Direitos da tradução negociados por Taryn Fagerness Agency e Sandra Bruna Agencia Literaria, SL.

Todos os direitos reservados. Nenhuma parte desta edição pode ser utilizada ou reproduzida — em qualquer meio ou forma, seja mecânico ou eletrônico, fotocópia, gravação etc. — nem apropriada ou estocada em sistema de banco de dados sem a expressa autorização da editora.

Título original: *This Time It's Real*

Editora responsável **Paula Drummond**
Editora assistente **Agatha Machado**
Assistentes editoriais **Giselle Brito e Mariana Gonçalves**
Preparação de texto **Diana Passy**
Diagramação e adaptação de capa **Gisele Baptista de Oliveira**
Projeto gráfico original **Laboratório Secreto**
Revisão **Luiza Miceli**
Ilustração de capa © **2023 by Kanith Thailamthong**
Design de capa original **Maeve Norton**

Texto fixado conforme as regras do Acordo Ortográfico da Língua Portuguesa (Decreto Legislativo nº 54, de 1995).

CIP-BRASIL. CATALOGAÇÃO NA PUBLICAÇÃO
SINDICATO NACIONAL DOS EDITORES DE LIVROS, RJ

L661d
Liang, Ann
  Dessa vez é real / Ann Liang ; tradução Carolina Cândido. - 1. ed. - Rio de Janeiro : Globo Alt, 2023.

  Tradução de: This time it's real
  ISBN 978-65-88131-91-6

  1. Romance chinês. I. Cândido, Carolina. II. Título.

23-82939
CDD: 895.13
CDU: 82-31(510)

Meri Gleice Rodrigues de Souza - Bibliotecária - CRB-7/6439

1ª edição, 2023 — 2ª reimpressão, 2024

Direitos de edição em língua portuguesa para o Brasil adquiridos por Editora Globo S.A.
R. Marquês de Pombal, 25
20.230-240 – Rio de Janeiro – RJ – Brasil
www.globolivros.com.br

*Para todos os céticos que, em segredo,
ainda acreditam no amor*

Capítulo um

Estou prestes a vestir o uniforme da escola quando percebo o homem flutuando do lado de fora da janela do quarto.

Não, *flutuando* não é a palavra certa, noto ao me aproximar, minha saia xadrez ainda amassada em uma das mãos, sentindo a pulsação nas orelhas. Ele está *pendurado*. O corpo está suspenso por dois fios de metal tão finos que parece perigoso, já que estamos no 28º andar e o vento de verão está mais forte desde o meio-dia, levantando poeira e folhas como se fosse um minitornado.

Balanço a cabeça, chocada por alguém se colocar em uma situação dessas. O que é isso, algum novo tipo de esporte radical? Ritual para entrar em uma gangue?

Crise de meia-idade?

O homem percebe que estou observando e acena animado, como se não estivesse a um fio defeituoso ou nó frouxo ou pássaro particularmente agressivo de distância de despencar prédio abaixo. Então, como se fosse supernormal, ele tira um pano molhado do bolso e começa a esfregar o vidro entre nós, deixando um rastro de espuma branca por todo lado.

Claro. É óbvio.

Sinto minhas bochechas esquentarem. Não venho à China há tanto tempo que esqueci completamente que é assim que limpam as janelas dos apartamentos — assim como esqueci como as linhas do metrô funcionam, ou como não se deve jogar o papel higiênico na privada e dar descarga, ou como só se pode pechinchar em algumas lojas, para não parecer pobre ou pão-dura. Isso sem falar de todas as coisas que mudaram nos doze anos em que eu e minha família estivemos em outro continente, as coisas que nunca tive a chance de aprender antes. Tipo como as pessoas, ao que tudo indica, *não usam mais dinheiro em papel*.

Não estou zoando. Quando tentei entregar uma nota antiga de cem yuans para a garçonete outro dia, ela ficou boquiaberta, como se eu tivesse viajado no tempo diretamente do século XVII.

— Hm, oi? Eliza? Você ainda tá aí?

Quase tropeço na quina da cama na pressa de pegar o computador, que está apoiado em duas caixas de papelão marcadas como COISAS NÃO TÃO IMPORTANTES DA ELIZA, que ainda não comecei a desempacotar, ao contrário da CAIXA DE COISAS MUITO IMPORTANTES. Minha mãe acha que eu poderia ser um pouco mais específica nas descrições, mas ninguém pode dizer que não tenho um sistema próprio.

— Eli-za? — A voz de Zoe, dolorosa de tão familiar mesmo através da tela, fica mais alta.

— Tô aqui, tô aqui — respondo.

— Ah, que bom, porque literalmente tudo que consigo ver é uma parede lisa. E por falar nisso… amiga, você *nunca* vai decorar esse quarto? Você mora aí já faz, tipo, três meses, e ele ainda parece um hotel. Quer dizer, um hotel *legal*, claro, mas…

— É uma escolha artística deliberada, tá? Sabe como é, minimalismo e essa coisa toda.

Ela mal disfarça a risada. Sou boa em inventar desculpas, mas Zoe tem um belo radar de mentiras.

— Uma escolha deliberada, é? Será mesmo?

— Talvez — minto, virando o computador na minha direção.

Em um lado da tela está o relato pessoal para a aula de inglês e cerca de um bilhão de abas com dicas para "escrever uma boa cena de beijo", com a finalidade de pesquisa; do outro lado está o lindo rosto da minha melhor amiga, sorrindo de orelha a orelha.

Zoe Sato-Meyer está sentada na cozinha, seu casaco de tweed favorito envolvendo o corpo magro, as ondas escuras do cabelo presas em um rabo de cavalo alto e a luz acima da cabeça parecendo uma auréola em um anjo muito estiloso de dezessete anos. As janelas escuras atrás dela — e a tigela de macarrão instantâneo no balcão (um lanchinho noturno comum para Zoe) — são as únicas pistas de que já é muito tarde em Los Angeles.

— Ai, meu Deus. — Ela olha fixamente para meu moletom surrado com estampa de bolinhas enquanto ajusto a câmera do computador. — Não acredito que você ainda tem essa roupa. Você não usava ela na oitava série, por aí?

— Qual o problema? É confortável — respondo, o que, tecnicamente, é verdade. Mas também é verdade que essa blusa velha e desgastada é a única coisa que esteve sempre comigo ao longo de seis países e doze escolas diferentes.

— Tudo bem, tudo bem. — Zoe ergue as mãos, fingindo se render. — Como for melhor pra você. Mas, tipo, ainda assim, você já não deveria estar se trocando? A não ser que esteja pensando em ir assim nas reuniões de pais e professores...

Volto a olhar para a saia em minhas mãos, para o brasão de aparência estrangeira, bordado no tecido duro e artificial, que diz ESCOLA INTERNACIONAL DE PEQUIM WESTBRIDGE. Sinto um nó no estômago.

— É, não — murmuro —, eu realmente deveria me trocar.

O homem ainda está lá limpando as janelas, então fecho as cortinas — mas não antes de olhar de relance para o enorme condomínio abaixo. Para um lugar que se chama Bluelake, inglês para "Lago Azul", há pouca coisa de fato *azul* nas fileiras simétricas de prédios ou nos jardins bem-cuidados, mas há muito verde: no lago artificial no centro do condomínio e nos laguinhos ao redor, cheios de flor de lótus, na espaçosa pista de minigolfe e nas quadras de tênis perto do estacionamento, na grama fresca que contorna os caminhos de pedras e nos pés de ginkgo biloba. Quando nos mudamos, essa área toda me fazia lembrar de um resort chique, o que parece adequado. Afinal de contas, não é como se fôssemos ficar aqui por mais do que um ano.

Enquanto me contorço para colocar o uniforme, Zoe estala os dedos e diz:

— Espera, você não vai escapar dessa. Me fala de novo por que você tá escrevendo sobre um namorado que não existe na redação?

— Não estou escrevendo. *Já escrevi* — eu a corrijo, tirando minha blusa. — Já entreguei também. E não é como se eu *quisesse* inventar uma história sobre minha vida amorosa, mas não sabia sobre o que escrever... — Paro para tirar uma mecha escura do meu cabelo comprido que ficou presa em um dos botões da camisa. — Era para entregar até hoje à noite e vale nota, então... sabe como é. Tive que usar a criatividade.

Zoe tenta abafar outra risada, mas o microfone acaba captando o ruído.

— Você sabe que relatos pessoais não deveriam ser inventados, certo?

— Não me diga — ironizo —, relatos pessoais precisam ser pessoais? Uau, isso é novidade pra mim. Estou chocada. Toda minha vida é uma grande mentira.

A verdade é que escolhi transformar minha tarefa séria de não ficção em, basicamente, um romance de quatro mil palavras *exatamente* porque precisava ser algo pessoal. O tema por si só já é muito ruim, inspirado em um livro idiota que estudamos na primeira semana da escola: "Em *Quando os rouxinóis cantaram de novo*, Lucy e Taylor parecem ter uma 'linguagem secreta' que ninguém mais conhece. Com quem você compartilha uma linguagem secreta? Como ela foi criada? Qual é a importância dessa pessoa na sua vida?"

Ainda assim, eu teria seguido em frente de cabeça erguida, descrevendo uma versão só um pouco exagerada da minha relação com um dos meus pais, minha irmã mais nova ou Zoe... se não precisássemos postar nossa redação finalizada no blog da Escola Westbridge. Sim, uma plataforma bastante pública em que qualquer pessoa — qualquer um dos meus colegas de classe que só me conhecem como "a menina nova" ou "a menina que se mudou recentemente dos EUA" — poderia ver e comentar.

Nem *ferrando* que vou compartilhar detalhes verdadeiros dos meus relacionamentos mais próximos. Até os detalhes *falsos* são vergonhosos o suficiente: como eu traçava as linhas da palma da mão do meu namorado imaginário, sussurrava segredos para ele no escuro, dizia que ele era meu mundo, que fazia eu me sentir segura.

— ... nem um pouco preocupada que as pessoas na sua escola possam, sei lá, ler e ficarem curiosas com esse namorado aí? — Zoe está dizendo.

— Eu pensei nisso — asseguro enquanto abro de novo as cortinas. A luz entra toda de uma vez, iluminando os pequenos flocos de poeira que flutuam perto da minha janela, agora vazia. — Não usei nome nenhum, então não tem como alguém tentar procurar ele. Além disso, escrevi que conheci esse cara inventado três meses atrás, enquanto procurava apartamento com minha família, que é uma forma bastante plausível e fofa de conhecer alguém sem revelar onde ele estuda. E, já que estamos juntos faz pouco tempo e tudo ainda é bastante delicado, preferimos ser discretos. Viu? — Me posiciono em frente à câmera e gesticulo com as mãos, como se a redação estivesse escrita ali, em letras brilhantes. — Infalível.

— Uau. — Uma pausa para respirar — Uau. Quer dizer, todo esse esforço — Zoe diz, parecendo ao mesmo tempo exasperada e impressionada — só para não escrever algo real?

— Esse é o plano.

Há um momento de silêncio, interrompido apenas pelo barulho que Zoe faz ao mastigar o macarrão instantâneo e pelo som dos passos fora do meu quarto. Então Zoe suspira e pergunta, em um tom preocupado demais para o meu gosto:

— Está tudo bem na escola nova, amiga? Tipo, você está... se enturmando?

— Quê? — Sinto meu corpo ficar rígido na hora, meus músculos tensionando ao prever uma explosão. — Por... por que você está perguntando isso?

— Sei lá. — Zoe mexe um ombro, o rabo de cavalo mexendo junto. — Só... checando.

Ma me chama, me salvando de ter que responder à pergunta. O volume de sua voz é tão alto que deveria ser usado apenas em missões de busca e salvamento.

— Ai-Ai! O motorista chegou!

Ai-Ai é meu apelido chinês, cuja tradução literal é *amor*. A não ser pelo meu relacionamento falso, não posso dizer que faço justiça a esse apelido.

— Estou indo! — grito em resposta e me viro para a tela. — Você ouviu, né?

Zoe sorri e eu relaxo um pouco, aliviada que a conversa sincera que ela queria ter tenha acabado.

— Sim, acho que qualquer pessoa no planeta ouviu. Fala pra sua mãe que mandei um oi — ela acrescenta.

— Pode deixar. — Antes de fechar meu computador, faço um coração bem brega com os dedos; algo que ninguém mais me veria fazer. — Tô com saudade.

Zoe joga um beijo dramático como resposta e eu dou risada.

— Também tô com saudade.

O nó no estômago se afrouxa um pouco com as palavras familiares. Desde que me mudei de Los Angeles, dois anos atrás, encerramos todas as nossas ligações assim, mesmo quando estamos ocupadas ou cansadas, ou quando a conversa é rápida, ou quando não sabemos quando vamos nos falar de novo.

Tô com saudade.

Não é tão bom quanto as vezes em que eu dormia na casa dela, quando nos espalhávamos no sofá com nossos pijamas, alguma série da Netflix passando no computador, um prato com os onigiris que a mãe dela fazia entre nós. E não é nem um pouco igual às nossas viagens de fim de semana para a praia, o sol da Califórnia aquecendo nossa pele, a brisa soprando nossos cabelos embaraçados e cheios de sal. Claro que não é.

Mas, por enquanto, esse ritual pequeno e simples é o suficiente.

Porque é nosso.

Nosso motorista para o carro bem em frente ao condomínio, embaixo da sombra sarapintada de um salgueiro.

Tecnicamente, Li Shushu não é nosso motorista, é só de Ma — uma das muitas vantagens de ser uma executiva em uma empresa de consultoria global e de grande prestígio e parte do pacote de desculpa-por-pedir-que-você-mude-sua- -vida-quase-todo-ano — e, por isso, ele se apressa para cumprimentá-la primeiro.

— Yu Nüshi — diz, abrindo a porta para ela enquanto faz uma reverência. *Madame Yu.*

Esse tipo de tratamento sempre me deixa desconfortável, por mais que eu não saiba dizer o porquê, mesmo quando não é direcionado a mim, mas Ma apenas sorri por trás de seus óculos escuros e senta de forma graciosa no banco da frente. Olhando para ela agora, com sua pele pálida e impecável, o terno feito sob medida e o cabelo na altura dos ombros em um corte perfeito, ninguém jamais acreditaria que, enquanto crescia, ela brigava por migalhas com seis outros irmãos em uma cidade pobre e rural da China.

O restante de nós se espreme na parte de trás do carro na ordem de sempre: eu e meu pai perto das janelas e minha irmã de nove anos, Emily, apertada no meio.

— Para a sua escola? — Li Shushu confirma em um mandarim devagar e enunciado enquanto dá a partida no motor, o cheiro de couro novo e combustível preenchendo o espaço fechado. Ele convive comigo há tempo o suficiente para saber a extensão das minhas habilidades no idioma local.

— Para a escola — concordo, fazendo tudo o que posso para ignorar o incômodo dentro de mim. Eu já não gosto de ir para a Westbridge, mas, independentemente da escola, reuniões de pais e professores são sempre uma droga. Se não fosse pelo fato de que Emily estuda na mesma escola que eu e de que suas reuniões também são essa noite, eu inventaria uma desculpa brilhante para ficarmos todos em casa.

Mas já é tarde demais para fazer qualquer coisa.

Eu me recosto no banco e apoio a bochecha no vidro gelado, observando nosso condomínio ficar cada vez menor até desaparecer por completo, substituído pela confusão da aglomeração da cidade.

Desde que nos mudamos de volta para cá, passei grande parte dos nossos passeios de carro agarrada na janela, tentando absorver os contrastes no horizonte de Pequim, o labirinto de cruzamentos e estradas circulares, os aglomerados brilhantes de restaurantes de bolinhos e mercearias lotadas.

Tentando memorizar tudo — tentando me lembrar.

Eu me surpreendo com o quão enganosas são as fotos que costumamos ver de Pequim. Ou retratam a cidade como um mundo pós-apocalíptico cheio de fumaça, de pessoas de rosto duro e desgastado com máscaras antipoluição, ou fazem com que pareça algo saído de um filme de ficção científica de alto orçamento, todos os arranha-céus elegantes e luzes deslumbrantes que gritam luxo.

A verdadeira energia da cidade quase nunca é captada, a dinâmica que escorre por tudo aqui como uma corrente subterrânea selvagem. Todos parecem estar com pressa, ocupados, almejando por mais, movendo-se de um lugar para outro; seja o entregador ziguezagueando pelo trânsito atrás de nós com dezenas de caixas de comida amarradas à bicicleta ou a empresária dentro da Mercedes à nossa esquerda que envia mensagens freneticamente para alguém.

Um rapper chinês famoso começa a tocar na rádio, chamando minha atenção. Pelo espelho retrovisor, vejo Ma tirar os óculos e fazer uma careta.

— Por que ele fica fazendo esses sons como se estivesse limpando a garganta? — ela exige saber após três segundos.

— Tem algo preso na garganta dele?

Abafo uma risada.

— A música hoje em dia é assim — meu pai diz em mandarim, sempre muito diplomático.

— Eu até que gosto — comento, mexendo a cabeça no ritmo da batida.

Ma lança um olhar de reprovação para mim.

— Não mexa a cabeça desse jeito, Ai-Ai. Você parece uma galinha.

— Quer dizer tipo assim? — Mexo a cabeça com mais intensidade.

Ba leva a mão à boca para esconder um sorriso enquanto Ma bufa, e Emily, que acredito ser uma avó de oitenta anos presa em um pequeno corpo de nove, deixa escapar um suspiro dramático e longo.

— Adolescentes — murmura.

Dou uma cotovelada nela, que me devolve outra em resposta, levando a uma nova rodada de cotoveladas que só termina quando Ma ameaça servir apenas arroz puro no jantar.

Mas, para ser honesta, são esses momentos — com a música preenchendo o carro e o vento soprando pelas janelas, o sol de fim de tarde brilhando dourado através das árvores e minha família ao meu lado — que fazem com que eu me sinta... sortuda. Sortuda de verdade, apesar de todas as mudanças e de ter que deixar coisas para trás e me reajustar. Apesar de tudo.

Capítulo dois

A sensação não dura muito tempo.

Assim que o carro para em frente ao prédio da Escola Westbridge, percebo meu erro.

Todo mundo está usando roupas casuais. Vestidinhos fofos de verão. Cropped e shorts. Os professores não disseram o que devíamos usar essa noite e eu, inocente, acreditei que devia ser o uniforme escolar, porque era isso que se esperava na minha última escola.

Minha família começa a sair do carro e faço o que posso para ignorar uma onda de pânico. Não é como se eu estivesse *encrencada* por usar o que estou usando — mas sei que vou parecer ridícula e destoar. Vou parecer a Menina Nova Sem Noção, que é exatamente o que sou, mas saber disso não torna mais fácil de aturar.

— Ai-Ai. — Ma bate na janela. — Kuaidian. — *Se apresse.*

Agradeço rapidamente ao motorista e saio do carro. Ao menos o tempo está bom; o vento diminuiu e virou uma brisa gentil e suave, um alívio do calor. E o céu. O céu está lindo, uma mistura de tons de azul pastel e rosa-claro.

Eu inspiro. Expiro.
Está tudo bem, digo para mim mesma. *Tudo muito bem.*
— Vamos, Baba — Emily está dizendo, puxando nosso pai em direção à seção do campus dedicada à escola primária, onde todas as paredes são pintadas em cores vivas. Cores vivas demais, na minha opinião. — Você *tem* que falar com a srta. Chloe. Eu contei pra ela que você é poeta e que dá autógrafos em livrarias bem grandes, e ela ficou tãããão impressionada. Ela não acreditou em mim no começo, eu acho que não, mas então fiz ela pesquisar seu nome e aí...

Emily *de fato* parece bem, porque ela está. Minha irmãzinha nunca tem problemas para se ajustar ou se ambientar, independentemente de aonde vamos. Se a enviarmos para a Antártica, é provável que duas semanas depois a encontrássemos enturmada com os pinguins.

Ma e eu seguimos na direção oposta, onde ficam as salas de aula dos alunos mais velhos. Os amplos corredores acinzentados já estão cheios de pais e estudantes, alguns chegando, outros se encaminhando para a saída. Como eu esperava, algumas pessoas olham para minha saia engomada e para o blazer grande demais, uma mistura de pena e diversão surgindo em seus rostos antes de desviarem o olhar.

Ergo o queixo bem alto. Ando mais depressa.
Está tudo bem.
Quanto mais rápido chegarmos na sala, melhor.

Está barulhento lá dentro. Meus colegas de classe estão por toda parte, professores esperando atrás de mesas enfileiradas. Nenhum deles me cumprimenta e eu também não cumprimento ninguém.

Apesar de as aulas terem começado quase um mês atrás, não consegui de fato conhecer ninguém. Todos os nomes e rostos e aulas parecem se misturar. Eu sempre penso que, de qualquer modo, vamos todos nos formar em menos de um ano. Não tem motivo para *me abrir para as oportunidades*, como os professores que tive antes adoravam recomendar, e me aproximar das pessoas só para me afastar alguns meses depois. Com o trabalho da Ma nos fazendo nos mudar o tempo todo, isso já aconteceu tantas vezes que perdi as contas: aquela transição devagar, dolorosa, previsível demais de estranhos para conhecidos para amigos e de volta para estranhos assim que saio da escola.

Seria masoquismo me submeter a tudo isso de novo.

Além disso, tem menos de trinta alunos no meu ano, e todos já têm suas panelinhas. À minha direita, um grupo de meninas grita e se abraça como se tivessem passado anos sem se ver, não algumas horas. E, em algum lugar atrás de mim, um grupo está em uma conversa profunda, alternando entre três línguas — inglês, coreano e alguma outra — a cada frase, como se fosse a coisa mais natural do mundo.

Bem a cara de uma escola internacional.

— Ah! Olha só quem é!

Sr. Lee, professor de inglês e diretor da nossa turma, acena para mim, os olhos brilhando por trás dos óculos grossos e grandes demais para seu rosto. Ele tem um rosto redondo e cabelos rebeldes com mechas grisalhas que, juntos, têm um efeito confuso de fazer parecer que ou ele tem trinta e poucos anos, ou cinquenta e muitos.

— Pode sentar, pode sentar — ele diz bruscamente, apontando para duas cadeiras à sua frente. Então, olha para Ma, e sua expressão se torna mais benevolente. Da mesma forma que alguém olharia para uma criança fofa no parque.

— E você é... a mãe da Eliza, presumo.

— Sim. Meu nome é Eva Yu — Ma diz, mudando no mesmo instante para a animada Voz de Trabalho que costuma usar com pessoas brancas, o sotaque suavizado para parecer mais estadunidense. Ela estende a mão com unhas bem-cuidadas. — É um prazer conhecer o senhor.

O sr. Lee franze um pouco as sobrancelhas ao pegar na mão dela, e franze mais ainda quando nota como o aperto é forte. Consigo perceber que ele está tentando combinar a impressão que teve de Ma com qualquer imagem que tivesse formado em sua cabeça, baseado apenas no sobrenome não ocidental.

Ma solta o aperto primeiro, sentando-se com um discreto sorriso de satisfação.

Sei que ela está gostando disso. Ela sempre gostou de surpreender as pessoas, o que acontece com frequência, porque sempre a subestimam. Um dos motivos para ela ter decidido trabalhar com consultorias foi porque uma amiga disse, de zoeira, que ela jamais sobreviveria no mundo corporativo.

— Bom... — O sr. Lee pigarreia. Se vira para mim de novo. — Já que você é nova nisso, vamos só repassar algumas das regras rapidinho, tá? — Ele não espera pela minha resposta. — Durante os próximos dez minutos, vou falar com sua mãe a respeito da sua performance acadêmica nas aulas de inglês até agora, sua relação com o aprendizado, possíveis pontos para melhorar, etc. Não interrompa, não faça perguntas e não chame atenção até eu acabar, quando eu disser que pode. Deu para entender?

E as pessoas se perguntam por que adolescentes costumam ter problemas com autoridade.

— Ah, parece que você já pegou o jeito da coisa — o sr. Lee diz animado, acenando em frente ao meu rosto impassível.

Deixo meu olhar e atenção vagarem.

Então vejo, do outro lado da sala, uma das poucas pessoas que reconheço aqui.

Caz Song.

Por mais que não faça esforço algum, é difícil *não* saber ao menos quem ele é: modelo. Ator. Deus — se você se deixar levar pela forma como todos babam nele e seguem cada um de seus passos, apesar de ele não fazer *nada* além de ficar por perto e ser tão bonito que chega a ser irritante. Mesmo agora, nesse cenário deprimente e bastante supervisionado, uma pequena multidão de estudantes já se reuniu em volta dele, boquiaberta. Uma das meninas está segurando a barriga em uma risada exagerada por uma piada que ele provavelmente nem fez.

Resisto à vontade de revirar os olhos.

Nunca entendi por que todo esse hype em volta dele, a não ser de uma perspectiva puramente estética. Há uma certa elegância no formato do maxilar dele, a boca que quase forma um beicinho, os ângulos agudos e esguios do corpo. O cabelo escuro e olhos ainda mais escuros. Não é como se fosse uma beleza de outro mundo ou coisa do tipo, mas, tudo junto, simplesmente *funciona*.

Ainda assim, tenho a sensação de que ele tem tanta consciência disso quanto sua massa de fãs, o que acaba por estragar tudo. E é claro que a imprensa o ama; outro dia, me deparei com um artigo que o considerava uma das "Estrelas em Ascensão da Indústria de Entretenimento Chinesa".

Ele está apoiado na parede do fundo, as mãos enfiadas nos bolsos. Essa parece ser a posição natural dele: sempre apoiado em algo — portas, armários, mesas, tanto faz —, como se desse trabalho demais ficar em pé por conta própria.

Mas estou olhando demais e por tempo demais. Caz percebe e olha para mim.

Desvio o olhar rapidamente. Volto a prestar atenção na reunião, bem a tempo de ouvir o sr. Lee dizer:

— O inglês dela é de fato muito bom...

— Ainda bem, já que eu aprendi inglês quando criança — ressalto, antes que possa me conter. Anos ouvindo comentários condescendentes sobre como meu inglês é *bom* e como eu *mal tenho sotaque*, quase sempre ditos em tom de surpresa, se não confusão, fizeram desse um reflexo natural.

O sr. Lee pisca e ajusta os óculos.

— Certo...

— Só queria avisar. — Me acomodo na cadeira, de repente incerta se deveria me sentir triunfante ou culpada por interromper. Talvez ele *tenha* pensado em algo mais como "ela sabe muito bem as preposições" e não "nunca espero que pessoas com essa aparência falem inglês".

Ma parece acreditar que é a primeira opção, porque me lança um olhar irritado.

— Desculpa, pode continuar — murmuro.

O sr. Lee olha para Ma.

— Se você não se importar, eu queria saber um pouco sobre a formação da Eliza antes de vir para cá...

Ma assente, preparada para esse momento, e começa seu roteiro de sempre: *nascida na China, se mudou quando tinha cinco anos, estudou nessa escola e naquela escola e mudou de país de novo...*

Eu tento não me remexer, não fugir. Sempre fico incomodada quando falam de mim desse jeito.

— Ah, mas a melhor parte de ter vivido em muitos lugares é que ela se encaixa em *qualquer lugar*. — O sr. Lee abre os braços em um gesto que imagino significar "qualquer lugar" e derruba uma caixa de lenços ao fazê-lo. Ele para, afobado. Pega a caixa. Então, inacreditavelmente, continua exatamente de onde parou. — Você deve saber que Eliza não é cidadã de um único país ou até mesmo continente, mas uma…

— Se você disser *cidadã do mundo,* vou vomitar — resmungo em uma voz baixa o suficiente para que só eu possa entender.

O sr. Lee se inclina para a frente.

— Desculpa, o que você disse?

— Nada. — Eu balanço a cabeça. Sorrio. — Nada.

Uma pausa.

— Bom, já que estamos falando da situação da Eliza — o sr. Lee continua, delicado, hesitante, e tenho a terrível sensação de saber o que vem a seguir —, fico preocupado por ela estar com dificuldades em… se ajustar.

Sinto minha garganta apertar.

É isso. É por isso que odeio reuniões de pais e professores.

— Se ajustar — Ma repete, franzindo as sobrancelhas, apesar de não parecer surpresa. Só triste.

— Ela não parece ser próxima de ninguém da sala dela — o sr. Lee detalha.

O grupo trilíngue que espera pelos pais no fundo da sala escolhe esse momento para cair na gargalhada sobre o que quer que estejam conversando, o som ecoando nas quatro paredes. O sr. Lee ergue a voz, quase gritando:

— O que quero dizer é que é um pouco preocupante que ela ainda não tenha amigos aqui.

Para o meu azar, o barulho cessa de repente no meio da frase.

E é claro que todos ouvem as últimas palavras que ele diz. Há uma pausa desconfortável e cerca de trinta pares de olhos cravam buracos no meu crânio. Meu rosto pega fogo.

Eu me levanto, arrepiando por dentro quando os pés da cadeira rangem contra o chão polido, o barulho cortando o silêncio. Murmuro algo sobre ir ao banheiro.

E caio fora dali.

Em minha defesa, costumo ser muito boa — uma especialista, eu diria — em ignorar meus sentimentos e me desconectar de tudo, mas às vezes isso me atinge com força: essa sensação horrível e esmagadora de ser *estranha, estrangeira*, seja por ser a única menina asiática em uma escola católica de elite só para meninas em Londres ou a única menina nova em uma pequena turma de uma escola internacional chinesa. Às vezes tenho a certeza de que vou passar o resto da minha vida assim. Sozinha.

Por vezes penso que a solidão é minha configuração padrão.

Para meu alívio, o corredor está vazio.

Eu me isolo no canto mais distante, agacho e pego meu celular. Passo um minuto olhando sei lá o quê. Busco automaticamente a pulseira de cordas áspera no meu pulso, um presente de Zoe, e deixo que ela me conforte.

Está tudo bem, eu estou bem.

Então, entro no site do Craneswift.

Descobri o Craneswift alguns anos atrás, quando peguei um panfleto deles em uma estação de trem em Londres, e tenho lido o que publicam desde então. Eles não têm uma quantidade tão grande de leitores, mas mais do que compensam com qualidade e reputação.

Basicamente, qualquer um que já teve a sorte de publicar seus textos no Craneswift alcançou o tipo de sucesso com o qual eu só posso sonhar: prêmios de jornalismo, prestigiosas bolsas para escrever não ficção em Nova York, reconhecimento internacional. Tudo porque escreveram algo bonito e profundo.

Palavras me comovem. Uma frase bonita tem o poder de se enfiar na minha pele e me abrir da mesma forma que uma letra de música ou a cena mais importante de um filme. Uma história bem elaborada pode me fazer rir, suspirar e chorar.

Enquanto me acomodo para ler um dos artigos recentes postados no Craneswift, sobre encontrar almas gêmeas nos lugares mais improváveis, o familiar banner azul do site brilhando na tela, começo a sentir um pouco do peso em meus ombros diminuindo, a tensão em meu corpo se dissolvendo...

Uma porta se abre e o barulho se espalha pelo ambiente.

Eu enrijeço, olho para o corredor. Caz Song sai sozinho, seu olhar passando por mim como se eu nem estivesse aqui. Ele parece distraído.

— ... todos esperando você — diz ele, uma ruga rara entre as sobrancelhas, um tom ainda mais raro na voz. Caz sempre me deu a impressão de alguém que saiu direto de uma capa de revista: glamuroso, retocado e palatável; comercializável e inofensivo. Mas agora ele está agitado, andando em círculos, os passos tão leves que mal fazem qualquer som.

— É a reunião de *pais e professores*. Eu não posso ir sozinho.

Por um momento confuso, acho que ele está falando consigo mesmo ou tentando alguma técnica de atuação estranha, mas então ouço a voz feminina abafada saindo pelos alto-falantes de seu celular:

— Eu sei, eu sei, mas meus pacientes precisam de mim ainda mais. Você não pode falar para o professor que surgiu um problema no hospital? Hao erzi, tinghua. — *Bom filho.*

Obediente. — Talvez possamos remarcar para a semana que vem. Isso funcionou da última vez, não?

Vejo Caz respirar fundo. Soltar o ar. Quando ele fala de novo, sua voz está bastante controlada.

— Não, tudo bem, mãe. Eu... eu vou explicar pra eles. Tenho certeza de que vão entender.

— Hao erzi — a mulher diz de novo, e, mesmo de longe, consigo ouvir todo o barulho no fundo. Metais batendo. O bipe de um monitor. — Ah, e antes de desligar, o que foi que eles falaram sobre as candidaturas de faculdade?

Candidaturas.

O trecho inesperado de informação se revira na minha cabeça. Isso é novidade para mim. Imaginei que alguém como Caz deixaria a faculdade de lado para seguir a carreira de ator.

Mas, no momento, a "Estrela em Ascensão" está esfregando o queixo e dizendo:

— Está... tudo certo. Eles acham que se eu conseguir fazer uma redação muito boa para a inscrição na faculdade, isso deve compensar minhas notas e as faltas...

Um suspiro sai do celular.

— O que eu sempre falo para você, ya? *Notas em primeiro lugar*, notas em primeiro lugar. Você acha que a equipe de admissões da faculdade se importa se você é o protagonista em um drama universitário? Acha que eles conhecem alguma celebridade asiática além de Jackie Chan? — Antes que Caz possa responder, a mãe suspira de novo. — Deixa pra lá. Tarde demais agora. Você tem que focar nessa redação... Já está quase acabando?

Pode ser culpa das luzes baixas do corredor, mas juro que vejo Caz hesitar.

— Mais ou menos.

— O que quer dizer *mais ou menos*?

— Eu... — Vejo a mandíbula dele contrair. — Ainda preciso pensar no tema, organizar as ideias, fazer um rascunho e... escrever. Mas vou dar um jeito nisso — ele acrescenta rapidamente. — Prometo. Confie em mim, mãe. Eu... eu não vou decepcionar você.

Há uma longa pausa.

— Tudo bem. Olha só, meu paciente está me chamando, mas nos falamos em breve, tá? E *foque mesmo nessas redações*. Se você dedicasse metade do esforço que usa pra decorar aqueles roteiros, aí...

— Eu entendi, mãe.

Sua expressão se fecha brevemente em algo que parece preocupação quando ele desliga o telefone.

Então, ao se virar, ele me vê agachada como uma fugitiva no corredor escuro, pega no flagra olhando para ele pela segunda vez esta noite.

— Ah — ele diz, ao mesmo tempo em que me levanto e digo:

— Desculpa!

E o restante das nossas frases se misturam:

— Eu não vi...

— Prometo que eu não estava tentando...

— Não precisa se...

— Eu ia voltar pra lá...

— Você é a Eliza, não é? Eliza Lin?

— Sou — digo, devagar, e até eu posso ouvir o tom desconfiado na minha voz. — Por quê?

Ele ergue uma sobrancelha escura, seu rosto já sem qualquer sinal de preocupação. Sumiu rápido o suficiente para me fazer pensar que eu tinha imaginado.

— Nada. Só tentando ser simpático.

Uma resposta inofensiva. Perfeitamente razoável.

Mas ainda assim...

É um pouco preocupante que ela ainda não tenha amigos aqui.

— Você... você ouviu o que o sr. Lee falou mais cedo?

Assim que as palavras saem da minha boca, quero enfiá-las de volta. Apagar sua existência por completo. É melhor não chamar atenção para certas coisas, mesmo que ambas as partes saibam bem qual é o problema. É como um surto muito grande de espinhas. Ou o diretor da sua turma declarando que você não tem amigos na frente de todo mundo.

O fato de eu realmente não *precisar* de novos amigos não faz com que isso seja menos constrangedor.

Caz pensa na minha pergunta por alguns instantes. Se apoia na parede mais próxima, metade do corpo inclinado na minha direção.

— Sim — ele admite —, eu ouvi.

— Ah, uau.

— O quê?

Deixo escapar uma risada estranha.

— Eu meio que esperava que você fosse mentir. Sabe como é. Para poupar meus sentimentos, ou algo do tipo.

Em vez de responder diretamente o que eu disse, ele inclina a cabeça e pergunta, o tom de voz cauteloso:

— Você ouviu *minha* conversa no telefone?

— Não — digo sem pensar, então me encolho. — Quer dizer... bom...

— Muito legal da sua parte se preocupar em poupar *meus* sentimentos — ele diz, mas há um fundo de ironia em sua voz que me faz querer evaporar na mesma hora.

E então um pensamento ainda mais assustador surge: e se ele pensar que sou uma fã? Ou uma stalker? Mais uma daquelas colegas de classe inocentes e impressionadas que o seguem para todos os lados como discípulas, e que estava esperando aqui só para encontrá-lo sozinho? Eu mesma já vi isso acontecer uma centena de vezes: estudantes se escondendo atrás de lixeiras, ou esperando atrás de paredes, para se jogarem nele assim que ele aparece.

— Eu juro que não queria ouvir sua conversa — digo, erguendo as duas mãos. — Eu nem sabia que você ia vir pra cá.

Ele dá de ombros, o rosto impassível.

— Tudo bem.

— *É sério* — digo —, eu juro de todo coração.

Ele me olha por bastante tempo.

— Eu disse que tudo bem.

Mas ele também não parece acreditar totalmente em mim. Minha pele arrepia, vergonha e chateação queimando minhas bochechas. E então minha boca decide piorar tudo dizendo a coisa mais ridícula:

— Eu não sou... eu nem sou sua fã.

Um segundo tenso se passa, a expressão dele mudando brevemente para algo impossível de ler. Surpresa, talvez. Sinto tudo dentro de mim se desintegrar.

— Bom saber — ele diz por fim.

— Quer dizer, também não é que eu seja *hater* — acrescento, com a sensação terrível de ter saído do meu corpo e estar assistindo, impotente, à protagonista de um filme de terror: quando você quer gritar para ela parar, mas ela continua se aproximando cada vez mais do próprio fim. — Sou só neutra. Imparcial. Uma... uma pessoa normal.

— Dá pra perceber.

Fecho a boca, sentindo minhas bochechas queimarem. Não consigo acreditar que ainda estou em frente a *Caz Song*, que aparentemente tem um talento único para fazer eu me sentir ainda mais desajeitada do que o normal. Não consigo acreditar que ainda estamos conversando e que o sr. Lee ainda está dentro daquela sala de aula lotada com Ma, e os dois acham que ainda estou no banheiro.

Isso é um pesadelo. Hora de descobrir como fugir antes que possa me humilhar ainda mais.

— Olha só! — Estico o pescoço como se tivesse acabado de ouvir algo. — É minha mãe me chamando.

Caz ergue ambas as sobrancelhas desta vez.

— Não ouvi nada.

— Bom, é que ela tem uma voz suave — balbucio, já passando por ele. — Difícil de ouvir, a não ser que você já esteja acostumado. Então, hm, talvez seja melhor eu ir. Vejo você por aí!

Eu não dou chance para ele responder. Apenas volto para a sala de aula, pronta para puxar minha mãe e implorar a Li Shushu que venha nos buscar o mais rápido possível. Depois dessa tortura tão humilhante, *nunca mais* vou falar com Caz Song de novo.

Capítulo três

Acordo antes do amanhecer no dia seguinte, o calor pesado em minha pele, os cobertores bagunçados ao meu lado.
A tela do meu celular está piscando.
237 novas notificações.
Fico olhando para ele por um minuto, sem entender, meu cérebro ainda atordoado pelo sono. Mas a tela se ilumina de novo e de novo, projetando um leve brilho azul na mesa de cabeceira, e o pânico supera meu cansaço. Ninguém costuma me mandar mensagem a uma hora dessas. E com certeza ninguém — nem mesmo Zoe — me mandaria *tantas* mensagens seguidas.
239 novas notificações.
240 novas...
Chuto as cobertas para longe, já acordada por completo, e checo meu iMessage, a confusão rapidamente se tornando apreensão.
Então leio as mensagens de Zoe:

cacete.
caceteeeeee!!!!!!!
ok eu SEI QUE AINDA ESTÁ DE NOITE
MAS
PFV OLHE SEU CELULAR
asdfghjkklkll
amiga você VIU ISSO ai MERD

Ela enviou um print logo abaixo: um artigo. Sinto tanto medo que quase não o abro, mas, após dois segundos encarando a tela, meu coração perfurando as costelas, eu cedo.

Um título gigantesco em negrito surge na página:

"Um romance digno de cinema: o post sobre a vida amorosa dessa menina nos faz acreditar no amor."

Meu coração bate mais forte.

No começo, não consigo entender o que estou lendo. Só sei que há um trecho da minha redação — a redação que revisei ao menos três vezes, a que postei ontem — e meu nome e... *o logo do BuzzFeed* logo acima. O mesmo BuzzFeed que eu costumava passar horas vendo com Zoe, fazendo testes para descobrir qual aperitivo de festa nós somos. Nada disso faz sentido. Eu não faço ideia de como ou por que o BuzzFeed leu minha redação.

É como encontrar uma foto sua na casa de outra pessoa: uma combinação bizarra de "ei, isso me parece familiar" e "como isso foi parar aqui?". Sinto como se estivesse sonhando.

Mas, meu Deus — tem mais. Muito mais.

Aparentemente minha redação já estava se espalhando ontem à noite, mas quando uma pessoa famosinha postou um print do texto no Twitter com o link para o blog da escola, a coisa saiu do controle. Liguei rápido meu VPN e abri o Twitter, e meu coração quase saiu do peito.

Ontem à noite, eu tinha um total de cinco seguidores na conta que só uso para fofocar, e tenho quase certeza de que dois desses seguidores eram robôs.

Agora eu já tenho mais de dez mil seguidores.

— Cacete mesmo — murmuro, e o som da minha própria voz, baixa e um pouco rouca pela falta de uso, faz com que tudo se torne ainda mais surreal. Nada disso faz sentido. Não faz sentido que eu possa estar sentada na cama, a luz do celular iluminando as paredes vazias do meu quarto, enquanto esse tuíte em que várias pessoas gentilmente me marcaram tem *meio milhão de curtidas*, e o contador não para.

Minhas mãos tremem enquanto vejo alguns dos comentários mais recentes.

> @alltoowell13: *talvez homens mereçam direitos no fim das contas???*
> @jiminswife: *eu tô chorando de verdade. Q TUDO. (pfv queremos mais conteúdo de qualidade minha alma precisa disso) ((se eles terminarem eu juro q nunca mais acredito no amor))*
> @angelica_b_smith: *HAHAHA os adolescentes de hj em dia fazem redações nível Shakespeare sobre a vida amorosa deles… qdo eu tinha essa idade nem conseguia escrever uma frase*
> @drunklanwangji: *sem querer ser dramática e tals mas eu morreria por eles!!! quero que fiquem juntos a vida toda de mãos dadas e felizes para sempre*
> @user387: *POR fAVOR algm transforma isso em filme TEM CRIANÇA CHORANDO*

@echoooli: só eu tô morrendo pra saber quem é esse namorado? (e onde encontrar um igual??)

Deixo meu celular cair antes que consiga ler mais, uma mistura instável de pânico e euforia correndo pelas minhas veias. Isso é ridículo.

Parece que meu cérebro está falhando. Superaquecendo. Pessoas ao redor do mundo estão lendo minha redação e me imaginando deitada de conchinha com um cara no sofá da casa dele, dando beijos na varanda, sussurrando coisas como *Sinto saudade até quando estou perto de você* e *Você é tão linda que às vezes nem consigo pensar direito.*

As pessoas leram... e de fato *gostaram*. Minhas palavras, minha escrita, meus pensamentos. Viram um pouco delas no que escrevi. Apesar de estar envergonhada, não consigo impedir que um sorriso surja no meu rosto. *É assim que uma celebridade se sente?* No meio do choque, surge a curiosidade. *É assim que alguém como Caz Song se sente o tempo todo?*

Mas não — eu me recupero. Tudo isso, por mais empolgante que seja, não é o objetivo. Porque viralizar só por escrever uma redação seria uma coisa — uma coisa boa, inclusive, material para um conto de fadas dos tempos modernos. Mas viralizar com uma "história de amor incrível da vida real" (palavras de @therealcarrielo, não minhas) que é totalmente fictícia é outra coisa.

Já posso até imaginar como seria o próximo artigo do BuzzFeed se a verdade viesse à tona: "Uma golpista digna de cinema: a redação viral dessa menina sobre sua vida amorosa era uma grande mentira".

Durante mais de uma hora, enquanto o restante do apartamento se agita, a pia do banheiro range e Ma vai até a cozinha para ligar a máquina de leite de soja, eu só consigo pensar nisso. A manchete do BuzzFeed. Os comentários. O quanto as pessoas parecem estar interessadas, quantos me seguiram para "atualizações" que não tenho...

A culpa logo rasteja para dentro do meu peito e me faz querer gritar.

Mas, por algum milagre, ou talvez por anos de prática, consigo fingir que está tudo bem durante o café da manhã. Não me parece certo dizer, de repente, algo tipo *Ah, só para vocês saberem, talvez eu tenha tratado a tarefa de escrever uma redação pessoal como um exercício de escrita criativa que, de alguma forma, viralizou, e agora tem mais de um milhão de pessoas achando que conheci o amor da minha vida em Pequim* quando não são nem oito horas da manhã ainda. Então, bebo meu leite de soja caseiro e como meu ovo marmorizado no chá e tento não pensar no fato de que minha vida pode ter mudado de forma irrevogável durante a noite.

— ... está acabando comigo — Ma está dizendo enquanto descasca seu ovo em uma tigela, a casca craquelando com um barulho satisfatório. — É um desastre total.

Eu nem preciso prestar atenção para saber de quem ela está falando: Kevin do marketing. Um cara recém-formado em Harvard com um QI de gênio e, de acordo com Ma, nenhum bom senso.

— Desculpa... o que é um desastre total? — pergunto, na esperança de que ela dê mais detalhes. Algumas dicas de gerenciamento de crise seriam muito úteis nesse instante.

— Minha vida — Emily arrisca do outro lado da mesa de jantar. O uniforme dela está ao contrário, e o cabelo preto na altura dos ombros está preso no que suspeito que *deveria* ser um rabo de cavalo, mas se parece mais com um broto de feijão. É óbvio que Ba ficou responsável por ajudar Emily a se arrumar hoje.

Ma revira os olhos.

— Deixe para agir assim quando tiver quarenta anos — ela repreende Emily e então se vira para mim. — E desde quando você se interessa tanto assim pela minha vida profissional?

— Desde sempre — digo, inocente.

— Pensei que você achasse meu trabalho confuso — Ma salienta, me entregando um prato de mantous, pãezinhos cozidos no vapor, ainda quentes, redondos e fofinhos.

— Bom, sim, mas é porque sua empresa insiste em dizer que "colabora com a criatividade e a liderança" e que procura "influenciar a cultura e inspirar" e entregar "iniciativas chave de projetos de marketing", ou seja lá o que for. — Parto metade de um mantou em pequenos pedacinhos, o miolo macio entre meus dedos. — Tipo, literalmente são só palavras. Mas eu entendo o que *você* faz. Mais ou menos.

Ma não parece totalmente convencida, mas suspira e me explica:

— Kevin conseguiu que um grande investidor fechasse um contrato conosco.

— E isso é um problema porque...

— Eles só aceitaram porque ele disse que tínhamos uma boa relação com aquela startup de tecnologia bastante popular, a SYS. — Ela pega um mantou, mas não o come. Fica apenas observando enquanto ele esfria ao lado do ovo. — Só que nós nunca nem *falamos* com alguém da SYS. Não temos nenhum tipo de contato lá dentro.

— Ah — assinto devagar, empurrando goela abaixo uma pequena bolha de pânico pela ligação óbvia entre a crise de Kevin e a minha. — Entendo que isso possa ser desafiador. — Então, esperando não parecer interessada demais, tomo um gole do meu leite de soja e pergunto: — Mas, hm, qual o plano então? Vocês pretendem falar a verdade ou...

— Por Deus, não. É claro que não. — Ma começa a rir, como se a ideia fosse absurda demais. — Não, estamos tentando fazer negócio com esse investidor há anos. Vamos ter que trabalhar no sentido contrário: entrar em contato com a sys, construir uma relação e fingir que sempre estivemos próximos. Talvez se falarmos com o time de marketing *deles* primeiro, ou com aquele cara do anúncio da Cartier... — Um brilho distante, quase zeloso, surge nos olhos dela, como geralmente acontece quando ela está tentando resolver um problema do trabalho. Então, Ma se lembra de com quem está falando. — Mas mentir é feio — acrescenta com rapidez, lançando um olhar severo para mim e para Emily.

— Entendido — digo, tomando o que resta do meu leite com um pouco de dificuldade. A polpa da soja arranha minha garganta como areia.

Quando todos terminam de comer, ajudo Ma a limpar a mesa e vamos juntas para o carro do motorista, meu celular abrindo um buraco no bolso do blazer no caminho. Não mexi mais nele desde que levantei, mas as notificações continuam chegando. Quando chego na escola, tenho 472 mensagens não lidas e sabe-se lá quantas menções no Twitter.

E então as coisas ficam ainda mais estranhas.

* * *

Sou a primeira pessoa a chegar na aula de matemática, como sempre.

Não pelo fato de eu ser uma pessoa extremamente pontual, ou por achar equações de segundo grau empolgantes de alguma forma, mas porque não tenho nenhum lugar melhor para ir. Nos minutos entre uma aula e outra, as pessoas gostam de se reunir perto dos armários, bloqueando os corredores, conversando e rindo tão alto que as paredes parecem tremer.

Tentei ficar por ali também no meu terceiro dia na escola, e isso só fez eu me sentir ridícula. Ridícula e um tanto quanto patética, já que não tinha *por quem* esperar. Acabei ficando parada no meio do corredor, agarrando a mochila com força, rezando para o sino tocar logo.

Depois disso, decidi que seria melhor esperar na sala de aula, livros e canetas dispostos para parecer que estou estudando.

Estou fingindo revisar as anotações de cálculo da aula anterior quando ouço passos se aproximarem. Param bem em frente à minha mesa. E então...

— Ei, Eliza.

Ergo a cabeça, surpresa.

Duas meninas com quem nunca falei antes estão sorrindo para mim — sorrisos *radiantes* — como se fôssemos melhores amigas. Eu nem sei o nome delas.

— Oi? — respondo. Acaba saindo como uma pergunta.

Elas entendem isso como um convite para sentar nas duas cadeiras vazias ao meu lado, os sorrisos ainda tão largos que consigo ver todos os seus dentes brancos como pérolas. Quando uma começa a cutucar a outra, trocando olhares rápidos e cheios de significado, começo a entender o motivo de estarem aqui.

— Nós lemos sua redação — a menina mais alta e mais bronzeada, sentada à esquerda, deixa escapar, confirmando minhas suspeitas.

— Ah — digo, sem saber como devo responder. — Hm, que bom. Fico contente.

— É só que... caramba, eu amei tanto — ela continua, animada, como alguém prestes a fazer um discurso enorme e emocionado. — Fiquei acordada a noite toda lendo e...

— É uma história *tão* fofa — a outra menina se junta, levando a mão ao coração.

Certo. Eu definitivamente não esperava *isso*. Também não esperava o pequeno sorriso involuntário que surgiu na minha boca.

Mas logo as duas estão gesticulando com mais intensidade e falando ao mesmo tempo, as vozes ficando cada vez mais altas com a empolgação:

— A minha parte favorita foi aquela no mercado, meu Deus...

— Eu nem sabia que você estava saindo com alguém! Você é tão discreta...

— Você tem uma foto dele? Quer dizer, não precisa mostrar se você não quiser, mas...

— Qual o nome dele? Ele estuda aqui?

— Ele é do mesmo ano que a gente?

— Ele é da *nossa turma*?

As duas se viram para encarar a porta da sala de aula, onde mais alunos começam a aparecer, como se um dos meninos fosse de repente dar um passo para a frente e declarar que é meu namorado secreto. Nada do tipo acontece, é claro, mas as pessoas *de fato* andam mais devagar e me encaram como se nunca tivessem me visto antes. Como se esperassem que eu fosse compartilhar algo sobre a minha falsa vida amorosa com eles também.

A única pessoa que vai direto para a mesa no fundo da sala de aula é Caz Song. Com as mãos nos bolsos, um dos AirPods na orelha, a expressão de tédio perene em seu rosto. A mesma de ontem. Ele lança um olhar rápido na minha direção, impassível, e então se vira.

E ainda que esse seja o menor dos meus problemas, sinto meu corpo se curvar para dentro. Eu nem tenho certeza do que estava esperando, por que imaginei que ele lembraria que existo depois daquela conversa bizarra no corredor. Caz Song e eu somos tão diferentes que poderíamos habitar planetas separados.

— E aí? — a menina da esquerda continua, me fazendo prestar atenção nela e na amiga de novo. — Ele é?

Analiso as duas, procurando por qualquer sinal de maldade ou zombaria. Mas ambas continuam sorrindo, e noto as sardas espalhadas no nariz da garota mais alta, a presilha de borboleta amarela no cabelo ondulado da outra garota. Elas parecem... legais. Genuinamente amigáveis...

— Hm, eu não posso contar isso pra vocês — digo com um sorriso pequeno, como se pedisse desculpas, na esperança de que elas encerrem o assunto. — Queria poder falar, mas sabe como é. Não estamos juntos há *tanto* tempo assim, então por enquanto queremos manter as coisas só entre nós dois.

— Ah. — As duas assentem lentamente. Sorriem um pouco mais. Nenhuma das duas se mexe. — Faz todo sentido.

Apesar de tudo isso fazer parte do roteiro que preparei ao enviar minha redação, era apenas uma medida preventiva, não algo a ser compartilhado com pessoas de todo o mundo.

É como aqueles coletes salva-vidas no avião: ninguém espera ter que usá-los de verdade.

Como se fosse uma deixa, meu celular pisca de novo na mesa.

531 novas notificações.

A garota mais alta vê antes que eu possa virar a tela para baixo.

— Uau — ela diz enquanto finalmente começa a tirar as coisas da mochila para a aula. Um Macbook Air em uma capinha brilhante. Marcadores de texto e canetas fofinhas. Uma agenda grande praticamente nova, mas que tem abas coloridas dos lados e um enorme adesivo de algum grupo de K-pop grudado na capa.

— Sua manhã deve ter sido muito maluca, né?

— *Maluca* é com certeza uma forma de descrever — digo, aliviada de poder ser honesta ao menos nessa hora.

— Sempre me perguntei como seria viralizar — a outra menina devaneia. A única coisa que tirou da mochila foi o computador. Esse é, na verdade, o padrão para os alunos daqui, algo que aprendi da forma mais difícil. Na minha escola antiga, nós *só* podíamos usar cadernos, então nem cogitei trazer meu computador até a primeira aula na Westbridge — quando todos faziam anotações no Google Docs e tudo que eu tinha era o caderno e uma caneta.

É, definitivamente não foi o melhor começo.

— Nadia, não teve um vídeo seu que viralizou no Douyin um tempo atrás? — a menina alta diz.

— O vídeo teve, tipo, vinte mil visualizações. — Nadia balança uma das mãos como se não fosse nada. — Isso é *muito* diferente de ter um quadrilhão de pessoas lendo algo que você escreveu. Além disso — ela franze o nariz —, eu recebi um monte de comentários esquisitos falando dos meus pés.

— É verdade. Nós não amamos isso.

Enquanto as duas se perdem em risadinhas, sinto uma pontada no peito. Eu morreria para ter o mesmo que elas — estar sentada ao lado de Zoe, rindo de alguma piada interna boba sem ter que me preocupar em me mudar dali um ano. Me sentir confortável, tranquila, em casa.

Essa sensação deve ficar estampada em meu rosto, porque a menina alta para de rir e se vira para mim, preocupada:

— Tá tudo bem, Eliza?

— Hm? — Finjo estar confusa, então abro um sorriso tímido. — Sim, claro. Estava só… pensando na redação, acho. E no que vou fazer agora.

As duas emitem um longo *ahh* e concordam em sincronia.

— Nada mais justo — a menina alta diz —, você precisa aproveitar, com certeza. Você devia… Ah! Você devia monetizar essa fama.

— Isso! — Nadia aponta um dedo para mim, empolgada, e quase cutuca meu olho. — Ops, desculpa! Mas Stephanie está certa. Sempre que as pessoas viralizam no Twitter, usam isso para promover a si mesmas ou a conta de um amigo que cozinha, algo assim.

— Você tem uma? — Stephanie pergunta, se recostando na cadeira.

— O quê, conta de comida?

— Algo pra promover — ela explica com uma risada. — No que você está pensando?

É uma bobagem, e, além disso, completamente irreal, dadas as circunstâncias. Mas me pego pensando nisso, um pouco da minha empolgação inicial desta manhã borbulhando de novo dentro de mim. Sempre sonhei em ter pessoas lendo aquilo que escrevo — lendo e de fato gostando —, e agora, pela primeira vez, tenho um público de leitores em potencial. Tenho pessoas *me acompanhando*. Talvez se eu publicasse mais textos enquanto as pessoas ainda estão prestando atenção, eu poderia... não sei. Transformar a escrita numa carreira de verdade. Fazer meu nome ser conhecido. Poderia ser uma Escritora, não apenas alguém que escreve.

Mas tão rápido quanto a esperança brota em meu peito, eu a esmago de volta.

As pessoas só querem ouvir falar mais de mim porque acham que minha redação era verdadeira. Acham que estou namorando algum cara bonito que me leva para passeios de moto espontâneos pela cidade e que, certa vez, dançou uma música lenta comigo no meio do corredor do mercado, que me envia mensagem de boa noite todas as noites antes que eu durma. Elas estão apaixonadas pela minha história de amor.

Se eu quiser continuar escrevendo e *monetizar minha fama*, como Stephanie diz, preciso continuar mentindo.

— Não sei — digo, devagar. — Talvez...

A porta se abre antes que eu possa dar uma resposta vaga, e todos voltam sua atenção ao mesmo tempo.

Nossa professora de matemática, srta. Sui, caminha para a frente da sala de aula, um maço intimidante de folhas de exercícios equilibrado em uma das mãos, uma pasta balançando na outra. Ela me lembra os professores das minhas antigas escolas de cultura chinesa, que frequentei por tantos sábados. Tudo nela é afiado: o olhar, a voz, o corte do blazer branco. Seu estilo de ensino também me faz lembrar deles.

Ela não nos cumprimenta. Apenas deixa as folhas de exercícios caírem na mesa com um estrondo ameaçador e chama Stephanie para ajudá-la a entregar.

Cada um de nós recebe cinquenta páginas frente e verso de questões de matemática impressas em uma fonte minúscula, todas para serem entregues até amanhã de manhã. Isso parece ilegal. Alguém reage com desgosto, e logo disfarça com uma tossida.

Ainda assim, fico quase grata pela quantidade insana de tarefas, que faz a sala cair em um silêncio focado que perdura toda a aula. Posso ser boa em inventar desculpas, mas sinceramente não sei quantas outras perguntas posso aguentar sem deixar algo escapar.

Só até a hora do almoço, já falei com mais pessoas do que durante todo o tempo desde que comecei a estudar aqui. Colegas não param de vir até mim, chamando meu nome nos corredores lotados entre uma aula e outra, no começo da dobradinha de inglês, até mesmo quando eu estava indo ao banheiro — e agora aqui, no meio da fila do refeitório.

Alguém cutuca meu ombro:

— Ei, você é a menina da redação, né?

Ao que tudo indica, essa é a minha nova alcunha. Não mais "a nova menina estadunidense", mas sim "a menina da redação que viralizou". Consideraria isso uma evolução se não fosse pelo medo arrebatador de me tornar conhecida como "a menina que mentiu" em alguns dias ou semanas. Depende de quanto tempo consigo continuar fingindo.

Ao me virar, vejo um grupo de meninas e três meninos me olhando boquiabertos.

Eles parecem ser alguns anos mais novos do que eu, talvez do nono ano ou da primeira série do ensino médio. Alguns deles nem passaram pela puberdade ainda, mas todas as meninas usam bastante maquiagem e os meninos usam uma enorme quantidade de gel na tentativa de parecerem mais velhos.

— Sim — digo, sorrindo um pouco apesar de tudo. — Sou eu mesma.

— Viu, eu *disse* — uma das meninas fala para o menino atrás dela. O menino olha com desconfiança. — Ela é igualzinha à foto.

Eu pisco.

— Hm, foto? Que foto?

A mesma menina arregala os olhos enquanto os amigos abafam risadinhas.

— Você não viu? Está rodando por todo lado, e é bem bonita — ela acrescenta rapidamente, me fazendo suspeitar que esteja mentindo. Enquanto avançamos na fila, ela pega o celular do bolso e me mostra, orgulhosa.

E não sei se quero chorar ou rir.

Uma matéria no site de uma revista para adolescentes (com o título "Por que estamos todos babando pela história de amor dessa formanda do ensino médio") incluiu uma das minhas velhas fotos escolares de quando eu ainda morava nos Estados Unidos. É impressionante como conseguiram encontrar a pior foto que já tiraram de mim. Meu cabelo está preso em um rabo de cavalo superalto escondido atrás da cabeça, me fazendo parecer quase careca, e meus olhos estão semicerrados e lacrimejando porque tinha acabado de espirrar.

Eu implorei para o fotógrafo da escola — quase o subornei — me deixar tirar outra foto, mas ele disse, animado:

— Não se preocupe! Só seus pais vão ver essa foto!

Engraçado como o jogo virou.

— Uau — digo —, que ótimo...

— Não é? — A menina sorri, sem entender meu sarcasmo ou escolhendo ignorar. — Você é, tipo, famosa agora.

Famosa. A palavra me causa estranheza, mas não de um jeito totalmente ruim. Há algo de fato *legal* a respeito disso, algo atraente e brilhante e desejável, todas as coisas que nunca pensei que poderia ser. Eu só queria que fosse meu texto a ficar famoso, não exatamente eu.

Faço um som evasivo com o fundo da garganta e pego uma bandeja vazia. Tento me concentrar em escolher o almoço. Se há algo que Westbridge faz bem, é a comida. Os chefs da escola servem refeições com entrada, prato principal e sobremesa, que mudam todos os dias: tivemos arroz frito com abacaxi, frango braseado e tofu supermacio no começo da semana, e então dim sum (completo, com bolinhos de camarão cozidos no vapor, pudim de manga e tudo mais) no dia seguinte.

Hoje, estão servindo roujiamo — barriga de porco desfiada e cebolinha picada, servidas entre dois pedaços dourados de pão sem fermento.

Coloco quatro na minha bandeja e me viro para ir embora, mas o grupo atrás de mim não terminou o interrogatório.

— É verdade que é segredo quem é seu namorado? — a mesma menina pergunta.

Meu corpo enrijece, mas minha voz sai tranquila.

— Não. Quer dizer... não, eu não diria isso.

— Então você pode nos dizer quem ele é? — outra menina se junta.

— Também não.

Apesar de só conseguir vê-las pelo canto do olho, posso praticamente sentir sua decepção.

— Por que vocês não a deixam em paz?

Isso veio de uma menina do meu ano que mal conheço. O nome dela começa com S: Samantha ou Sally ou Sarah... não, *Savannah*. Ela está parada na frente da fila, a bandeja lotada com ao menos seis roujiamos, uma das mãos no quadril.

Depois de alguns instantes, as meninas murmuram desculpas e se afastam. Quase me sinto mal por elas. Savannah é uma daquelas pessoas que é descolada sem fazer esforço e, ao mesmo tempo, é aterrorizante. Para começo de conversa, seu delineado é tão pontudo que poderia perfurar alguém, e ela é tão alta que tenho que esticar um pouco o pescoço só para olhar para seu rosto. Também não atrapalha que ela esteja namorando um dos amigos de Caz Song; qualquer pessoa com alguma conexão com Caz Song recebe basicamente uma adesão instantânea à panelinha Tão Popular Que Eles Poderiam Pisar em Mim e Eu Agradeceria.

— Hm, obrigada pela ajuda — consigo dizer.

— Não foi nada de mais — responde. Ela tem um sotaque novaiorquino fraco, e me lembro de alguém dizer que nasceu nos Estados Unidos, com pais vietnamitas. Muitos alunos aqui entram em categorias similares: descendentes de chineses nascidos nos Estados Unidos, descendentes de coreanos nascidos na Austrália, descendentes de indianos nascidos na Inglaterra. Pessoas que tiveram que crescer equilibrando culturas diferentes. Pessoas como eu.

— Deve ser muito cansativo, hein? Ouvir perguntas assim o dia inteiro.

— Não tem problema. — Dou de ombros, esperando parecer legal. — Poderia ser muito pior.

— Bom, você poderia ter viralizado por tentar subir uma escada rolante que desce no meio de um shopping lotado e acabar caindo e derrubando alguém usando uma fantasia de galinha gigantesca.

Eu a encaro.

— Isso foi bem... específico.

Ela ri.

— Estava entre os tópicos mais populares outro dia. Na verdade, acho que seu post roubou o lugar dele.

— Que bom? Acho?

— É um grande feito — ela concorda, rindo. — Você deveria ficar orgulhosa.

Paramos perto das mesas do refeitório e, por um momento, penso em perguntar se ela quer sentar comigo. Mas seria besteira. Não é como se eu tivesse um ótimo histórico em manter novos amigos; além disso, não consigo imaginar que construir uma amizade com base em uma mentira tão vergonhosa traria bons resultados. E, como ela disse, não foi nada de mais o fato de ter me ajudado.

Além disso, uma rápida olhada pelo refeitório me mostra que o namorado dela — *Daiki*, me lembro da chamada — está esperando por ela na maior mesa, no canto, ao lado de Caz Song, Stephanie, Nadia e um monte de outras pessoas do nosso ano, todas lindas, perfeitamente sociáveis e que falam alto. Estão rindo juntos de alguma piada que Caz deve ter acabado de contar, as bocas bem abertas, alguns rindo tanto que se curvam. Não consigo deixar de encarar por alguns instantes, uma sensação indesejada e irracional de inveja se alojando em meu estômago.

— Bom, obrigada de novo — digo para Savannah com um meio aceno, ansiosa para ficar sozinha. — Hm, tchau.

Ela parece surpresa, mas assente. Sorri.

— Imagina, é só falar.

Então eu a deixo lá. Saio do refeitório e subo os cinco lances de escada até o topo do prédio, a bandeja com o almoço firme em minhas mãos. Logo, o murmúrio de vozes e o barulho dos pratos desaparecem, e sou apenas eu de pé sozinha no terraço com a luz do sol quente e amarelada caindo ao meu redor.

Pela primeira vez desde a manhã, sinto que começo a relaxar um pouco.

Adoro vir aqui, não só porque é tranquilo e quase sempre vazio, mas porque é lindo. O terraço foi construído como um jardim, com pés de tangerina brilhantes, bambus esguios, uma planta de aparência retorcida cujo nome desconheço e flores frescas de jasmim — as favoritas de Ma —, que florescem em todos os lugares como pequenas constelações, adocicando o ar com seu aroma. Há até cordões de luzes penduradas ao redor das grades e sobre o balanço de madeira em um canto, embora eu nunca tenha ficado aqui até tarde o suficiente para vê-los acesos.

A vista também é linda. Daqui, é possível ver todo o campus da escola e Pequim se erguendo atrás dele, todo aquele vidro e aço brilhantes refletindo as nuvens do céu.

Esse é meu truque para sobreviver em novas escolas: encontrar um lugar assim, um lugar onde ninguém vai me perturbar, e torná-lo meu.

É ainda mais útil agora, quando preciso ficar sozinha por um tempo para pensar.

Eu me sento no balanço e equilibro a bandeja no colo, dando uma grande mordida no roujiamo. Então faço aquilo que venho adiando o dia todo: checo meu celular.

Em geral, tento ficar longe das redes sociais o máximo possível. Cada nova postagem de uma velha amiga serve como um lembrete doloroso: esta é a vida delas agora, sem você. Este é o grupo de melhores amigos delas, o namorado de quem não falaram; são elas seguindo em frente de vez. É a prova de que estavam mentindo quando disseram que se lembrariam de você e manteriam contato. Às vezes olho para uma foto no Instagram de alguém de quem eu era próxima em Londres, Nova Zelândia, Singapura, com seus cabelos recém-tingidos e sorriso largo e o tipo de jaqueta curta que não teriam coragem de usar anos atrás, e tenho a estranha sensação de ver uma desconhecida no meu feed.

Mas hoje chegam tantas mensagens que meu celular trava por um momento. Meu coração faz o mesmo. Pessoas com quem não falo há anos — pessoas da *escola primária* — me procurando, todas mandando prints ou alguma variação de *meu Deus, você conseguiu!* Algumas fazendo perguntas como *Como você está?* ou *Há quanto tempo!*, mas a formalidade disso, em comparação com as bagunças de letras e emojis que costumávamos enviar umas às outras sem pensar, só faz com que eu sinta outra pontada no peito.

E tudo o que consigo pensar é: *ainda bem que tenho a Zoe.*

Ela é a única que restou na minha vida. A única que permaneceu ao longo dos anos. E é a única que me enviou uma mensagem com um número completamente insano de pontos de exclamação exigindo uma explicação.

Envio uma resposta rápida para ela, prometendo atualizá--la sobre tudo na próxima vez que nos ligarmos, antes de abrir minha caixa de entrada com dedos trêmulos. Minha boca está muito seca. Mal consigo engolir.

Encontro pelo menos vinte e-mails de jornalistas e redatores de todos os tipos de sites, alguns solicitando entrevistas, outros pedindo material mais exclusivo, tipo algumas selfies de casal. Eu me imagino posando com um braço em volta de nada além do ar, ou um daqueles recortes de papelão de algum ídolo do K-pop, e o pânico sobe pela minha garganta.

Mas o absurdo não para por aí. Algumas pessoas me enviaram links para artigos inspirados na minha redação. "A história de amor adolescente que as pessoas não param de comentar: alegria na era do cinismo", diz um deles. Outro vinculou o "sucesso surpreendente" do meu texto ao renascimento das comédias românticas, bem como a "crescente desilusão" da minha geração com aplicativos de namoro como o Tinder. E um terceiro conseguiu de alguma forma incluir minha identidade racial na análise, alertando que tudo poderia ser um plano elaborado pelo governo chinês para "suavizar a imagem da superpotência global que emerge rapidamente".

Apesar do pavor tomando conta do meu estômago, não consigo evitar: uma risada de descrença brota em minha boca. Esta é de longe a coisa mais ridícula que já aconteceu comigo. Provavelmente, a mais ridícula que vai acontecer comigo *em todo o sempre*, ponto final.

Mas então um novo e-mail chega com um toque fraco, e minha descrença dá lugar ao mais puro espanto quando vejo de quem é.

Capítulo quatro

Prezada Eliza,
   Espero que esteja tudo bem!
   Meu nome é Sarah Diaz. Tive o enorme prazer de ler ontem à noite sua redação que viralizou, "Amor e outras pequenas coisas sagradas", e fiquei extremamente comovida com a sua história de amor (algo raro para uma pessoa cínica como eu). Dei algumas boas gargalhadas; também senti vontade de chorar, mas da melhor forma possível. Tudo isso para dizer que acho que você tem um potencial verdadeiro, e adoraria oferecer uma vaga de estágio aqui no Craneswift. Seria um estágio remunerado, com duração total de seis meses, e eu ficaria muito contente em escrever uma carta de recomendação para você no fim do período, caso decida aceitar...

Leio o e-mail pelo que deve ser a centésima vez no carro enquanto volto para casa, quase sem conseguir respirar.
   Craneswift.

Tenho medo de que as palavras desapareçam caso eu pisque. Que o pessoal do Craneswift me envie outro e-mail dizendo que foi um grande erro, que leram minha redação de novo e perceberam que tinham se enganado.

Porque isso — *isso* é tudo que eu sempre quis. Quer dizer, eu nem *sabia* que queria isso, nunca teria ousado sonhar em conseguir um estágio no Craneswift. O veículo que alavancou alguns dos escritores mais bem-sucedidos do mundo.

E Sarah Diaz é uma das melhores escritoras de lá. Talvez uma das melhores escritoras que conheço. Tenho um caderno inteiro cheio de citações que anotei dos ensaios e artigos que ela já publicou, que carrego comigo de uma cidade para outra. Dois anos atrás, ela ofereceu uma consultoria de trinta minutos sobre escrita em uma espécie de leilão, e o lance ganhador foi de mais de cinco mil dólares. *Esse* é o tanto que aspirantes a jornalistas valorizam o feedback dela.

Se Sarah realmente quer que eu trabalhe para ela — trabalhe *com* ela —, eu teria que ser louca para dizer não.

Mas o que vou fazer em relação ao meu relacionamento de mentira se disser que sim?

— Jie, por que as pessoas na escola estão dizendo que você tem um namorado?

Ergo a cabeça.

Emily está me observando com curiosidade do outro lado do assento. Estamos só nós duas no carro agora, além de Li Shushu, que está ocupado ouvindo a estação de ópera de Pequim favorita dele.

Ainda bem. Não sei o que diria se Ma ou Ba estivessem aqui.

— Sei lá — respondo, tentando rir como se fosse uma piada. — Não ligue pro que dizem.

— Mas você *tem* um namorado? — Emily pressiona, os olhos arregalados.

— Isso... isso não é da sua conta.

Resposta errada. Emily tira o cinto e se aproxima de mim, apesar dos meus protestos.

— É muito da minha conta — diz, se endireitando para parecer mais alta, mais importante. — Sou sua irmã. Você tem que me contar.

— Você ainda é uma criança.

Ela me lança um olhar indignado.

— Eu tenho dez anos.

Deixo escapar uma risada.

— Exatamente. E, para falar a verdade, você tem *nove*.

— Vou fazer dez em menos de seis meses — ela argumenta, a voz quase um choramingo —, é a mesma coisa.

— Ainda não muda o fato de que sou mais velha que você.

Ela fica em silêncio, mas sei que a conversa ainda não acabou. Ela só está ganhando tempo para pensar em uma boa forma de responder; nós duas somos como Ma nesse aspecto.

Eu também estou pensando — pensando em como devo lidar com a situação, que história devo contar para ela. A boa notícia é que Emily não tem autorização para usar redes sociais até fazer treze anos, então não tem como saber os *detalhes* da minha redação. Mas as pessoas na escola vão continuar comentando...

Apoio a cabeça no banco de couro macio e fecho os olhos. Sinto o estresse se transformando em uma dor de cabeça.

Quando abro os olhos de novo, Emily está tirando um pacote de Pocky sabor matchá da mochila, uma expressão triunfante no rosto.

— Que foi? — digo.

— Nada. — Mas ela está sorrindo agora. Um sinal de perigo. — É só que... pode ser que você não tenha que contar *pra mim,* mas vai ter que contar para Ma e Ba, certo?

Meus batimentos aceleram.

— Emily... não *ouse...*

— Então responda minha pergunta — ela insiste, abrindo a embalagem. — Vou guardar segredo. Prometo.

Aperto os dentes, ponderando qual será meu próximo passo. Basicamente tenho duas opções: suborno ou chantagem. Então meu olhar vai até os biscoitos de palito na mão dela.

Perfeito.

— Explico quando estiver pronta — digo. Ela abre a boca para argumentar, mas continuo, mais alto. — Até lá, você tem que prometer que não vai comentar nada sobre isso em casa. Eu compro dez pacotes de Pocky se você prometer.

Ela hesita, a boca ainda entreaberta. Se tem uma coisa que faz Emily aceitar um acordo, é comida.

— Tudo bem. — Ela dá uma mordida por fim, e deixo escapar um pequeno e silencioso suspiro de alívio. Uma coisa a menos para me preocupar por enquanto. Então Emily cruza os braços, erguendo o queixo. — Mas eu quero quinze pacotes, e quero que sejam de cookies e creme.

Franzo a testa.

— Você vai ganhar treze. Cookies e creme se estiverem disponíveis, só de chocolate se não estiverem. E ponto final.

É só quando vejo o brilho alegre nos olhos dela que percebo que era esse seu plano o tempo todo — ela provavelmente queria doze ou treze pacotes desde o começo. Vou ter que tomar mais cuidado com ela quando crescer. Já está aprendendo algumas das táticas de negociação de Ma.

Incerta se deveria ficar irritada ou impressionada, ergo a mão.

— Hm, você quer apertar as mãos? — Emily pergunta.

— Não, eu quero um Pocky; mal comi meu almoço. — Entendendo o sinal, meu estômago ronca. Por mais que os roujiamos estivessem bons, acabei comendo bem pouco. Após receber o e-mail de Sarah Diaz, eu estava ocupada demais surtando para comer o que quer que fosse. Quer dizer, essa oportunidade pode mudar o rumo da minha carreira — da minha *vida*. Só de pensar nisso, já fico tonta.

— Não é minha culpa — Emily protesta, segurando o pacote mais próximo do corpo. Mas, após alguns instantes, ela me entrega com relutância três biscoitos de palito.

— Obrigada, criança. — Sorrio quando a vejo fazer uma careta. Ela odeia quando as pessoas a chamam assim.

Ficamos ambas quietas pelo resto da viagem, Emily porque está comendo e eu porque estou tentando rascunhar uma resposta para o Craneswift. Após cerca de doze tentativas, acabo guardando o celular de volta no bolso, sem enviar o e-mail.

Não sei o que dizer. Esse é o problema. Eu nem sei como seria esse estágio, quais seriam as consequências se eu não tiver como provar minha história.

Tudo que sei é que preciso de um bom plano — e logo.

Passo o restante da tarde tentando bolar um plano enquanto termino a lição de matemática, e tudo o que consigo é uma série de respostas erradas e uma dor de cabeça terrível.

Então, após o jantar, decido dar um tempo a mim mesma e me juntar à minha família na sala.

Essa é a nossa tradição: por volta das nove horas, todas as noites, nós quatro ficamos juntinhos no sofá com uma tigela de frutas cortadas ou sementes de girassol torradas e assistimos a um episódio de um drama chinês.

— Então — digo enquanto me acomodo, jogando um cobertor fino por cima das pernas —, de quem é a vez de escolher?

Emily sorri.

— Minha.

Ao meu lado, Ma suspira.

— Você vai escolher alguma coisa com um xiao xian rou como protagonista, não vai?

Xiao xian rou é uma daquelas expressões da moda que só aprendi depois de ter me mudado de volta para Pequim. Significa literalmente "um pedaço de carne fresca", o que sei que pode soar um tanto carnívoro, mas é usado para descrever a maioria dos galãs adolescentes ou de vinte e poucos anos.

— O que você acha? — Emily diz, o sorriso ficando mais largo. Então, ao ver a expressão desesperançosa de Ma, acrescenta: — Não se preocupe, Ma. Você vai poder escolher da próxima vez.

— Quando vai ser minha vez? — Ba resmunga, esfregando os olhos. — Vocês sabem o que acho desses dramas românticos; por que as pessoas ficam esbarrando umas nas outras? E por que as protagonistas mulheres ficam falando para elas mesmas para *jiayou*, que vai dar tudo certo? Ninguém fala desse jeito.

— Foi você quem escolheu da última vez — recordo.

— Lembra daquela cena de tortura com sangue e tripas

por todo lado? E da Emily reclamando que não conseguia dormir depois?

Ba pisca, depois afunda de novo no sofá.

— Mal tinha sangue...

Emily e eu protestamos em voz alta ao mesmo tempo.

— Meu deus, Ba, tinha *muito* sangue...

— O chão estava todo vermelho brilhante...

— Não dava nem pra ver o rosto do ator...

— Meus olhos começaram a sangrar só de assistir...

— E todo mundo *morreu* no fim.

— Tá bom, tá bom — Ba diz apressado, trocando um olhar rápido e divertido com Ma —, podem escolher.

Emily ergue o queixo orgulhosamente.

— É bom mesmo.

Temos uma espécie de sistema em funcionamento, já que nossos gostos são tão diferentes: Ba ama aqueles filmes velhos de guerra em que as pessoas só gritam "traidor" a plenos pulmões e são atingidas por uma quantidade desnecessária de balas em câmera lenta; Ma prefere os dramas de negócios, apesar de passar metade do tempo zombando e gritando coisas como *"não é assim que um organizador de eventos trabalha!"*; e Emily e eu assistimos basicamente qualquer história de amor com um protagonista bonito.

Mas tenho a teoria de que, em segredo, Ma gosta desses romances tanto quanto nós gostamos. Fiz todo mundo assistir à *Os Indomáveis* quando era minha vez, e ela pareceu mais interessada nos personagens do que qualquer um de nós.

Emily agarra o controle e coloca um drama universitário bastante fofo. Ba assiste meio entediado, e Ma resmunga algo a respeito de todos os créditos de abertura serem iguais hoje em dia, mas eu me inclino para mais perto da televisão. É exatamente disso que preciso agora: escapismo puro e feliz.

Depois de dois minutos de cena (que incluem, como é de se esperar, a protagonista e seu interesse romântico esbarrando um no outro no corredor e trocando seus celulares) percebo que o protagonista me parece familiar.

Muito familiar.

Ele tem a mesma mandíbula esculpida, o mesmo olhar intenso e os cabelos pretos perfeitamente bagunçados. As mesmas maçãs do rosto elegantes e o nariz empinado. E apesar da postura do personagem ser diferente — pela primeira vez, ele não está se apoiando em nada —, a expressão, a forma como ele olha para a protagonista com aquela mistura encantadora de frustração e deleite, me é muito familiar também.

Caz Song.

Estou assistindo um dos dramas de Caz Song.

Bom. Lá se vai o escapismo.

Tento ignorar essa descoberta — afinal, coisas muito mais surpreendentes aconteceram hoje —, mas não consigo descrever o quanto é estranho ver um de seus colegas de classe flertando com uma atriz famosa na tela da televisão da sala de casa. De alguma forma parece uma invasão de privacidade, apesar de eu não ter certeza se é da privacidade *dele* ou da minha. Talvez de ambos.

— Ele é gato — Emily comenta quando a câmera se aproxima dos olhos de Caz, então de sua boca cheia, com um beicinho natural.

Eu quase engasgo.

— Não... não fale esse tipo de coisa, Emily.

— O quê? Ele *é*. — Emily se vira para Ma em busca de apoio. — Ele não é bonito, Ma?

Ma analisa a tela com cuidado.

— Hmm, melhor do que a maioria dos xiao xian rous que já vi. — Então, vendo o olhar de Ba do outro lado do sofá, ela complementa: — Mas é claro que seu pai é o cara mais bonito por aqui.

— Claro que sou — Ba diz.

Emily zomba.

— Claaaro.

— Bom, eu não acho ele *tão* bonito assim — resmungo, puxando o cobertor até o queixo. Na tela, Caz está acariciando a bochecha da menina com o dedão, e posso sentir minhas bochechas ficando quentes. — Deve ser só maquiagem. E filtros.

Sei por conta própria que não se trata de maquiagem nem de filtros, porque Caz tem essa mesma aparência toda vez que o vejo na escola, mas jamais irei admitir em voz alta para minha família que ele é atraente.

— Você é exigente demais, Jie — Emily diz.

— Ela está certa — Ma concorda, batendo no meu joelho. — Você nunca vai encontrar um namorado se não quer nem mesmo alguém como ele.

Emily abre a boca como se fosse corrigi-la, e meu coração quase para. Mas então ela pisca para mim e faz um gesto como se fechasse a boca com zíper. Li em algum lugar que irmãs desenvolvem um tipo de telepatia própria, o que deve ser verdade, porque sei com cem por cento de certeza qual é a mensagem que Emily está me passando: *não esqueça meu Pocky*.

É claro que não vou esquecer, envio de volta olhando para ela. *Mas fique quieta.*

Certo, ela responde. *Aproveitando, você pode me pegar um pouco de água?*

Reviro os olhos, mas me levanto e sirvo copos de água morna da chaleira para todos nós e corto uma manga só para ser legal. Quando me sento de volta, acabo lendo o e-mail de Sarah Diaz no meu celular de novo. Ainda está lá, uma evidência real e tangível de que o Craneswift quer que eu trabalhe para eles — mas também de que não posso manter minha mentira viva sozinha. Meus olhos correm até um dos requisitos do estágio:

Seria maravilhoso se seus posts pudessem ter mais detalhes do seu relacionamento, algumas fotos de vocês dois juntos...

Caramba, como vou arranjar fotos? Será que devo contratar alguém daqueles sites bizarros de alugue-um-namorado? Fazer uma montagem com a foto de um cara qualquer? Mas não, nenhuma dessas opções parece confiável. E do jeito que a internet é rápida, tenho certeza de que todos descobririam a verdade em menos de um dia. Tem que ser alguém que eu conheça de verdade, alguém convincente...

— Jie, você tá prestando atenção no drama? — Emily chama.

— Hm? Ah... claro. É claro. — Ergo a cabeça bem a tempo de ver Caz Song convidar a protagonista feminina para andar na garupa da moto dele. Enquanto observo os dois passearem pela cidade, a luz solar artificial se movendo acima deles, uma ideia surge em minha mente.

Uma ideia ridícula e absolutamente risível. Uma ideia que pode complicar ainda mais as coisas.

Mas uma ideia que pode funcionar.

* * *

Mais tarde, quando todos já estão dormindo, ligo meu computador. Respiro fundo. Então, me sentindo estranhamente constrangida e quase *ansiosa* por algum motivo, pesquiso por "Caz Song" no Baidu.

Os resultados aparecem todos de uma vez.

Há ainda mais artigos e entrevistas do que eu esperava, porque — para meu desespero — Caz Song é, de alguma forma, ainda mais popular do que eu esperava. Ele tem mais de cinco milhões de seguidores na conta oficial do Weibo, um número ridículo de páginas de fãs declarando amor eterno a ele e uma série de ensaios fotográficos profissionais e para campanhas publicitárias. Em todos, Caz está tão bonito que parece mentira. É quase ofensivo o quanto ele é perfeito, uma fantasia adolescente em carne e osso.

É um tanto bizarra a ideia de que esse menino da minha sala de aula, que eu vejo perto dos armários e refeitório e que sofre com os testes surpresas de matemática todos os dias, seja conhecido por milhões de pessoas ao redor do país. Não somente conhecido, mas as pessoas *gostam* dele. Adoram ao ponto de deixar um comentário de seis parágrafos em um dos vídeos dele, pedindo para que durma bem, se mantenha hidratado e cuide das plantas da casa.

Então me lembro que a *minha* redação foi vista por milhões de pessoas também e que agora, por extensão, todas essas pessoas me conhecem, e sinto que minha cabeça vai explodir. O que me traz de volta ao motivo de estar fazendo isso no fim das contas.

O motivo de *precisar* fazer isso.

Antes que perca a coragem, começo com o básico: a página do Caz no Baike.

É basicamente o equivalente da Wikipedia, que dá as informações biográficas de uma pessoa famosa divididas em categorias organizadas.

Eu já sabia algumas das coisas mesmo sem querer, pelas conversas que ouvia na escola. Tipo como ele nasceu nos Estados Unidos mas se mudou para Pequim quando tinha nove anos; ou como os pais dele são médicos, ambos originalmente de uma pequena cidade no sul da China; ou como ele tem treinamento profissional em artes marciais, toca cerca de dez instrumentos diferentes, sabe cavalgar e usar arco e flecha.

Mas há outros detalhes listados também, coisas importantes que eu definitivamente não sabia...

Como o fato de que ele mora no meu condomínio.

Meu coração parece pular. É perfeito. É quase perfeito *demais*, como se tivesse sido planejado pelo destino, ou talvez por Deus, se Deus estivesse interessado no drama bobo de adolescentes esquisitos.

Desço mais a tela, cada vez mais rápido, procurando mais fofocas, sites criados por fãs.

O artigo mais visualizado foi publicado algumas semanas atrás. Aparentemente, houve uma espécie de escândalo em uma grande cerimônia de premiação, tudo porque Caz Song não ajudou uma atriz mais velha e muito respeitada a se sentar. A seção de comentários embaixo é, como esperado, uma zona de guerra. Algumas pessoas ficaram tão irritadas com o comportamento dele que seria de se pensar que ele empurrou a atriz palco abaixo e riu na cara dela ou algo do tipo. *Desculpa, mas eu não consigo mais suportar ele,* um usuário escreveu. *Eu costumava pensar que ele seria o tipo perfeito de namorado, atencioso e cavalheiro, mas é óbvio que ele não tem nem a educação mais básica. Tchau, Caz. Foi bom enquanto durou.* Outras fãs mais fiéis surgiram para defendê-lo: *Mas pode ser que ele não tenha visto!* Ou: *Se ele tivesse ajudado, todos os anti teriam reclamado, dizendo que ele não respeitou o espaço pessoal dela. É literalmente impossível acertar.*

A história toda é ridícula, mas mais ridículo ainda é que uma grande marca de cosméticos parou de trabalhar com Caz Song após a repercussão, alegando que todos os seus embaixadores deveriam ser atenciosos, sensíveis e gentis e exigindo uma explicação pelo comportamento dele. Alguém chegou até a fazer um vídeo analisando a situação, e cliquei para ver. Logo depois veio um vídeo com o título "todas as entrevistas de Caz Song parte 1"...

Não percebo o quanto me enfiei nesse buraco até que me pego assistindo a um compilado de vinte minutos, editado por uma fã, de vídeos de Caz Song bebendo água.

— Isso é ridículo — murmuro para mim mesma, fechando com violência o notebook. — Estou sendo ridícula.

Durante algum tempo, fico sentada ali em silêncio, ouvindo o apartamento respirar à minha volta. Os pássaros cantando na noite distante. Notas de piano confusas flutuando de alguns andares abaixo, de um vizinho do qual ouvi falar, mas não cheguei a conhecer.

Então pego meu celular. Leio o e-mail que está praticamente gravado no meu cérebro a essa altura.

"Tive o enorme prazer de ler ontem à noite sua redação que viralizou, 'Amor e outras pequenas coisas sagradas', e fiquei extremamente comovida..."

E a decisão se solidifica dentro de mim. Pego o computador de novo e abro uma nova apresentação do PowerPoint, de repente grata por todas as vezes que Ma me pediu para revisar o trabalho dela antes que fizesse uma apresentação na empresa. Isso não deve ser muito diferente.

Em letras grandes e em negrito, escrevo o primeiro slide: *Uma Aliança Estratégica de Benefício Mútuo e Romanticamente Orientada para Ajudar a Alavancar Nossas Respectivas Carreiras.*

Capítulo cinco

O maior problema com meu plano, logo percebo, é ter que falar com Caz Song sozinho.
    Porque Caz nunca está sozinho. Tipo, *nunca*.
    Logo cedo, eu o vejo nos armários, cercado por pelo menos metade dos alunos da nossa série. Todos aparentemente fascinados pela maneira como ele tira os livros da mochila. Então, durante a aula, as pessoas não param de se sentar na cadeira ao lado da dele para pedir ajuda, apesar de ele estar longe de ser o melhor aluno. Até mesmo o trajeto até o refeitório da escola é, de alguma forma, uma grande atividade em grupo, com pelo menos dez pessoas atrás dele, oferecendo para pagar seu almoço ou listar os pratos especiais do dia.
    No fim da quinta aula do dia, educação física, começo a ficar inquieta.
    Desesperada.
    Então, quando somos liberados mais cedo para nos trocarmos, todos fedendo a suor e equipamentos de ginástica antigos, visto meu uniforme o mais rápido que posso, arrumo minhas coisas e espero do lado de fora do vestiário masculino.

Alguns caras saem primeiro, o cabelo ainda molhado dos chuveiros (eu nunca entendi como os meninos de fato conseguem tomar banho na escola), e se assustam quando me veem. Aceno para eles de forma estranha.

— Nada para ver por aqui — digo, alegre, dando um passo para o lado para eles passarem —, só matando tempo...

Para meu imenso alívio, Caz é a próxima pessoa a surgir. Seu cabelo está mais úmido do que molhado, caindo em mechas pretas e bagunçadas sobre o rosto, e por um momento me lembro de como ele estava na tela da minha televisão na noite passada. A maneira como ele tocou a bochecha daquela outra garota.

— Oi — digo. Minha voz sai mais aguda e alta do que eu pretendia, ecoando nas paredes de azulejo ao nosso redor.

Ele para. Olha para mim.

— Ah, olha só — diz por fim, sua boca se curvando em algo discreto demais para ser considerado um sorriso —, a minha não fã.

Reprimo uma careta e tento continuar como se não tivesse ouvido o que ele disse.

— Você... você tem um minuto?

Minha pulsação acelera. Eu nunca fiz isso antes, nunca abordei um garoto do nada, muito menos uma celebridade. Estamos tão perto que posso sentir o cheiro do xampu dele — um cheiro fresco e um pouco doce que me lembra o verão. Maçã verde, talvez.

Caz dá de ombros, parecendo um pouco confuso.

— Sim, claro, acho.

— Perfeito.

Sem dizer mais nada, eu o agarro pelo pulso e o arrasto para a sala vazia mais próxima...

Que por acaso é um dos armários da zeladoria. Excelente.

— Hm... — Caz diz enquanto fecho a porta atrás de nós. O cheiro forte de alvejante e pano úmido sobe instantaneamente para o meu nariz, e estou bem ciente de que há um esfregão sujo apoiado a centímetros do meu cabelo. — Por que estamos no armário do zelador?

— Essa é uma excelente pergunta.

Abro minha mochila e procuro pelo notebook antes de apoiá-lo em uma prateleira de álcool em gel. Para ser sincera, não foi bem assim que imaginei que aconteceria; eu queria um projetor, por exemplo, para valorizar o design da minha apresentação de slides, e espaço suficiente para fazer gestos elaborados sem derrubar uma montanha de papel higiênico.

Mas que seja. Consigo me adaptar.

— Então. Eu tenho uma proposta — digo para Caz, tão formal quanto consigo enquanto espero meu PowerPoint carregar. — E vai soar um pouco... *estranha*, talvez, mas prometo que vai ser boa. Para nós dois. Vai mudar nossas vidas.

Caz arqueia uma sobrancelha escura.

— Você está tentando me recrutar pra um culto, Eliza?

— O quê? Não, eu...

— Porque eu não tenho permissão — ele me interrompe, se apoiando em um aspirador de pó e de alguma forma conseguindo fazer isso parecer elegante. — Meu contrato não permite, quero dizer. Minha empresária não quer que eu me junte a nenhum grupo ou organização, a menos que seja a próxima grande *boy band*.

Eu nem sei como responder.

— Não — consigo dizer por fim. Balanço a cabeça. — Não, não é nenhum culto nem uma... *boy band*. Estou falando *disso*. — Aponto para a tela do computador, que mostra o primeiro slide, o título gigante brilhando na penumbra do armário.

Mesmo sem olhar, consigo sentir a surpresa de Caz.

— Antes que você diga que não ou comece a achar estranho — continuo, aproveitando o silêncio dele —, me deixa dar mais detalhes primeiro, tá?

— Claro. — Ele agora parece estar achando graça, o que não é exatamente o que eu queria, mas acho que é melhor do que se estivesse demonstrando impaciência ou desprezo.

Com um clique, o PowerPoint muda para o slide seguinte: *Um Breve Resumo Da Minha Crise Atual*. Prints da minha redação, do artigo do BuzzFeed e de alguns dos comentários mais curtidos do Twitter estão colados abaixo.

— Todos os seus slides são prolixos assim? — Caz brinca.

Franzo a testa.

— Obviamente não é isso que importa.

— Certo — ele diz, inclinando a cabeça. — Então me esclareça: o que importa aqui?

Uma leve irritação cresce dentro de mim, como o zumbido quase audível de uma mosca ou a coceira de uma etiqueta de roupa nova contra a pele. Ainda assim, eu me forço a sorrir. A manter a calma.

— Bem, sabe como eu disse na redação que estou namorando um cara desde... — Paro quando percebo o olhar perdido no rosto de Caz. — Você não leu minha redação?

Ele dá de ombros.

— Sendo sincero? Não.

Ok. Isso vai ser ainda mais difícil do que eu pensava.

— Mas posso ler agora, se isso for ajudar — ele oferece, pegando o celular.

Só de pensar nele lendo minha redação tão perto de mim enquanto fico esperando sua reação, tenho vontade de sair correndo do armário, mas espero em silêncio enquanto ele procura o link certo, o que parece levar todo o tempo do mundo.

Suas sobrancelhas se erguem quando por fim o encontra. Sua boca se contrai.

Então, para meu absoluto horror, ele começa a ler a redação em voz alta.

— "Foi o tipo de momento breve e sutil que raramente vemos nos filmes ou mostram nos romances. Não havia nenhuma orquestra dramática tocando ao fundo, nenhum fogo de artifício, nada além do céu claro de verão nos abrigando gentilmente, a sensação do suéter dele contra..."

— Meu Deus — digo, constrangida.

Ele continua lendo, mais alto:

— "... minha bochecha. Sentia saudades dele. Pode soar ridículo, já que ele estava tão perto de mim quanto as leis da física permitiam..."

— Estou odiando cada segundo disso — digo, os dentes cerrados. Posso *sentir* que estou me encolhendo. — Pelo amor de Deus, pare.

Ele sorri para mim, algo raro o suficiente para me fazer hesitar, mesmo que apenas por um segundo. Então diz:

— Você tem certeza de que não quer ouvir sobre como você "o deixou enterrar o rosto na curva do meu pescoço, quase como uma criança cansada faria. Eu tentei de todas as formas ficar imóvel, só para estar ali com ele, do jeito..."

— Caz — digo, irritada.

— Eliza — ele responde, mas felizmente para de me torturar com meu próprio texto. — Sabe, odeio ter que te dizer isso, mas se você não consegue suportar a ideia de *eu* ler essas poucas frases, não vai gostar *nem um pouco* do fato de que — ele olha para o celular por um segundo — mais de um milhão de pessoas já leram sua redação.

— Não tem problema. Quer dizer, não é a mesma coisa. Eu não conheço essas pessoas.

Percebo que ele não entendeu meu raciocínio, e não sei como explicar por que prefiro mostrar o que escrevo para pessoas aleatórias na internet do que para pessoas que me conhecem na vida real, então mudo o foco da conversa para questões mais urgentes.

— É o seguinte — começo, apontando de novo para o slide do PowerPoint. — A redação que você acabou de ler é... bom, é uma invenção.

— Uma invenção — Caz repete, a expressão ilegível. — Qual parte?

— Basicamente tudo — respondo rápido, como se isso pudesse tornar a situação menos embaraçosa. — Quer dizer, fui eu que escrevi, mas... não tem namorado nenhum. Não tem menino nenhum. É que... o prazo da tarefa estava chegando e eu não sabia sobre quem escrever, então entrei em pânico e...

— Inventou uma história? — ele termina por mim.

— É — confirmo, sem jeito. — Inventei.

Ele assente. Desvia o olhar. No começo, fico com medo de que tenha ficado chateado — talvez ele seja um daqueles alunos que levam a integridade acadêmica muito a sério ou algo do tipo e, nesse caso, estou ferrada —, mas então ele leva a mão à boca e percebo que está se segurando para não rir.

Inacreditável. Absolutamente inacreditável.

— Não é engraçado — protesto, cruzando os braços. — Isso é uma... uma grande...

Ele aponta para o título do slide.

— Uma crise?

— Sim. Agora pare de completar minhas frases — digo, irritada. — E *pare de rir de mim*.

— Tudo bem, tudo bem. — Ele se endireita e recompõe a expressão com uma velocidade impressionante, todos os traços restantes de humor sumindo do rosto. Não é à toa que ele é um ator profissional.

— Então deixa eu ver se entendi: agora todo mundo está torcendo por você e por esse relacionamento inventado e você quer que eu finja ser o namorado da redação até que tudo acabe. É isso?

Abro a boca para responder quando o sinal toca, um som áspero e estridente que atravessa a porta fechada. Em segundos, passos altos, vozes e risos se espalham pelos corredores, cerca de duzentos adolescentes falando ao mesmo tempo, acompanhados pelo bater de armários, o estalo e o baque de livros. O som de pessoas se aproximando. *Merda*. Eu só tenho dez minutos antes de o último sinal tocar.

— Olha, tanto faz. A questão é que, se você concordar em fazer isso comigo, também vai se beneficiar. Posso ajudar você com as redações de candidatura para a faculdade, por exemplo...

— Calma aí. — Ele levanta a mão, por pouco não derrubando um frasco de desinfetante. As sobrancelhas estão franzidas, a primeira falha em seu comportamento cavalheiresco. A voz sai cuidadosa e controlada quando ele pergunta: — Quem disse que preciso de ajuda com as redações para a faculdade?

— Hm... você disse. No telefone outro dia. Durante as reuniões de pais e professores...

— Ah, claro — ele responde, seco, apesar de haver certa tensão em sua resposta. Frustração. — Naquela conversa particular que você não estava ouvindo.

Não há uma maneira digna de responder, então me limito a abrir um sorriso tímido e rezo para que ele deixe esse detalhe em particular de lado. Mas é claro que ele não vai fazer isso.

— Mas não me lembro de ter mencionado nada sobre precisar de *ajuda* — diz ele, o queixo se projetando para a frente, olhos escuros brilhando. — Não é algo que eu faria.

— Não disse com todas as letras. Mas parecia uma questão bastante urgente e, não me leve a mal, mas já li os trabalhos que você costuma fazer para a aula de inglês, quando fizemos aquilo de avaliação em dupla. E não estou dizendo que seu trabalho não é bom, mas se você quer mesmo impressionar a equipe de admissões, um pouco de ajuda não faria mal.

Sua voz é completamente indiferente quando ele diz:

— Sabe, para alguém que diz não ser minha fã, você realmente sabe muito sobre mim.

— Não por escolha própria — retruco. —Você está em todos os lugares.

Isso soa muito mais amargo do que eu pretendia, e recuo rapidamente, ciente do princípio comercial mais básico: não insulte a pessoa com quem você está tentando fazer um acordo.

— Olha, não é só pelas redações. Também é uma boa publicidade pra você. Quero dizer, se você olhar para os comentários — aponto para o último slide —, as pessoas já estão apaixonadas por você só pelas descrições cheias de bajulação que faço do meu suposto namorado. E quem não ama a ideia de um ator famoso e que chama atenção por onde passa namorando uma escritora não celebridade do mesmo ano que ele? É o material perfeito para contos de fadas e revistas adolescentes. Além disso, depois do escândalo da cerimônia de premiação...

Algo muda na expressão dele.

— Como... você sabe disso?

— Essa proposta foi criada depois de uma extensa pesquisa — explico, embora sinta uma onda irritante de calor. Ele deve estar me imaginando pesquisando o nome dele na internet, o que não pode ser bom para seu ego já inflado. — E, graças à minha pesquisa, estou confiante de que isso pode ajudar a diminuir as reações negativas. Todo mundo vai saber, através de meus textos, que você é *tão* gentil e atencioso quanto eles fantasiavam. Então? — Paro para respirar. — O que você acha?

Ele não diz nada a princípio, apenas me encara, o queixo ainda levemente erguido como se estivesse pronto para se defender, o corpo tenso.

Por favor, diga que sim, imploro na minha mente. Meu coração bate com tanta força contra minhas costelas que tenho medo de que ele consiga ouvir. *Por favor, por favor, diga que você vai concordar com isso.*

— Hmm — é tudo que ele diz, com uma expressão blasé. — Então, esse relacionamento de mentira...

Olho incisivamente para o PowerPoint.

— Desculpa — diz Caz, com uma pequena reverência exagerada, lendo o primeiro slide —, esta *Aliança Estratégica de Benefício Mútuo e Romanticamente Orientada para Ajudar a Alavancar Nossas Respectivas Carreiras...*

— A.E.B.M.R.O.P.A.A.N.R.C., para ser mais rápido — ofereço.

— É, hm, não acho que fique mais rápido assim — Caz diz. Limpa a garganta. — Quer dizer, com certeza tem menos *letras*, mas... Sabe como é. Em questão de tempo...

— Tá bom — reconheço. — Continue o que você estava dizendo.

— Bom, o que ela... incluiria, exatamente?

A esperança vibra no meu peito. Ele está pensando a respeito. Caz Song pode mesmo concordar com isso.

— Nada maluco demais — eu o tranquilizo, meu coração acelerado. Ma sempre diz que sente esse aperto dentro dela quando está prestes a fechar um negócio. Eu nunca entendi o que ela quis dizer até este momento; cada músculo do meu corpo está tenso, no limite. A adrenalina faz minhas mãos tremerem.

Vou depressa até o último slide. Estabeleci um cronograma básico: seis meses, cobrindo o período do meu estágio no Craneswift e o tempo exato para coincidir perfeitamente com a data de lançamento do próximo drama dele, para aumentar a publicidade. E então há todas as regras básicas, como: sem beijo boca a boca; nenhum contato físico além de encostar de vez em quando no ombro um do outro e abraçar algumas vezes (só quando de fato for necessário); e nenhum gesto romântico elaborado, a menos que haja uma multidão considerável observando. Chegar a esta lista extremamente específica por volta das três da manhã foi provavelmente um dos momentos mais vergonhosos da minha existência até agora — e olha que a competição não é fraca.

— Sem *beijo boca a boca*? — Caz lê, e percebo que ele está se esforçando muito para não rir de novo. — Tem outro tipo?

Para minha grande irritação, sinto a parte de trás do meu pescoço ficar quente.

— Você sabe o que quero dizer. É só... é só uma expressão que as pessoas usam.

— Eu literalmente nunca ouvi ninguém dizer essas palavras específicas nessa ordem antes — ele me informa, a boca se curvando. Então, talvez percebendo a expressão assassina em meu rosto, ele faz um movimento de rendição desanimado e diz: — Tá bom, tá bom. Pode ser.

— Pode ser?

— Eu topo.

Pisco, meu cérebro demorando um pouco.

— Calma, desculpa. Você topa...?

— Isso. — Ele aponta para o computador. — A A.E.B.M.R.O.P.A.A.N.R.C. Mas ainda acho que poderíamos criar um nome melhor.

— É sério?

Ele pausa. Se aproxima um pouco, até que não haja nada entre nós além do ar escuro e rarefeito, o cheiro de maçã verde de seu xampu. Por instinto, dou um passo para trás.

— Sim, Eliza — diz ele, a voz séria. — Eu realmente acho que precisamos de um nome melhor.

Estou tão aliviada, tão atordoada com minha própria vitória, que nem me importo com a piada.

— Então... acho que está combinado — respondo, devagar. — Vamos mesmo fazer isso. — Estendo minha mão para um aperto que oficialize o acordo, ao mesmo tempo em que ele levanta a dele para um toca aqui.

Espera. Quem comemora esse tipo de coisa com um *toca aqui*?

— Tá — digo, quando nenhum dos dois se move. — Hm, acho que nós podemos...

Ele revira os olhos para mim, mas não antes que eu consiga notar o traço de humor em suas feições angulosas. Então, ele pega minha mão na dele e a aperta. Sua pele é quente e surpreendentemente lisa, macia mesmo, exceto pelos poucos calos na palma. E apesar da postura casual, seu aperto é firme. Ma aprovaria — não que isso importe.

Eu solto minha mão primeiro.

— Tá. Combinado — repito, meio atordoada. Tudo está acontecendo rápido demais. — Bom falar com você. Eu... entro em contato.

Eu me movo para abrir a porta, para correr para algum lugar quieto e organizar meus pensamentos, mas Caz estende um braço na minha frente. Ele parece estar debatendo algo em sua mente, mas, após alguns instantes, diz:

— Você sabe que poderia ter escolhido um método diferente, certo?

Eu pisco, sem entender.

— Você ouviu minha conversa no outro dia — fala lentamente, como se estivesse surpreso por ter que explicar isso. — Detalhes pessoais sobre mim. E você é uma escritora. Uma boa escritora, que agora tem um bom número de seguidores.

— E...?

— Você poderia ter me chantageado pra trabalhar com você. Ameaçado escrever um artigo enorme sobre minhas dificuldades na escola ou meus relacionamentos familiares ou qualquer outra coisa, a menos que eu concordasse com suas condições. Você não precisava fazer disso um acordo de *benefício mútuo*. — Ainda há um leve toque de provocação na maneira como ele diz isso, mas seus olhos estão escuros, mais sérios do que eu esperava.

— Eu... eu nunca tinha pensado nessa possibilidade — digo com total honestidade, surpresa tanto com a ideia em si quanto com a rapidez com que sua mente trabalhou para produzi-la. Ameaças e acordos forçados devem ser a forma como o mundo dele funciona.

— Você nunca tinha pensado nessa possibilidade — ele repete. Então seu rosto suaviza e ele se aproxima. — Bem, tarde demais para mudar de ideia. Começamos agora, certo?

— Hm?

— Esta é uma boa oportunidade — diz ele, gesticulando para nós, depois para o armário escuro e apertado e o barulho vindo do lado de fora. Antes que eu possa entender completamente o que ele está sugerindo, Caz passa a mão pelo cabelo já bagunçado, desabotoa um botão da camisa e morde os lábios até que pareçam um pouco inchados e vermelhos. Como se...

Como se tivéssemos acabado de nos pegar aqui.

— Eliza? — Caz me observa, aguardando. Imperturbável. Quase *entediado*.

Imagino que não seja nada de mais para ele. Atores como Caz devem andar por aí fingindo beijar as pessoas o tempo todo. Na verdade, ele provavelmente filmou cenas muito mais intensas do que meros beijos, com câmeras profissionais apontadas para sua boca e uma sala inteira de pessoas assistindo.

Mas o mais próximo que cheguei de beijar um menino foi naquela vez na sétima série, quando me virei durante uma dissecação de sapo ao mesmo tempo em que meu parceiro de laboratório, e nossas bocas ficaram a cerca de um centímetro de distância uma da outra. Ele se apavorou e correu para o banheiro, cuspindo e esfregando a boca o tempo todo como se tivesse sido envenenado, enquanto eu me encolhia na cadeira e rezava para que o chão me engolisse inteira.

Fiquei muito feliz por abandonar aquela escola alguns meses depois do infeliz incidente.

Enfim, não é como se eu pudesse dizer nada disso para Caz. É provável que ele risse, ou pior, *sentisse pena* de mim. Então, pego o protetor labial colorido que sempre guardo no bolso e espalho pelos meus lábios, tentando não pensar em como devo parecer ridícula. Quer dizer, devo parecer mais um palhaço do que alguém que acabou de finalizar uma sessão de pegação. As pessoas *finalizam* sessões de pegação? Ou elas *emergem*, sei lá, saem graciosamente, como uma espécie de sereia etérea do mar? Não, isso também não me parece muito certo...

Tanto faz.

— Está bom assim? — pergunto para Caz.

Ele me inspeciona por um segundo, a expressão pensativa, e algo muda nele. *Dentro* dele. Como se uma câmera tivesse sido ligada e ele estivesse assumindo um novo papel, um personagem diferente, a mudança tão rápida que me apavora.

Então ele pega meu rabo de cavalo.

— Posso?

Não tenho certeza do que ele quer dizer, mas sorrio. Assinto. Resisto ao impulso de sair correndo.

E então os dedos longos de Caz estão correndo pelos fios, soltando meu rabo de cavalo, seus movimentos tão leves e rápidos que mal registro alguma coisa, exceto uma leve e agradável sensação de formigamento no couro cabeludo. É um gesto pequeno e casual, mas no breve momento em que suas mãos ainda estão no meu cabelo e seus olhos estão em mim, eu sinto... *algo*. Algo como constrangimento, mas ao mesmo tempo bem diferente disso.

Então a sensação acaba. Caz se afasta e se vira para a porta, olhando para mim por cima do ombro.

— Você está pronta?

Não. Nem um pouco.

Sei que não posso confiar no garoto que está diante de mim — esse lindo ator com cabelo perfeito e charme ensaiado e hordas de fãs, a pessoa que todo mundo quer ter ou quer ser. Mas, no momento, não tenho opções melhores.

— Claro — respondo, injetando tanto entusiasmo na minha voz quanto possível.

Mas ele parece acreditar em mim, porque gesticula para que eu me aproxime e escancara a porta.

Por um breve e feliz segundo, ninguém nos nota saindo do armário do zelador.

Os alunos continuam a lotar os corredores da escola, gritando para seus amigos de lados opostos dos corredores, empurrando os livros e as mochilas das pessoas para chegar à próxima aula. Ninguém repara em nossos cabelos bagunçados e lábios inchados e me pergunto — boba, ingênua — se isso talvez não vai ter tanta importância quanto eu pensava.

Então, no segundo seguinte, *todos* percebem.

A cena não é tão dramática quanto seria em um filme. As pessoas não congelam em seus lugares ou tropeçam nas escadas ou deixam as mochilas caírem em estado de choque. Mas há uma queda perceptível no volume, uma pausa, como um vídeo que está carregando.

Sussurros começam a flutuar ao nosso redor.

Caz, é preciso dizer, não parece se afetar. Ele está com a expressão presunçosa e um pouco tímida de um cara que acabou de ser pego beijando uma garota de quem gosta e não se importa que o mundo inteiro descubra.

Eu, por outro lado, não sei o que fazer comigo mesma. Meu rosto está todo quente e coçando, e algumas mechas do meu cabelo grudaram no protetor labial. Agora, mais do que nunca, gostaria que houvesse algum tipo de guia sobre o que fazer quando você é empurrada do anonimato para o centro das atenções em dois dias. É o suficiente para derrubar qualquer um.

— Ai, meu Deus — alguém à minha esquerda diz, e funciona como um gatilho, desencadeando uma série de reações audíveis.

— Ai, meu *Deus*.

— Você viu isso? É Caz Song e...

— *Ele* é o cara da redação da menina?

— Conte pra Brenda. Ela vai surtar, cacete...

Posso sentir um milhão de olhares grudados na minha nuca enquanto ando com Caz para a aula de inglês, nossos ombros próximos o suficiente para se tocarem.

— Você está bem? — Caz sussurra para mim na entrada da sala, a mão apoiada no batente atrás do meu ombro. Mil vezes, em filmes e videoclipes e na vida real, vi casais ficarem próximos assim. Mas, para mim, é completamente novo.

Não que eu possa deixar transparecer.

— Sim — digo, como se fosse óbvio. — Claro. E você?

Ele ri, e só então percebo o quão idiota minha pergunta deve soar. Por que ele *não* estaria bem? Ele é um ator, uma celebridade. Chamar atenção é o normal para ele.

O sinal toca de novo — um aviso final. Todos os alunos que já estão sentados olham para nós.

Desvio o olhar e vou depressa para minha mesa de sempre, no meio da sala, onde me sento sozinha. Para minha surpresa, no entanto, Caz se joga na carteira vazia ao meu lado, como se já tivesse feito isso um milhão de vezes.

Os olhares disfarçados se transformam oficialmente em pessoas nos encarando.

— O que você tá fazendo? — murmuro com o canto da boca. Ainda que não haja regras oficiais a respeito disso, todo mundo sabe que a divisão territorial das salas de aula é rigorosa: alunos esforçados e academicamente talentosos na frente, populares e esportivos na parte de trás e todos os outros no meio. Caz sair da última fileira para sentar ao meu lado é o equivalente escolar a alguém cruzando a fronteira da Coreia do Norte.

— É mais fácil assim — é tudo o que ele diz, inclinando a cadeira para trás.

O sr. Lee entra na sala de aula e olha duas vezes ao nos ver sentados juntos, de forma discreta, mas perceptível, e então começa a distribuir as folhas de exercícios. Caz imediatamente rasga um canto da atividade de leitura sobre ritos funerários, rabisca algo nele e desliza o bilhete amassado para mim.

Ele faz tudo isso enquanto olha fixamente para a frente, a expressão entediada e vazia.

Eu também posso ser uma boa atriz. Finjo estar ocupada anotando a data na minha folha enquanto abro o bilhete, escondendo-o com a mão.

O telefone dele está escrito no meio.

Certo. Escrevo meu número no espaço abaixo e rasgo, esperando o professor se virar para deslizar o bilhete de volta.

Minha primeira vez trocando número de telefone com um garoto e parece que estou organizando um assalto a banco ou algo assim. Mas, de novo, talvez seja melhor desse jeito. Esse acordo só vai funcionar se mantivermos as coisas estritamente profissionais.

Mais tarde, quando estou de volta em meu quarto, respondo o e-mail do Craneswift.
Levo uma hora inteira para escrever três frases. Metade desse tempo é gasto tentando descobrir quantos pontos de exclamação devo usar e onde devo colocá-los. Em minha defesa, há um equilíbrio muito delicado a ser atingido. Se usar dois pontos de exclamação seguidos, por exemplo, corro o risco de parecer ansiosa e carente. Mas se *não* usar pontos de exclamação, tudo que disser vai soar estranhamente monótono e frio. No fim das contas, decido não arriscar e coloco só um ponto de exclamação, após o *obrigada*.
Então perco mais meia hora questionando qual despedida é mais apropriada (um artigo on-line recomenda *Atenciosamente*, enquanto outro é veementemente contra).
Se é isso que significa ser uma Profissional no Mercado de Trabalho, então, sendo muito sincera, não, obrigada.
Assim que envio o e-mail, tiro o uniforme e me jogo na cama, sem esperar uma resposta até pelo menos a manhã seguinte. Mas então meu telefone apita com um novo e-mail.
Sarah Diaz quer me ligar.
Tipo, agora mesmo.
— Ai, meu Deus — digo, me levantando em um pulo. Meu coração já está batendo em um ritmo louco. — Ai, meu Deus, ai, meu Deus, ai, meu Deus.

Ela mandou o número do telefone no e-mail. Digito com cuidado no celular, verificando cada dígito duas vezes, depois pressiono o botão de chamada com as mãos trêmulas. Enquanto ouço o telefone tocar, olho para a parede branca e vazia do meu quarto e tento me concentrar na minha respiração.

Sarah atende no terceiro toque.

— Alô? — Minha voz soa muito aguda e trêmula. Pareço uma criança de *sete anos*. Limpo a garganta. — Está me ouvindo? — Não, agora está grave demais.

Antes que eu consiga me lembrar de como falar direito, Sarah Diaz responde:

— Oi, Eliza, estou te ouvindo. — Ela usa o mesmo tom suave, nítido e superprofissional que ouço Ma adotar sempre que fala com clientes.

— Alô — repito, sem fazer sentido algum. *Se recomponha.* — Srta. Diaz. É um prazer conhecê-la.

— Ah, pode me chamar de Sarah. — Então, talvez porque ela possa sentir meu nervosismo e admiração pelo celular, deixa escapar uma risada. — Desculpa por marcar uma ligação tão em cima da hora. Espero que você não esteja muito ocupada...

— Ah, não, de jeito nenhum — me apresso em responder. — Não tinha nenhum plano. Estou tipo, muito livre. Estou sempre livre.

— Bem, isso é bom de ouvir — diz ela, e soa como se estivesse falando sério. Há o zumbido baixo de uma impressora ao fundo e o barulho de teclados, e eu a imagino sentada atrás de uma mesa de escritório preta e elegante com vista ampla da cidade abaixo, um cappuccino fumegante e revistas brilhantes espalhadas sobre uma mesa de centro. Como deve ser viver uma vida assim? Ser alguém como ela? — Acho que, antes de mais nada, queria dizer o quanto gostei da sua redação e como estou feliz por você ter aceitado nossa oferta de estágio. Como você já deve saber, queremos muito expandir nosso público e atrair leitores mais jovens, e achamos que você seria a pessoa *perfeita* para nos ajudar com isso. Sua escrita tem essa energia muito autêntica e jovem que com certeza ressoará com os adolescentes, além de ter a profundidade que atrai nossos leitores mais velhos...

Vamos lá, preste atenção, digo a mim mesma, pressionando o celular o mais próximo possível da orelha, a tela quente contra minha pele. Ouça de verdade. *Decore cada palavra. Você não vai ter outra chance de ser elogiada por alguém como Sarah Diaz.*

Mas estou tão focada em me lembrar de ouvir Sarah e me maravilhar com o quão estranho é estar ao telefone com ela que não consigo processar uma única palavra do que ela diz.

Quando dou por mim, Sarah está perguntando:

— O que você acha, pode ser assim?

— Hm... — Tento não entrar em pânico enquanto meu próprio silêncio confuso preenche a ligação. Ou me limito a dizer que sim e descubro mais tarde com o que concordei, ou peço a ela que repita tudo o que disse nos últimos cinco minutos e corro o risco de parecer uma idiota. Que droga. O que Ma faria? — Desculpe, hm, você poderia apenas esclarecer essa última parte? Quero ter certeza de que entendi tudo antes de decidir prosseguir.

— Ah, sim, claro — Sarah diz, ainda mantendo o mesmo tom agradável e profissional. — Então, pensamos em um post por semana no nosso blog, na seção de Amor e Relacionamentos. Pense nisso como uma continuação, ou uma forma de atualizar os leitores sobre seu relacionamento, o que vocês têm feito juntos, onde vocês costumam ir em seus encontros. Quanto mais detalhes, melhor, na verdade; queremos que nossos leitores sintam que realmente estão nessa jornada *com você*. E seria ótimo compartilhar nas redes sociais também, de preferência no Twitter, já que é onde seus seguidores parecem estar crescendo mais rápido, mas depende de você. Ao todo, não deve levar mais do que quinze horas semanais. Ah, e no final do período de seis meses, *adoraríamos* que você escrevesse um artigo mais longo sobre qualquer tópico de sua escolha; vamos publicá-lo na nossa edição impressa de primavera. O que você acha, Eliza?

— Ok — concordo lentamente, como se pudesse dizer não para ela. — Parece bom.

— Ah, maravilhoso! — De alguma forma, quase consigo *ouvir* a alegria dela. — E você tem certeza de que seu namorado não vai se importar? Entendo que é colocar um holofote em vocês dois, ainda mais sendo tão jovens...

Ao que tudo indica, Sarah ainda não sabe sobre Caz. Me sinto tentada a contar para ela agora (ela provavelmente ficaria extasiada; afinal, o que é mais midiático do que namorar uma quase celebridade?), mas me obrigo a esperar. É melhor que venha de outra fonte. Será mais convincente assim.

— Não acho que ele vá se importar — eu a tranquilizo. — Holofotes são com ele mesmo.

Sarah ri alto, provavelmente pensando que estou brincando.

Depois que confirmamos os detalhes do contrato de estágio e desligo atordoada, checo meu e-mail, ainda meio convencida de que é tudo uma alucinação. Mas lá está o contrato que ela prometeu, com meu nome escrito no topo.

É pra valer. Craneswift. Minha revista favorita quer que *eu* trabalhe para eles.

Encaro o e-mail sem piscar até minha visão embaçar e meu coração ameaçar explodir. E logo desabo de volta na cama com uma risada leve e esganiçada.

— Que loucura é essa — sussurro para mim mesma.

Capítulo seis

Pela segunda vez nessa semana — e dois dias seguidos — estou dentro do armário do zelador com Caz Song.

— Deve ter um lugar melhor para nos encontrarmos — Caz resmunga enquanto fecho a porta. Ainda é muito cedo, antes de as aulas começarem de verdade.

— Não é culpa minha se você é tão popular — digo para ele, tentando sem sucesso esconder o leve tom de irritação na minha voz. Alguns minutos atrás, eu literalmente o agarrei pelo cotovelo e o arrastei para longe de uma multidão de alunas empolgadas como se fosse segurança dele. — E esse lugar não é *tão ruim*. — Aponto para as quatro marcas diferentes de desinfetante nas prateleiras e o pote com esponjas de cozinha perto do meu pé. — Na verdade, ele é bem, hm, abastecido. Muito prático. Tipo, se tiver um terremoto ou coisa assim, daria pra se virar bem aqui, sabe?

Caz faz um som baixo que pode ser uma risada ou puro deboche.

— Tá bom, pare de tentar me vender o armário do zelador ou seja lá o que você estiver fazendo e me explique por que estamos aqui. De novo.

— Bom, eu só queria ter certeza de que nós dois sabemos o que vamos fazer hoje. Nessa coisa de relacionamento.

Ele me lança um olhar que parece dizer *É isso?*

— E você não podia ter me enviado uma mensagem?

— Eu estava ocupada ontem — argumento. O que é verdade, pois passei muito tempo revendo os detalhes do contrato e outras duas horas tentando escrever uma resposta que parecesse profissional para Sarah, mas não é o único motivo. Tem alguma coisa um tanto aterrorizante na ideia de falar diretamente com ele pelo celular, fora da escola.

Está bem, *muito* aterrorizante.

Caz balança a cabeça.

— E o que mais temos pra falar? — Antes que eu possa responder, ele finge estar horrorizado. — Espera aí, não me diga que você tem outro PowerPoint pra apresentar...

— Não — digo, revirando os olhos, apesar de a ideia ter passado pela minha cabeça ontem à noite. Mas ele não precisa saber disso. — E temos *muita* coisa pra falar ainda; consistência é a chave para que acreditem em uma mentira. Tipo, sei lá, nós vamos para as aulas juntos? Você está pensando em sentar do meu lado em todas as aulas? Vamos almoçar juntos? E almoçar juntos vai ser, tipo, uma coisa permanente daqui em diante? Você vai me apresentar para seus amigos? Eu deveria saber quem são seus amigos, já que, na teoria, estamos juntos há alguns meses? Se alguém perguntar dos seus pais ou coisa do tipo, tenho que fingir que já me encontrei com eles? Se alguém me perguntar se você é sarado, devo dizer que sim?

— Só pra constar, a resposta é sim.

Eu o encaro.

— Sim?

— Se alguém perguntar se eu tenho tanquinho, diga que sim. — Ele faz um movimento longo e preguiçoso com as duas mãos, como um gato se espreguiçando ao sol. Ele é tão alto que os dedos quase raspam no teto do armário. — Vai ser bom para a minha imagem.

— Tá bom. Mas então *você* vai falar pra todo mundo que eu beijo muito bem.

Ele sorri, um sorriso lento, amplo e provocante, e é a primeira vez que noto que ele tem covinhas. Uma descoberta inútil. Mas ao mesmo tempo...

— Combinado.

— Tá. Então... ótimo.

— Ótimo.

— Legal.

— Legal — ele repete, e posso jurar que está tentando me irritar agora.

— *Maravilhoso* — digo, irritada, cruzando os braços. — Agora, falando de coisas mais importantes... Sobre irmos para as aulas juntos...

— Posso só falar uma coisa?

A mesma sensação de leve irritação de ontem surge dentro de mim. Fala sério. Caz Song era muito mais charmoso quando era apenas uma imagem bonita na tela da televisão.

— Você já não está falando uma coisa?

— Posso falar outra coisa, então? — Sem esperar que eu concorde, Caz abre os braços e diz: — Olha, eu entendo o que você está tentando fazer com essa coisa de, hm, consistência. Mas talvez... só *talvez*... não seja necessário combinar cada detalhe? Podemos só assumir nossos papéis e deixar a história acontecer naturalmente. Vai ser mais realista.

Acontecer naturalmente. Como se alguma coisa nesse nosso acordo fosse ou pudesse ser natural.

— Essa é uma péssima ideia — respondo. Minhas palmas chegam a ficar um pouco úmidas só de pensar. Planejar as coisas em detalhes significa que há limites, e limites significam que ao menos poderei controlar alguma coisa.

— Por quê? — ele pergunta, sem desistir. — Do que você tem tanto medo?

Sinto um arrepio.

— Não estou com medo. — Então, ouvindo a mentira descarada em minha própria voz, decido partir para o ataque. — O que *você* tem contra seguir um roteiro legal e bem pensado?

Ele respira entredentes.

— Não tenho nada contra. É só que... já estou seguindo *muitos* roteiros legais e bem pensados, sabe? É como meu trabalho funciona.

Isso é o suficiente para me fazer vacilar, mesmo que apenas por alguns instantes.

— Vamos fazer do meu jeito — Caz insiste. — Só por hoje. Se não funcionar, podemos tentar do seu jeito.

Não, obrigada. As palavras já estão na ponta da minha língua quando o primeiro sinal toca. É sempre mais alto de manhã, um guincho horrível e prolongado que pode ser ouvido a pelo menos três quadras de distância. Acho que o objetivo é encorajar os alunos a chegarem mais rápido às salas, mas sei que algumas pessoas chegam à escola dez minutos atrasadas só para não ouvir o sinal tocar.

Recuo enquanto o som ecoa pelo corredor. Não há tempo para negociar, então lanço a Caz meu olhar mais firme de quem não quer saber de desculpas e digo:

— Tudo bem. Mas só por hoje.

Eu me arrependo quase imediatamente das minhas palavras.

Estamos saindo do prédio velho do último ano, no fundo do campus, em direção à aula de matemática, caminhando no calor pegajoso do verão e, para minha surpresa, ainda não aconteceu nada de muito vergonhoso. Ao nosso redor, todos os nossos colegas estão mantendo distância, nos observando apenas quando pensam que não estamos olhando. Acima de nós, o céu é tão azul que parece falso.

Caz fica em silêncio enquanto caminhamos lado a lado, e agradeço internamente. A única coisa pior do que o silêncio constrangedor é o tipo de conversa sem sentido que acontece apenas para preencher esse silêncio.

Então, sem aviso nenhum, Caz pega minha mão, seus dedos longos e finos roçando os meus, e eu honestamente não consigo explicar o que acontece a seguir.

É como se meu corpo entrasse em modo de defesa. Sem pensar — sem nem mesmo *perceber* o que estou fazendo —, eu me afasto e bato no pulso dele.

O barulho de tapa ressoa, horrível e terrivelmente alto. O tipo que você costuma ouvir em filmes durante um confronto dramático.

E então uma pausa pelo choque. Seguido por...

— Que *merda* foi essa? — Caz pergunta, parecendo mais confuso do que irritado. Ele puxa a mão para perto do corpo, mas não antes que eu veja a vermelhidão em sua pele. — Por que você me bateu?

— D-desculpa — balbucio. Sinto meu rosto inteiro queimar, os dedos formigando onde ele os tocou, ainda que por pouco tempo. — Eu... eu não sei. Fui pega de surpresa.

— Porque seu *namorado* tentou segurar sua mão? — ele insiste, confuso.

— Sim. Não. Quer dizer... — suspiro. Desvio o olhar, me xingando por nos colocar nessa situação ridícula e pela confissão ainda mais ridícula e excruciante que tenho que fazer agora. Acho que ninguém consegue nos ouvir, mas mantenho minha voz baixa por via das dúvidas. — Eu nunca, hm, nunca andei de mãos dadas com um menino antes.

— Calma aí. — Caz anda mais devagar. — Nunca?

Isso já está ficando pessoal demais para o meu gosto, mas como ainda me sinto mal por basicamente tê-lo agredido, assinto uma vez e digo:

— É, não. Eu nunca namorei ninguém antes, então...

Minhas palavras pairam no ar quente entre nós. Estamos perto das quadras agora, asfalto escuro e grama artificial brilhante por toda parte. Felizmente, há espaço suficiente para continuarmos nossa conversa longe do restante de nossos colegas, então ninguém ouve quando Caz repete, incrédulo:

— Você *nunca* namorou ninguém antes. Nunca mesmo.

— Não — murmuro, andando mais rápido, como se de alguma forma pudesse fugir de meu próprio constrangimento. Quer dizer, não é como se a ideia de ter uma experiência romântica limitada na minha idade fosse *inerentemente* vergonhosa ou algo assim. É só que... Caz Song é a última pessoa com quem eu gostaria de falar sobre o assunto. Caz Song, que é a definição de desejável, que tem tudo o que uma pessoa poderia querer, que nunca teve que se preocupar com rejeição ou solidão ou ser deixado para trás. Que, de acordo com os artigos que li, já esteve em pelo menos três relacionamentos, todos com modelos ou lindas colegas de elenco.

— Hm — é tudo o que ele diz. Sinto que está me analisando, como se tentasse decifrar alguma coisa. Minha pele parece ferver, e não só porque o sol está de matar. — Então... como você conseguiu escrever tudo aquilo sobre se apaixonar?

Ao menos essa pergunta é fácil de responder.

— Eu enrolei — digo, e fico feliz pela convicção na minha voz. — É tudo besteira. Eu só escrevi porque essa era a tarefa.

Caz não pergunta mais nada depois disso, e também não tenta segurar minha mão de forma espontânea de novo enquanto nos aproximamos da sala de aula. Bom. Digo a mim mesma que isso é bom. Excelente. Muito melhor do que ele pensando que eu anseio em segredo por um romance de conto de fadas ou que me importo com qualquer uma dessas coisas.

Não é como se eu não acreditasse no amor, porque eu sei que ele existe. Meus pais se conheceram no ensino médio, quando Ma era a presidente da turma e Ba era o garoto quieto e misterioso que sempre ia para a escola com camisas amarrotadas e entregava a lição de casa com dois dias de atraso. Depois que o colégio colocou os dois para dividir uma mesa, começaram a trocar bilhetinhos escritos à mão e desenhos por baixo da carteira. Os bilhetes se transformaram em almoços juntos, que se transformaram em encontros de verdade, que então se transformaram em um relacionamento sério e de longo prazo. Eles acabaram indo para universidades diferentes em extremos opostos do país para estudar coisas muito diferentes, mas lidaram bem com a distância.

E agora, décadas depois, na idade em que a maioria dos casamentos tende a estagnar e azedar, ainda se amam muito. Eles nem sempre se lembram do aniversário de casamento ou saem para encontros em restaurantes chiques, mas Ma uma vez passou quatro horas em uma fila embaixo de chuva só para comprar o tipo favorito de castanhas assadas de Ba, e Ba vai em todos os eventos e coquetéis do trabalho de Ma, por mais que odeie esse tipo de confraternização.

Acho que meu ponto é que eu acredito no amor. Sério. Só não estou convencida de que esse tipo de amor possa acontecer comigo.

Capítulo sete

— **Vai, pode me contar tudo.**

Estou largada na cama com um moletom velho e calça de pijama xadrez, o computador mal equilibrado em cima de uma pequena pilha de travesseiros. O rosto de Zoe ocupa a maior parte da tela, a pele esbranquiçada pela luz do abajur. Ela também está no quarto; vejo a estante abarrotada atrás dela, as fotos Polaroid coladas na parede. Fotos nossas de anos atrás.

Sinto ainda mais saudade dela só de ver essas fotos, a nostalgia se esgueirando pelas minhas costelas e se alojando em volta do meu coração, por mais que, para todos os efeitos, ela esteja bem na minha frente.

— Você primeiro — digo, me virando de lado. — Como você foi na prova de história?

Desde que a conheço, Zoe sonha em estudar ciência da computação em Stanford da mesma forma que sempre sonhei em me tornar escritora, o que significa que cada prova que ela faz é importante. Cada ponto conta.

— Ah, *isso*. Acho que fui melhor do que pensava — diz casualmente, mas sei pelo seu pequeno e mal disfarçado sorriso que ela deve ter tirado nota máxima. Não ficaria satisfeita com menos do que isso.

— Amamos uma intelectual — digo, e ela ri. Eu rio também, feliz por Zoe estar feliz.

— Tá bom, tá bom, mas agora é sério — ela ergue a mão. Endireita a postura. — Deixando minhas notas de lado, acho que precisamos voltar ao fato de que você aparentemente *ficou famosa* desde a última vez em que nos falamos. E está fazendo um estágio superchique e tudo mais, e só fui descobrir isso através de um *artigo de revista*?

Sei exatamente do que ela está falando. Publicaram um artigo ontem com uma foto em que Caz e eu íamos para a aula juntos. Quem quer que tenha tirado a foto conseguiu capturar o momento exato em que Caz pegou minha mão, logo antes de eu dar o tapa. Nela, meus olhos estão arregalados de surpresa e talvez um pouco de vergonha, as bochechas coradas. E Caz está fazendo aquela coisa com a boca, um lado dela curvado em um meio sorriso, seu olhar fixo em mim.

— É, eu sei — consigo dizer —, é... é uma loucura.

— Não, tipo, sério. Ouve isso aqui. — As unhas dela batem rapidamente no teclado, então ela limpa a garganta e começa a ler. — *O namorado de Eliza é ninguém mais, ninguém menos que o lindo e promissor ator sino-americano Caz Song. Mais conhecido por seus papéis em* A Lenda de Feiyan, Tudo Começa com Você *e* Cinco Vidas, Cinco Amores, *o jovem astro tem causado muito furor na China continental...*

— Eu já li — corto apressadamente, fazendo uma careta.

— E acho que você está sendo discreta *demais* sobre isso — Zoe diz. — Você sabia que está entre os tópicos populares no Weibo, tipo, agora?

— Sim, os agentes do Caz já falaram pra ele. — E ele me contou, orgulhoso, acrescentando a estatística que mostra que os níveis de interesse em seu próximo drama já dispararam 300%. Eu ficaria mais feliz por ele se ele não fosse tão presunçoso sobre tudo isso, ou se não insistisse que a *espontaneidade* é o melhor caminho a ser seguido.

— *Caz* — Zoe repete, prologando a sílaba em sua língua como se significasse alguma coisa. — Então, qual é exatamente a situação com ele?

Por instinto, abro a boca para mentir, mas depois lembro que Zoe sabe. Ela é a única pessoa no mundo que sabe que minha redação era falsa, o que agora, ironicamente, significa que é a única pessoa no mundo para quem posso contar a verdade.

— Ele é... Vamos dizer que ele é uma forma de gerenciar os riscos.

Suas sobrancelhas se erguem, sem surpresa. Zoe está sempre um passo à frente de todos.

— Até quando?

— Até que meu estágio termine e eu receba minha preciosa carta de recomendação de Sarah Diaz, e então podemos nos separar felizes e bem-sucedidos e nunca mais nos incomodarmos.

— Hm — Zoe diz.

— O quê?

Ela pisca para mim, toda inocente.

— Nada.

— Para com isso. — Lanço um olhar para ela. — Nós duas sabemos bem o que seus *hm* significam. Desembucha.

Ela abafa uma risada. Balança a cabeça.

— Eu só acho engraçado.

— Engraçado?

— Sim. O que quero dizer é que se você tivesse escrito uma redação *verdadeira,* não teria que passar por esse caos todo.

— Mas agora é tarde demais pra dizer isso — protesto, lutando contra a pontada de pavor no meu estômago. Está mais nítido do que nunca nesse instante. Ainda me lembro da primeira vez que Zoe leu um dos meus textos na escola, antes mesmo de sermos melhores amigas. Assim que terminou de ler, ela ergueu os olhos, arregalados, e disse *você já pensou em ser escritora? Você é boa demais nisso.* Memorizei cada uma das palavras. Ela foi a primeira pessoa que acreditou em mim de verdade, então, de certa forma, isso é exatamente o que ela desejou para mim, para minha vida. Por outro lado, é o total oposto. Engulo o nó na garganta e continuo —, a redação já foi entregue e, pelo bem ou pelo mal, todo mundo acreditou nela.

— Mas talvez, se você dissesse a verdade…

Dou uma risadinha sarcástica.

— Você tá falando sério? Já viu quanta gente é detonada no Twitter só porque as pessoas suspeitam que elas inventaram uma troca de mensagens para fazer graça? Se a verdade vazar, é provável que tenha que me defender de comentários odiosos e ameaças de morte pelo resto da minha vida…

Antes que eu possa completar meu pequeno monólogo apocalíptico, uma voz desconhecida surge do corredor:

— Ei, posso pegar as batatinhas de sal e vinagre?

É a voz de uma menina. Alguém da nossa idade.

— Fique à vontade — Zoe responde, girando na cadeira, e de repente sou atingida pela lembrança de nós duas na nossa última festa do pijama, eu vasculhando o armário de guloseimas enquanto ela secava o cabelo e comentava sobre as preocupações de sempre: aquele e-mail que a professora ainda não respondeu, as notas do teste de amanhã, o comitê no qual ela se arrependeu de ter se inscrito. — Só não toque nas de churrasco.

— Beleza — a voz responde com uma risadinha.

— Quem é? — pergunto quando Zoe se vira para mim de novo.

— Ah, é só a Divya — diz ela. Como se esperasse que eu reconhecesse o nome. Então ela parece lembrar que estou do outro lado do mundo agora, um oceano inteiro de distância. — Ai, desculpa, você não conhece; ela é nova. Os pais dela estão viajando, então ela vai ficar na minha casa por alguns dias.

— Entendi — me ouço dizer. Há uma sensação incômoda e irracional como uma pontada na boca do estômago, uma sensação de mal-estar que não me diz nada, exceto que preciso desligar. — Hm, legal.

— Você quer dizer oi? — Zoe oferece.

— Não, não, está tudo bem — digo rapidamente, me sentando. — Eu vou só... podem ir fazer as coisas de vocês. Se divirtam. Preciso escrever um negócio para o meu estágio de qualquer maneira, então...

— Tá. — Ela já está balançando a cabeça, olhando para outro lugar, distraída. Posso ouvir o som de passos se aproximando, o barulho do pacote de batatas. — Tudo bem, então. A gente se fala em breve, né? Me manda uma mensagem sempre que quiser.

— É claro. — Tento sorrir, mesmo que o movimento pareça forçado. — Tô com saudade.

Ela me sopra um beijo rápido e sem emoção.

— Também tô com saudade.

Então a tela fica preta e sou apenas eu, olhando para meu próprio reflexo no silêncio que se segue. Meus olhos parecem desanimados. Tristes.

Fecho o notebook com força.

Já que Caz manteve sua parte no acordo até agora, é justo que eu cumpra a minha também.

É por isso que concordo em me encontrar com ele na tarde do sábado seguinte no parque Chaoyang para ajudá-lo a escrever as redações. Nós dois decidimos que seria melhor nos encontrarmos em ambientes públicos e casuais, já que ir até os apartamentos um do outro faria nossas famílias nos encherem de perguntas.

Ainda assim, enquanto combino a hora e o local com Caz, não consigo me livrar da sensação estranha e nervosa de que estou me preparando para um encontro.

É o tipo de dia raro de céu azul que atrai todas as famílias para fora dos apartamentos, ansiosas por uma chance de respirar um pouco de ar fresco. No caminho para lá, passo por pelo menos uns dez casais sorridentes, pais jovens, crianças de pernas gordinhas cambaleando atrás deles, e pré-adolescentes com expressões impassíveis mandando mensagens de texto enquanto andam, apertando os olhos para suas telas sob a luz natural e brilhante.

O sol está por toda parte, aquecendo minha nuca. Estou usando um vestido fino de algodão com estampa de flores de cerejeira na parte da frente. Só percebo como meu vestido é ridiculamente curto quando chego ao parque e vejo meu reflexo em uma vitrine espelhada; toda vez que sopra uma brisa, a saia sobe até o meio das minhas coxas.

— Só pode ser brincadeira — murmuro, diminuindo a velocidade até parar. Usando a vitrine como espelho, tento puxar o vestido para ficar mais comportado, mas isso só torna a parte *de cima* mais reveladora.

Desesperada, tiro uma foto rápida do meu reflexo e mando uma mensagem para Zoe.

numa escala de dona-de-casa-da-era-vitoriana a quinta-esposa-do-empresário-ricaço, quão provocativo é este vestido? seja sincera.

segunda esposa do empresário ricaço antes que os papéis do divórcio da primeira esposa estejam assinados. por quê?? vc tá planejando seduzir o tal ator?

Quase deixo o celular cair. *é claro que não*, começo a digitar — e na mesma hora noto o reflexo de Caz atrás de mim.

— AimeuDeus — deixo escapar. Então me viro, o pensamento ainda na mensagem não enviada. — Não vim seduzir você.

As sobrancelhas dele se erguem.

— Quê?

— Não... não, calma. Hum, pelo amor, esquece o que acabei de falar... — Resisto à vontade de esconder meu rosto em chamas e limpo a garganta. Tento cumprimentá-lo de forma normal. — Oi.

Sua boca se contrai, mas, para meu grande alívio, ele deixa passar.

— E aí?

— Oi — repito sem jeito.

Então abaixo o olhar. Estou tão acostumada a ver Caz usando o uniforme da escola que levo um segundo para registrar sua aparência completa: uma camiseta justa sob uma jaqueta de couro, jeans preto e aqueles tênis brancos da Nike que tantos caras gostam por motivos que fogem da minha compreensão. Ele está diferente. Está bonito.

Mas é claro, ele sempre está bonito.

Levo mais um segundo para perceber que está faltando alguma coisa.

— Você... você não trouxe seu computador? — pergunto, incrédula, examinando-o de cima a baixo. Ele não está segurando nada. Na verdade, se não fosse pelas roupas, eu pensaria que saiu da cama e veio direto para cá.

— Nem mesmo um caderno? Uma folha de papel? U-uma caneta? *Nada?*

Ele dá de ombros.

— Não.

Eu o encaro.

— Você sabe o que viemos fazer hoje, não? Tipo, eu não estava alucinando quando você me implorou para eu escrever suas redações de candidatura para a faculdade por você...

— Ok, primeiro que eu nunca *implorei* — diz ele, revirando os olhos. — Você que ofereceu. Eu nunca imploro por nada. E, segundo, pensei que você viria preparada e não faria sentido trazer nada disso.

— Uau. — Balanço a cabeça. — Um tanto quanto presunçoso da sua parte.

— Bom, você *trouxe* tudo de que vamos precisar, não trouxe? — Ele aponta para a bolsa pendurada nos meus ombros, um sorriso se formando como se já tivesse vencido a discussão. — Então eu estava certo.

— Mas e se eu não tivesse trazido?

— Mas você trouxe.

— Não é isso que... — Eu me perco no que estava falando, distraída pela visão repentina e surpreendentemente vívida de nós dois parados e tendo essa discussão pelo resto da tarde, até o céu escurecer. Suspiro. Dou um último puxão inútil no meu vestido. — Tudo bem, tanto faz. Vamos acabar logo com isso.

Ele sorri para mim, seus dentes brancos o suficiente para cegar.

— Esse é o espírito.

Eu tinha cerca de quatro anos quando visitei o parque Chaoyang pela última vez. Jovem o suficiente para que a maioria das minhas memórias daquela época estejam embaçadas agora, parecendo mais um sonho distante ou uma foto de família desbotada do que uma lembrança real. Tudo o que consigo me lembrar agora é o gosto de algodão doce derretendo na minha língua, uma faixa brilhante no céu — um balão, talvez, ou uma pipa pintada — e a risada alta e tranquila de Ma derramando-se sobre os lagos verdes brilhantes.

Ainda assim, enquanto caminho pela entrada principal com Caz ao meu lado, sou atingida por essa sensação avassaladora de *déjà vu*, de *nostalgia*, semelhante a voltar para casa depois de longas férias.

Tudo aqui parece tão familiar: o equipamento de ginástica enferrujado, pintado de amarelo e azul, ocupado principalmente por yeyes e nainais idosos; os pedalinhos deslizando nas águas turvas do lago cheio de flor de lótus; as mesas de pingue-pongue dispostas em fileiras organizadas ao longo do pátio. Até mesmo o cheiro no ar — aquela mistura estranha e específica de musgo, flores frescas e salsichas fritas — me faz sentir falta de algo que não consigo nomear.

Só sei que isso faz meu peito doer.

— Você já veio aqui antes?

Viro e encontro Caz me analisando. Seu tom e expressão são bastante casuais, mas o olhar afiado e observador em seus olhos me deixa mais exposta do que meu vestido.

— Muito tempo atrás — digo, olhando para a frente. Um garotinho está devorando um pedaço de tanghulu no gramado, a casquinha do doce estalando ruidosamente entre seus dentes.

— Antes de nos mudarmos, quer dizer. E nunca mais voltei.

— Bem, duvido que tenha mudado muito.

— Sim — digo, ainda que tenha algo de diferente nesse lugar que não consigo identificar. Ou talvez tenha sido eu a mudar.

— Então, que lugares você já visitou?

Eu pisco.

— Hã?

— Em Pequim. A passeio. — Suas sobrancelhas se erguem diante da minha expressão perdida. — Espera, não vai me dizer que você não foi em lugar *nenhum* desde que voltou para cá. Já faz o quê, tipo, dois meses que você voltou?

Quatro meses, na verdade. Mas isso não ajudaria meu caso, então não o corrijo.

— Não é como se eu fosse uma turista — resmungo, ajeitando a bolsa no ombro. — Você quer que eu visite a Grande Muralha ou algo assim?

— Não — ele responde —, mas há muitos lugares além da Grande Muralha, e melhores que a Grande Muralha também. Sem ofensa a Qin Shi Huang. Tipo, barracas de comida, shoppings, Wangfujing...

— Andei muito ocupada — protesto, minha voz assumindo um tom defensivo. — E meus pais têm trabalhado praticamente todos os dias desde que chegamos aqui e...

— E se eu te levar?

A proposta de Caz é tão casual que não tenho certeza se o ouvi direito.

Ele deve perceber o olhar de surpresa no meu rosto, porque passa a andar mais devagar e explica:

— É que tenho pensado nisso. E você tinha razão no que disse outro dia.

Dessa vez, tenho *certeza* de que não ouvi direito. Eu também desacelero.

— Você está... está admitindo que eu estava certa?

— Não sobre o roteiro super-rígido — ele diz, com um movimento resoluto de cabeça. — Mas sobre você me bater quando tentei segurar sua mão.

Luto contra a vontade de me encolher.

— Nós, hm, não precisamos falar sobre isso...

— Temos que falar, sim. Ninguém vai acreditar que estamos juntos se você agir como se eu fosse te sequestrar toda vez que chegar perto de você.

— Você já pensou em... *não* chegar perto de mim? — Mas, assim que digo isso, posso ouvir o quanto pareço ingênua. Inexperiente. A maioria dos casais da nossa escola mal consegue manter as mãos longe um do outro. — Tá bom — murmuro apressadamente, antes que ele possa aproveitar a oportunidade para me provocar. — Então o que você está sugerindo?

— Treinamento de química — diz ele, como se este fosse um termo real usado por pessoas reais.

— Treinamento de... Quê?

— Fiz isso com todas as minhas parceiras de cena. É basicamente uma série de atividades que fazemos juntos para nos sentirmos confortáveis um com o outro mais rápido; ajuda a construir química e faz com que nossas interações pareçam mais naturais na tela. Além disso, precisaremos aprender as histórias de vida um do outro para não sermos descobertos por não saber algo óbvio.

Eu paro. Já *ouvi* falar de algo do tipo antes. Ainda assim, minha voz sai cautelosa.

— Que... tipo de atividades?

— Depende. — Ele dá de ombros. — Às vezes damos uma volta no shopping, ou fazemos uma sessão de fotos de casal, ou um retiro em um spa privativo no final de semana. É claro que não vamos ter os mesmos recursos e flexibilidade, mas posso mostrar Pequim pra você. E, além disso, você precisa de mais material para escrever para o blog, não?

— Sim — respondo devagar, parando à sombra de um grande carvalho, como se pensar e andar fossem atividades exclusivas. — Tá bom. Então parece... Quer dizer, sem ofensa, mas parece que precisaríamos passar muito tempo juntos fora da escola. Será que não tem mesmo um jeito mais rápido de fazer essa coisa de construir química...

Sem olhar para mim, ele diz:

— Às vezes os diretores nos jogam em uma sala pequena e escura e nos fazem dar uns beijos por dez minutos. Ficamos bem à vontade um com o outro depois disso.

Apesar da sombra, sinto o calor do sol em minhas bochechas.

— Ok, passeios por Pequim, então — digo rapidamente, e juro que vejo a contração de seus lábios. Porque é claro que ele está se deliciando com meu desconforto.

Viro meu rosto corado e me concentro no meu celular. Segundos depois, ouço o barulho de notificação do celular de Caz.

— "Convite de Eliza Lin: Novo evento do calendário" — ele lê em voz alta, as sobrancelhas erguidas. — "Treinamento de química às cinco da tarde, todos os sábados." — Então, no mesmo fôlego, ele diz: — É, não vai funcionar assim, não.

— Como é?

— Esse cronograma não vai funcionar — ele se limita a repetir e começa a andar de novo, as mãos no bolso, passando pelas bicicletas de famílias e vendedores de algodão-doce com uma elegância irritante.

Eu tenho que correr para alcançá-lo.

— O quê? Por quê?

— Sei que você não tem muita experiência com a indústria do entretenimento, Eliza — diz ele, com tanta arrogância que aperto os dentes para me conter —, mas estou, como eles dizem, *com a agenda cheia*. É provável que esteja filmando ou viajando metade desse tempo. A menos que você queira brigar com minha empresária para controlar minha agenda.

Eu mordo a língua e ando mais rápido.

— Tá. Tá, faz sentido. Entendi. Então, que tal se for assim... vamos deixar combinado dessa forma *por enquanto*, mas, se surgir um compromisso, você me avisa com quarenta e oito horas de antecedência e nós remarcamos.

— Quarenta e oito horas? — Ele balança a cabeça. — Tempo demais. Aviso uma hora antes.

— Vinte e quatro horas — insisto. — E você tem que me enviar uma mensagem antes, avisando para onde vamos.

— Uau. — Caz dá uma risada e passa a mão pelo cabelo para que pareça perfeitamente bagunçado pelo vento: um movimento que vi ser capturado em câmera lenta e analisado calorosamente em todos os fóruns de fãs por aí. — Parece que estou namorando minha empresária mesmo.

Dou uma risada sarcástica, mas sinto um aperto no estômago. *Bom, aí está*, penso, desanimada. *A prova de que eu seria péssima em um relacionamento verdadeiro. Não sou interessante o suficiente nem para ser uma namorada de mentira.*

Como se tivesse ouvido meus pensamentos, Caz se vira, e seus olhos estão mais sérios, a boca menos curvada nos cantos, quase gentil.

— É brincadeira, viu — ele diz, calmo. — Você é bem mais gata que a minha empresária. — Antes que eu possa reagir, ele se vira para olhar para o chão pavimentado e adiciona, como um pensamento tardio: — Tá bom. Eu mando a localização com antecedência. Mas o transporte fica por minha conta.

— Você... você sequer dirige?

Ele bufa.

— Não se preocupe, tenho meios de transportes alternativos.

— Ah — digo, imediatamente imaginando ele aparecendo do lado de fora do meu prédio em uma enorme abóbora puxada por cavalos por algum motivo. Eu me repreendo mentalmente antes que faça algo muito inapropriado, tipo rir. — Tá bom. Mas vamos dividir todos os custos pela metade. Não dê uma de cavalheiro pagando por mim; dinheiro só complica tudo.

— Tá bom — ele ecoa.

— Ótimo.

— Ótimo — ele repete de novo, e é incrível que possa me irritar mesmo quando, tecnicamente, está concordando comigo.

— *Maravilhoso* — digo entredentes, marchando para passar por ele. Ainda assim, consigo quase *sentir* que ele está com aquele sorriso insuportável que diz olhe-para-mim-sou-uma-superestrela logo atrás de mim.

E esse sorriso acaba sendo tão eficiente que chega a assustar. Assim que viramos a esquina, onde há mais pessoas e os caminhos são rodeados por barraquinhas de comida, duas adolescentes surgem. As duas param de andar quando olham para nós.

Ou melhor, quando olham *para ele*.

— Ai, meu Deus — uma delas murmura em mandarim. Está usando um lindo chapéu florido que parece prestes a cobrir seus olhos a qualquer instante. Ela cutuca a amiga. — Ai, meu *Deus*.

Ai, meu Deus, penso também, mas de puro desgosto. Não estou aqui para ver desconhecidas pirando só por Caz Song existir. Eu só quero escrever as redações dele e ir para casa ficar aconchegada no sofá assistindo a dramas, apesar de Caz já ter, de certa forma, estragado essa experiência para mim. Não consigo assistir um drama sem perceber que *esse* ator certa vez apareceu em um programa de entrevistas com Caz, ou que *essa* atriz já fez uma cena de beijo com ele.

— Você não acha que...? — a do chapéu está dizendo.

— É ele — a amiga responde. — Com certeza é ele.

As duas estão tentando analisar o rosto de Caz da forma mais óbvia possível. Se eu não estivesse procurando o jeito mais fácil de fugir daqui (será que ia parecer estranho se eu me escondesse atrás daquele arbusto?), é provável que desse risada.

A primeira menina limpa a garganta, ajeita o chapéu com dedos trêmulos e se aproxima de Caz. Ela parece prestes a chorar.

— Hm, oi? Caz Song?

Deve ser estranho ter uma completa desconhecida chamando seu nome no parque como se vocês fossem colegas de classe ou algo do tipo. Mas por mais estranho que seja, Caz deve estar acostumado com isso, porque ele endireita a postura, o charme mais evidente, imediatamente retornando à minha impressão inicial, de garoto saído diretamente de uma capa de revista. Perfeito. Perfeito *demais*.

Eu não posso nem imaginar como devo parecer em comparação.

— Oi — ele diz, sorrindo para as duas. — Tudo bem com vocês?

— Eu sou... eu sou muito sua fã — a menina do chapéu diz, a voz tremendo, as palavras saindo depressa, emaranhadas umas nas outras. — Assisti todos os dramas que você participou. A minha favorita com certeza é *A Lenda de Feiyan*... foi, tipo, a adaptação *perfeita* do livro, você é exatamente como eu imaginava o protagonista quando li...

A outra menina pega o celular e começa a filmar a conversa, e sinto o pânico me dominando. Eu não preciso que cada internauta chinês veja um vídeo em que apareço assim. Meu vestido ainda é curto demais, e de repente estou *muito* consciente da espinha na minha testa.

Mas Caz engatou em uma conversa animada com elas: sobre o próximo drama que fará, seus colegas de elenco, a dieta e rotina de exercícios, cada resposta tão natural que me pergunto se ele está lendo um roteiro invisível. Fico aguardando atrás dele, me sentindo ao mesmo tempo invisível e exposta demais, quando a menina do chapéu olha para mim e arregala os olhos.

— Ai, puta merda... você é a Eliza Lin?

Eu pisco.

— Sim...

Para minha surpresa, ela abre um sorriso enorme.

— Eu *amei* sua redação. Você escreve muito bem.

Meu coração acelera e meu rosto fica quente, dessa vez de um jeito agradável.

— Uau — digo, soando tão tímida quanto me sinto. *Essa menina aleatória gostou do que escrevi.* Quer dizer, já recebi muitos elogios de pessoas na internet até então, mas isso é diferente. Isso está de fato acontecendo na vida real, e está acontecendo *comigo*. — Hm, obrigada. Fico muito feliz em saber.

— Não, estou falando sério — ela diz. — Acho que deve ser um dos meus textos favoritos da vida.

O calor se espalha pelo meu corpo como raios de sol, e decido que, talvez, esse tipo de atenção não me incomode. Pode até ser que eu goste um pouco disso.

— Você é muito mais bonita pessoalmente do que na sua foto da escola — ela acrescenta com total sinceridade e cutuca a amiga, que ainda está filmando. — Você não acha?

A amiga por fim abaixa o celular e olha nos meus olhos, e todo o calor se esvai de mim. O olhar dela é frio e o tom deixa de ser amigável.

— Você é namorada do Caz? — A pergunta soa mais como uma ameaça.

— Hm... — Eu passo a língua nos lábios secos. — Eu...

— Sim, ela é — Caz responde por mim e, para o choque de todos, me abraça casualmente pela cintura. Lá no fundo, em meio à sensação da pele dele contra meu vestido, eu me lembro do slide do PowerPoint: *nenhum contato físico além de encostar de vez em quando no ombro um do outro e abraçar algumas vezes.* — Estamos em um encontro agora mesmo.

A menina do chapéu leva a mão à boca.

— Ai, meu Deus — ela fala de novo. — Que coisa linda. Eu sou, tipo, muito fã do relacionamento de vocês.

Enquanto isso, a amiga dela parece estar vivenciando algo parecido com espasmos faciais extremos. Se Caz não estivesse me segurando ainda, eu fugiria na direção contrária.

— Não liga para ela — a menina do chapéu me diz, seguindo meu olhar. — Ela é fanática por você faz muito tempo, Caz. Acho que ela só precisa de um... tempo para assimilar essa novidade. *Mas é uma ótima novidade.* Sério.

Caz se limita a sorrir e concordar, e eu tento sorrir e concordar também, como se fosse perfeitamente normal que essa menina com quem nunca falei antes me odeie tanto assim.

Assim que as duas vão embora — depois de Caz autografar o chapéu dela com um marcador permanente que ele, ao que tudo indica, sempre carrega no bolso — ele me solta e adentramos mais no parque.

Ficamos em silêncio por alguns minutos, os dois pensando, até que ele se vira para mim.

— Ei, está tudo bem? Sei que minhas fãs podem ser um pouco... protetoras...

— Não, está tudo bem — eu o tranquilizo rapidamente.

Ele inclina a cabeça, como se estivesse tentando me desvendar.

— Tem certeza?

— Tenho. — Quando ele parece duvidar, eu acrescento. — *É sério.* Não sou tão sensível assim.

— Bom, então, nesse caso... — ele inspira fundo, assumindo um ar de seriedade, e quando acho que está prestes a dizer algo profundo, ele solta — Meu cabelo estava bom?

Eu pisco.

— O quê?

— Meu cabelo — ele limpa a garganta. Esfrega a nuca. — Quando eu estava tirando fotos com elas. Meu cabelo estava bom?

— Sua vaidade é assustadora — eu informo, me virando. E pensar que eu estava quase achando Caz Song agradável, atencioso até. No fim das contas, tudo o que importa para ele é manter sua imagem perfeita e plástica.

— Tá bom, claro, que seja — ele diz. — Mas sério, eu só queria uma segunda opinião...

— Seu cabelo estava bonito — digo, irritada. — Você sempre está bonito. Você sabe disso. — Ergo uma mão antes que ele possa se gabar. — Mas se você algum dia usar minhas palavras contra mim, eu mesma vou cortar seu cabelo. Entendeu?

O sorriso convencido e irritante dele vacila, mas só por um segundo. Com aquele tipo de voz exagerada e grave que só se ouve no cinema, ele responde:

— Como você quiser, meu amor.

Capítulo oito

Já é quase meio-dia quando encontramos um espaço reservado o suficiente para trabalharmos: uma mesa de piquenique vazia cercada por nada além de grama selvagem. Caz pula no banco de madeira e se recosta, a cabeça inclinada preguiçosamente na direção do sol, os olhos fechados, os traços adoráveis e angulosos banhados de dourado.

Por um momento idiota, não consigo deixar de pensar, *é por isso que ele é tão vaidoso*. Se eu fosse bonita desse jeito, também seria vaidosa.

Eu o ignoro e apoio o computador nos joelhos, abro um novo documento no Word e agradeço internamente por ter um motivo para focar em outra coisa que não seja ele.

— Então, vou partir do pressuposto de que você ainda não escreveu nada para suas inscrições — digo, abrindo uma nova aba do Google ao lado do documento. — Estou certa?

— Sim — Caz diz, sem nem um pingo de vergonha. — Correta.

Bom, ao menos ele é sincero.

— Então vamos começar do começo. Descobrir os temas das redações e discutir ideias. — Pairo os dedos sobre o teclado. — Para quais faculdades você vai se candidatar mesmo?

— As de sempre — ele diz, inexpressivo, da mesma forma que alguém falaria sobre marcar uma consulta no dentista ou declarar impostos. — Minha mãe encontrou algumas universidades decentes nos Estados Unidos que aceitam inscrições até mais tarde. A Universidade de Michigan é uma delas, tenho quase certeza.

Ergo as sobrancelhas.

— Uau, calma aí, não precisa ficar tão empolgado assim.

Caz ri, mas mesmo a risada é desprovida do humor irônico tão comum dele.

— É, bom... — Por um segundo parece que ele vai fazer uma confissão, me contar um segredo, e um brilho inesperado de antecipação me domina. Mas então ele dá de ombros e balança a cabeça. — Fazer o quê.

— De novo. Sua empolgação é contagiante.

Nós dois ficamos em silêncio enquanto procuro pelas informações certas sobre a candidatura. O tema de redação desse ano é bastante comum, até meio decepcionante em sua falta de originalidade: "Compartilhe um momento particular em que você enfrentou dificuldades. O que você aprendeu?"

— É, pode ser — Caz diz quando mostro para ele, dando o mais superficial dos olhares ao tema.

Eu olho para ele.

— É isso?

— O que você quer que eu diga? Excelente identificação de tema? Habilidades organizacionais exemplares?

— Não... — Suspiro, me esforçando ao máximo para manter minha frustração sob controle. — Não é isso que quero dizer. Se vou ajudar você a escrever essa redação sobre suas dificuldades, você precisa me fornecer algum material. Me conte sobre um momento em que você, sabe... enfrentou dificuldades.

Caz se limita a erguer a mão para bloquear o sol, os ângulos de seu rosto de repente cobertos pela sombra.

— Por que você não pode só inventar alguma coisa? — Ele se vira para mim, um brilho nos olhos. O que parece errado, cientificamente falando. Como os olhos dele podem *brilhar desse jeito* se estão na sombra? — Essa não é, tipo, sua habilidade especial?

Escolho ignorar a provocação.

— Não é tão simples assim.

— Por que não?

— *Porque* — digo, exasperada — minha redação só funcionou porque incluí alguns detalhes da vida real, como procurar apartamento no condomínio ou o mercado perto da escola. Eu ainda tinha meus principais traços de personalidade, meu jeito de falar, as... as características que me definem. Então, qualquer pessoa que ler aquele texto vai acreditar que fui eu quem escrevi. Agora, não sei *quase nada* sobre você para escrever uma redação inteira do nada, ainda mais se precisa estar correta em relação aos fatos.

Escrever não passa de uma forma de mentir; eu sempre soube dessa verdade. Mas contar uma *boa* mentira, uma mentira *convincente*, que seja bem-construída, consistente e impactante... isso demanda tempo e esforço. Atenção aos detalhes. E, neste caso em particular, também é preciso cooperação.

— Olha, Caz — digo, do modo mais diplomático que posso —, não consigo escrever essa redação se você não me der um exemplo sólido e realista. E, por favor, não me diga que não tem nenhum, porque literalmente todo mundo enfrenta dificuldades de alguma forma em algum momento...

— Que declaração profunda — ele diz, seco. — Você pegou isso de um musical?

— Não mude de assunto.

Mas ele prefere ficar em silêncio, e a cada segundo que passa, posso sentir minha paciência já desgastada se esgotando cada vez mais.

— Essa é *sua* redação para a faculdade — relembro. — E nem deveria ser tão difícil de escrever, para começo de conversa. Não é nada muito complicado.

— Não pra você, talvez — ele dispara de volta.

— Bom, quem sabe se você se esforçasse... ou se importasse ao menos um pouco...

— Eu *estou* me esforçando. — Ele suspira. Passa a mão pelo cabelo, mas é menos a versão famosa, com gestos calculados para derreter corações, e mais por verdadeira agitação.

— Viu, é por isso que não gosto... — ele se interrompe.

— O quê?

— Nada.

— Não, fala — insisto. — Por isso que não gosta... do quê? Estudar? Planejar o futuro? Fazer coisas em que você não é bom?

Ele não responde, mas um músculo se mexe em sua mandíbula quando ouve meu último palpite.

Eu quase dou risada, dividida entre pura frustração e diversão.

— Caz, eu sei que tem pessoas que literalmente idolatram você por beber água, mas você sabe que não precisa ser perfeito *de verdade* o tempo todo. Quer dizer, acho que até gostaria mais de você se não fosse tão perfeito. Você seria muito mais... não sei, *humano*. Não um produtinho brilhante da indústria do entretenimento.

O rosto dele se ilumina de surpresa, que é rapidamente substituída por algo que parece ponderação.

— É assim que você me enxerga? Como um... produtinho brilhante?

— Não — digo, mas paro para pensar. — Bom. Um pouco, sim.

Ele fica quieto, o olhar fixo em um ponto colorido no céu sem nuvens. Uma pipa. Tem o formato de um dragão, com sinos dourados como olhos e máscaras de ópera de Pequim pintadas no resto do corpo, o rabo longo e cheio de camadas ondulando ao sabor da brisa.

— Acho... que faz sentido — Caz diz, chamando minha atenção de volta para ele. Deixa escapar uma risadinha. — É engraçado porque, depois que consegui meu primeiro papel, prometi pra mim mesmo que não viraria uma daquelas celebridades sem graça que só dão respostas prontas e ignoram qualquer pergunta mais profunda sobre elas mesmas.

— Mas?

— Mas, tipo, por exemplo: em uma entrevista que dei faz algum tempo, mencionei um cantor que estava ouvindo muito. No mês seguinte, veio à tona a notícia de que ele usava drogas, e eu não fazia *ideia* disso, só achava que ele era muito criativo nas letras que escrevia. Mas de alguma forma distorceram a história para dizer que eu incentivava adolescentes a usarem drogas, e tive que postar um pedido de desculpas oficial. Levou semanas para tudo isso ser esquecido, o que só aconteceu porque um outro ator foi parar nas manchetes por fazer uma citação errada de um clássico da literatura.

Conforme ele fala, começo a ver o menino por trás da capa de revista. Alguém um pouco amedrontado. Ao menos posso me identificar com essa parte.

Então, é com gentileza e sinceridade que digo:

— Bom, você está seguro comigo. Eu só vou escrever a história que você quer contar na redação; não vou distorcer suas palavras nem nada do tipo. Prometo.

Um longo silêncio. A brisa suave balança a grama, passa por minhas bochechas. Quando Caz levanta o olhar de novo, ele parece diferente. Ou está olhando para mim de um modo diferente, os olhos menos pretos e mais castanhos, no tom de terra fresca.

— Tudo bem — ele diz, por fim —, vou contar.

Caz Song quebrou o braço quando tinha treze anos.

Mas *quebrar* é uma palavra muito suave. O que de fato aconteceu foi que ele fraturou e deslocou o braço de uma só vez, dividindo o osso bem no meio. Em certos lugares, o osso ficou tão quebrado que pequenos fragmentos pressionavam sua pele, ameaçando perfurá-la. De acordo com ele, a dor era suportável. Nada além de um breve lampejo de agonia, uma sensação esmagadora, fogo se espalhando pelos seus dedos — seguido pela dormência.

A dor, imagino, era insuportável.

Ele se machucara fazendo uma acrobacia para um drama histórico chinês. Era a primeira vez que atuava em um papel razoavelmente importante — o espião do príncipe herdeiro — e queria provar que estava pronto para o trabalho. Caso contrário, havia pelo menos quatro outros atores de sua idade e com mais conexões que poderiam substituí-lo a qualquer momento.

A acrobacia exigia que ele saltasse sobre dois telhados inclinados do palácio (com a ajuda de cabos, é claro) e fizesse um salto duplo no ar antes de se lançar direto em uma cena de luta. Ele conseguiu saltar sobre um dos telhados, e então um dos cabos acidentalmente se soltou. Ele cambaleou e caiu com tudo de um jeito errado. Por instinto, usou o braço direito para se proteger. Um erro.

— Eu soube na mesma hora que tinha quebrado — diz, arregaçando a manga para me mostrar. Uma linha branca, suave e irregular percorre desde o cotovelo até o pulso, cortando caminho pelos músculos bem-trabalhados. Tenho que lutar contra a vontade estranha e abrupta de traçar meus dedos sobre a cicatriz, só para ver se ainda dói. Para ver se ele deixaria. — Deu para *ouvir* quebrar.

Uma dor imaginária atravessa meu próprio braço com o pensamento.

— Mas você continuou gravando — adivinho, parando de olhar para a cicatriz antes que faça algo idiota.

— As câmeras ainda estavam rodando. — Ele dá de ombros. — Todo mundo estava esperando. Achei que dava conta de terminar a cena.

E assim o fez. Ele terminou aquela cena, e a próxima, e a seguinte. Não disse nada por duas horas inteiras, apenas manteve a cabeça erguida e permaneceu no personagem, fazendo todas as acrobacias restantes. Foi só quando as cenas do dia estavam todas prontas e o diretor estava totalmente satisfeito que Caz perguntou, com bastante calma, se poderia ver um médico, pois não conseguia sentir seus dedos. O membro da equipe designado para acompanhá-lo deu uma olhada em seu braço, já não mais escondido pelas grossas camadas do figurino, e quase gritou.

O médico também ficou horrorizado. Chocado que Caz não tivesse desmaiado de dor na mesma hora. Caz simplesmente abriu seu famoso sorriso de canto de boca, o sorriso que fez todas as suas colegas de elenco e espectadores se apaixonarem pelo menos um pouco por ele, e disse: *Para com isso, é só um arranhão.*

— E o que o médico disse? — pergunto.

Ele passa os dedos pelo cabelo sempre bagunçado.

— Sendo sincero? Os remédios meio que começaram a fazer efeito naquela hora, então não sei dizer.

— Ainda bem. — Abafo uma risada.

— Apesar de *imaginar* que ele tenha balançado a cabeça, admirado, e murmurado para a enfermeira atrás dele: *Esse jovem é muito corajoso.* Talvez até tenha deixado algumas lágrimas caírem.

— E aí todo mundo na sala de cirurgia aplaudiu? — digo, sarcástica.

Ele olha para mim, fingindo estar chocado.

— Como você adivinhou?

Uma pequena e involuntária risadinha sobe pela minha garganta, embora eu rapidamente a engula de novo. Ainda assim, *uma risada*. Não faz sentido eu me sentir assim agora.

Não. Preciso pensar com clareza. Ajustar o foco. Não estou aqui para fazer amigos, para criar esperanças a respeito das pessoas só para ser decepcionada de novo e de novo. *Ainda mais* quando se trata de Caz Song, que literalmente ganha a vida fingindo sentir coisas que não sente.

Nada mais.

— Continue — digo para Caz, me afastando para me sentar a uma distância mais segura dele. — O que aconteceu depois?

Ele hesita, como se sentisse a mudança no meu tom, por mais sutil que seja. Mas, depois de alguns instantes, assente e continua de onde parou.

Após a operação, o médico aconselhou Caz a descansar por pelo menos um mês. Na semana seguinte, ele estava de volta ao set. Com ajuda do diretor, descobriu um jeito de esconder o gesso sob o figurino e se recusou a restringir seus movimentos em qualquer uma de suas cenas. Mesmo quando voltou ao hospital para tratamento adicional ou foi forçado por seus pais a descansar, estudava o roteiro escondido debaixo das cobertas, repetindo as falas para si mesmo de novo e de novo.

Quando terminaram de filmar, o braço ainda não estava totalmente curado. Mas sua atuação, de acordo com o diretor e membros do elenco, foi fenomenal. Muito além de suas maiores expectativas.

Só que o drama acabou não indo ao ar. O protagonista se envolveu em um grande escândalo relacionado a um clube de strip clandestino e os superiores decidiram que era melhor cancelar o drama todo.

— Mesmo assim valeu a pena — diz Caz, pegando uma longa folha de grama e envolvendo-a ao redor de um dedo como um anel. Caz nunca consegue ficar parado. — Eu aprendi muito.

E embora isso pareça um pouco uma mensagem otimista de LinkedIn, fico surpresa ao notar que acredito nele.

Mesmo depois de ter todo o material para a redação, demoro mais do que o normal para entrar no ritmo da escrita. Eu culparia o tempo bonito ou os gritos e aplausos das crianças à distância, mas, para ser honesta, é principalmente por causa de Caz. Mesmo quando ele não está falando ou olhando na minha direção, posso sentir sua presença com intensidade, como se cada molécula no ar estivesse magnetizada por ele. Estou quase tentada a pedir que ele se mude para outra mesa, embora saiba que isso não é justo.

Mas uma vez que *consigo* desligar todas as distrações indesejadas, as palavras vêm em uma enxurrada. Minha mente se aguça. Meus dedos encontram um ritmo natural sobre as teclas. Porque posso não saber nada sobre namorar e andar de mãos dadas e dançar por diversão em uma sala de aula lotada, mas *isso* — isso aqui, juntar palavras para que tenham um significado — é o que sei fazer. Poderia passar o resto da minha vida fazendo isso.

É o mais próximo que eu tenho de um lar.

Quando chego ao parágrafo final, Caz desaparece por alguns minutos e volta com dois tanghulus, os espetinhos com as frutas caramelizadas parecendo joias, brilhando na luz do sol. Um deles é o sabor tradicional, do tipo que eu costumava comer quando criança: uma fileira de frutas de espinheiro bem vermelhas no palito de madeira. O outro está repleto de morangos gigantes e maduros, uvas verdes e fatias generosas de kiwi, tudo polvilhado com uma boa camada de gergelim branco.

— Eu vi você de olho na comida daquele garotinho mais cedo — explica. Ele segura os espetos diante de mim como se estivesse prestes a fazer um truque de mágica. — Escolha o seu.

Pisco e empurro meu computador lentamente para o lado, surpresa que ele tenha notado. Ou talvez só esteja agindo assim para caso alguém esteja assistindo, só para que se pareça mais com um encontro. E para parecer mais atencioso.

— Hm...

— Eu entendo que é uma decisão incrivelmente difícil de tomar — Caz brinca quando *enrolo* para escolher por um minuto inteiro. — Tem muita coisa em jogo aqui. Você quer consultar seu advogado primeiro? Pedir a opinião de terceiros?

— *Acho* que não será necessário — digo, entrando na brincadeira. — Embora talvez seja prudente avaliar os prós e contras de ambas as opções. Realmente pensar direito.

— Sim, claro.

Dou risada e pego o tanghulu tradicional.

— Obrigada.

Ele acena com a mão livre.

— Qualquer coisa pela minha namorada de mentira.

Uma dor breve e inexplicável enche meu peito, como se meu coração estivesse preso em um pedaço de arame farpado. Sem saber o que fazer ou dizer, levo o tanghulu à boca, deixando a fina camada de caramelo se dissolver primeiro na minha língua. Então, eu mordo. O interior é tão azedo que faz meus olhos lacrimejarem, mas o exterior suave e açucarado ajuda a equilibrar. O gosto é bem como me lembrava.

Nenhum de nós diz nada por alguns instantes, nos contentando apenas em mastigar e aproveitar o silêncio enquanto a brisa de verão sopra ao nosso redor, agradavelmente fresca contra a pele. Então eu lambo os últimos pedaços do espeto pegajoso, jogo-o em uma lixeira próxima e volto ao trabalho, saboreando o gosto doce da fruta.

—Acabei— digo alguns minutos depois, batendo palmas.

— Já acabou? — Caz olha para cima com surpresa, depois para a tela do computador. Ele acabou agora de comer o tanghulu. — Caramba. Isso é impressionante.

Eu tento não deixar suas palavras subirem à minha cabeça, embora uma onda de prazer ainda se espalhe por mim, me aquecendo até os dedos dos pés.

— Vou mandar por e-mail para você quando chegar em casa — prometo, arrumando minhas coisas. Mas enquanto me preparo para fechar meu computador, noto três novas mensagens de Zoe e, além delas, a notificação de um novo e-mail de Sarah Diaz.

Abro o e-mail no mesmo instante, o coração batendo forte, meio convencida, como sempre, de que Sarah vai me mandar uma mensagem do nada dizendo *Ei, acabei de descobrir que você é uma fraude completa e sua redação é uma mentira! Você agora é persona non grata em todas as revistas e editoras do mundo e todo mundo te odeia. Tchau!*

Para meu alívio, o novo e-mail não diz nada nesse sentido. Não por enquanto, pelo menos.

Eliza!
Só queria dar um oi e ver como anda seu post para
esta noite no blog. Estava olhando os comentários
no Twitter e está bem claro que todo mundo está
morrendo de vontade de ver outra foto (de preferência
menos borrada) de você e Caz juntos. Até uma selfie
de casal já seria incrível...

— Eliza? Tá tudo bem?
Fecho o computador e me viro para olhar para Caz.
— Tá, sim — digo, da forma mais alegre possível. Me contorço antes mesmo que as palavras saiam da minha boca. — Será que a gente podia... tudo bem se tirarmos uma selfie juntos? Agora? Para o meu estágio?

Uau, eu não poderia ter escolhido uma maneira mais estranha de perguntar isso.

Um sorriso ridículo de satisfação se espalha lentamente no rosto dele, como mel.

— É claro. *Qualquer coisa* para a minha não fã.

Sinto meu rosto queimar.

— Quando você vai parar de falar disso?

— Quando você se juntar ao meu fã-clube.

— Então nunca — digo categoricamente.

— Não tenha tanta certeza assim — é tudo que ele diz enquanto ajusta o ângulo da câmera.

E não sei o que me motiva a fazer isso, o que me dá coragem, seja porque ainda estou com a adrenalina lá no alto por ter acabado de escrever uma redação que sei que ficou muito boa, ou porque o calor persistente afetou a parte do cérebro que controla meus impulsos, ou porque quero tirar aquele sorriso presunçoso do rosto dele, mas quando Caz está prestes a apertar o botão, fico na ponta dos pés e dou um beijo na bochecha dele.

Clique.

A câmera pisca uma vez, capturando o beijo para toda a eternidade, e eu me afasto. De repente, sem saber o que fazer com minha boca, meu rosto, minhas mãos. As consequências do meu único momento de impulsividade.

— E você diz que não tem nenhuma experiência com essas coisas — Caz comenta após uma pausa, seu tom casual.

— Bem, você não é o único que sabe ser espontâneo.

Um canto de sua boca se ergue.

— Claramente.

Tudo deveria ter acabado aqui: a selfie, a sessão de escrita, a estranha eletricidade no ar. Mas quando ele me devolve o celular, nossos pulsos se tocam, pele contra pele. No mesmo instante, todas as terminações nervosas do meu corpo se acendem como se tivessem sido atingidas por um raio, e eu congelo, atordoada pela minha própria reação.

Espero que Caz se afaste, mas em vez disso ele desliza seus longos dedos em volta do meu pulso. Passa o polegar sobre a pulseira de cordas desgastada.

— Você sempre usa isso — diz ele.

Eu concordo. Engulo.

— Sim. Eu sei.

Ele espera que eu diga mais, mas estou muito ocupada tentando agir normalmente, como se não estivesse hiper consciente do quanto estamos perto um do outro, como sua mão ainda está se movendo devagar sobre minha pele, seu toque mais quente e mais leve que o ar de verão.

Capítulo nove

Certa vez ouvi uma teoria de que quando você enrola para fazer alguma coisa, o tempo passa mais rápido, como se o universo estivesse conspirando contra você.

Agora posso confirmar, por experiência própria, que essa teoria é verdadeira.

É segunda à noite e minha família está reunida em volta do balcão da cozinha, tigelas de vegetais cortados em cubinhos e pães torrados espalhados à nossa frente.

Já que comemos pasteizinhos caseiros no jantar de ontem, vamos fazer nossa receita especial de sanduíche hoje. Ma e eu tivemos essa ideia quando morávamos nos Estados Unidos; é como um sanduíche na baguete, mas fritamos a carne de porco com cebolinha que sobrou do recheio no formato de pequenos discos, então acrescentamos cenouras em conserva, coentro fresco e molho de pimenta. A mistura tem um gosto tão bom que por vezes Ma brinca que devíamos vender a ideia para um daqueles restaurantes de culinária asiática moderna no centro de L.A.

Ao menos eu *acho* que ela está brincando. Quando se trata de uma oportunidade de negócio, nunca se sabe.

— E como anda a escola? — Ma pergunta enquanto corta o pão ao meio e o passa para a frente. Estamos sentados lado a lado, parecendo a linha de produção de uma fábrica, Ma encarregada de cortar o pão, Ba responsável por fritar o recheio, e Emily e eu cuidamos de todo o resto.

Essa mudança repentina na conversa me pega de surpresa. Até alguns segundos atrás, Ma estava contando com detalhes como ela consertou a enorme crise causada por Kevin com a sys; aparentemente, ela deu uma de detetive, mexeu alguns pauzinhos, entrou em contato com o filho do chefe da companhia ("um jovem muito educado e fácil de se agradar; espero mesmo que acabe assumindo a companhia") e resolveu toda a situação.

— O mesmo de sempre — Emily diz, reagindo muito mais rápido do que eu, e então lança um olhar na minha direção, do outro lado do balcão. — E você, Jie? Alguma coisa… de *interessante* acontecendo na sua vida?

Mordo minha bochecha.

Esse é o momento que estive adiando: contar aos meus pais e irmã que estou namorando Caz Song. Apesar de eu já ter comprado a quantidade exata de Pocky especificada por Emily no nosso acordo verbal, eu sei que não há lanches ou subornos o suficiente para impedir que a notícia do meu novo status de relacionamento se espalhe e inevitavelmente chegue na minha família. Quer dizer, eu já ganhei mais alguns milhares de seguidores por causa do meu texto no blog sobre nosso passeio no parque Chaoyang, "Vamos cancelar todos os nossos planos e nos beijar no parque". Tenho mais dois posts engatilhados para a seção de Amor e Relacionamento na semana que vem, cada um mais irônico que o outro: "Quando você sabe, você sabe: é amor" e "Uma pequena anedota sobre sobreviver ao nervosismo do primeiro encontro".

Então, já que é *inevitável* que eles descubram, prefiro que Ma e Ba ouçam a história de mim do que através de algum artigo sensacionalista sendo compartilhado na internet ou de uma das nossas muitas tias que leem fofocas de celebridades no WeChat.

Tudo isso soa ótimo na teoria.

Na prática, estou tão nervosa que derrubo as cenouras em conserva toda hora.

— Sim, como *vai* a escola, Eliza? — Ma pergunta, se virando para mim. Ela tirou a maquiagem antes de começarmos a cozinhar, e os olhos ainda têm aquele tom escuro e borrado da sombra, que faz com que pareçam mais penetrantes do que o normal. — Você já fez amigos?

Deixando de lado a evidente preocupação da minha mãe com minha vida social, essa parece ser uma forma tão eficaz de começar uma conversa quanto qualquer outra. Eu posso até apresentar meu namoro como uma boa notícia. Afinal, um namorado é tecnicamente uma espécie de amigo, certo? Mas com potencial para mais contato físico.

Eu limpo a garganta. Tento afastar todos os pensamentos impróprios com um aceno rápido da minha mão.

— Eu... hm. Sim. Acho que fiz.

— Você *acha* que fez uma amizade? — As sobrancelhas de Ma se erguem, perplexa.

— Acho que ele conta como amigo — explico. Consigo sentir o calor subindo pela minha pele. — Dependendo... da sua definição da palavra.

Algo na minha voz deve me entregar, porque todo mundo ergue o olhar. A linha de expressão entre as sobrancelhas de Ma se aprofunda. Ba apenas parece surpreso e um pouco perdido, embora isso possa ser porque ele está no meio da composição de um novo poema em sua cabeça.

Meu único consolo agora é pensar que nunca tivemos uma regra em nossa casa que nos proibisse de namorar.

É estranho, na verdade, analisar o tipo de coisa que torna meus pais rígidos. Tipo, eles surtam se eu usar uma regata e a alça do meu sutiã estiver aparecendo, ou se eu for dormir com o cabelo molhado, mas não se opõem à ideia de eu namorar nos meus últimos anos do ensino médio e me incentivam a participar de eventos sociais porque consideram isso uma "habilidade para a vida".

Eu sei que muitas pessoas não conseguem entender a lógica dos meus pais. Meus amigos das escolas anteriores nunca conseguiam entender por que eu podia convidá-los para dormir em casa, mas não podia dormir na deles, ou por que era tão importante deixar o celular de lado durante os jantares em família. Muitos deles ficavam chocados por termos jantares em família de fato, em vez de comer algo rápido depois da escola ou trabalho.

Mas, sendo sincera, eu não me importo. As regras dos meus pais podem não fazer sentido para os outros, mas Emily e eu entendemos.

Além disso, essas regras bastante específicas significam que não importa o que eu diga em seguida, pelo menos não preciso me preocupar com meus pais me deserdando.

— Você está tentando nos contar algo sobre algum rapaz em sua vida? — Ma pergunta devagar, analisando o território, como se formular a frase errada fosse me assustar. Apesar de eu duvidar de que haja um jeito *certo* de perguntar esse tipo de coisa.

Emily, como sempre, é muito mais direta.

— Então você tem um namorado?

— Bom... — Umedeço meus lábios secos. É ainda mais difícil do que eu imaginava contar sobre Caz quando eles estão me olhando com tanta intensidade. Finjo reorganizar os pedaços de cenoura no meu prato, então respondo em mandarim. — Hm, sim.

Uma pausa.

Em pânico, continuo:

— Tenho. Estou. Quer dizer, estou com alguém. Assim, tipo, de um jeito romântico, apesar de, é claro, devido à nossa idade e às *tendências* de hoje em dia, na nossa sociedade moderna...

— Quem é? — Emily pergunta, me poupando de divagar.

Nem Ma nem Ba dizem nada, mas Ma está com a expressão blasé que sempre usa quando está se esforçando para absorver uma informação nova e importante: o olhar reservado, a boca formando uma linha fina.

— Hm, sabe o protagonista daquele drama que estamos assistindo? — tento.

Emily ergue a sobrancelha. Ma assente.

Ba coloca mais um disco de carne entre as fatias de pão.

O silêncio cresce. Tudo que ouço é o relógio da cozinha marcando o tempo como uma bomba, contando os segundos até que eu me forço a dizer:

— Então, hm, é ele.

Outra pausa.

Eu espero surpresa. Confusão. Talvez até choque.

O que não espero é que minha família caia na gargalhada.

— Tian ya — Ma consegue dizer em meio ao súbito ataque de riso. Ela está realmente enxugando os olhos. — Eu não achei que você fosse uma dessas, essas meninas que perseguem idols, Ai-Ai. E você ficou tão séria quando falou!

Emily cobre a boca enquanto ri.

— Se você está namorando Caz Song, então eu estou namorando Gong Jun.

— E eu estou namorando Liu Dehua — Ma acrescenta, balançando a cabeça enquanto volta a cortar o pão.

Ba franze a sobrancelha para ela.

— Você é *casada*.

— Ah, é só uma piada, Laogong. — Ma o cutuca de brincadeira com um cotovelo, e a expressão de Ba se suaviza no mesmo instante. — Claro que não me esqueci de você.

Se meu rosto não estava em chamas antes, definitivamente está agora.

— Eu não estou brincando — protesto, colocando meu prato de cenouras no balcão. — Eu *estou* namorando com ele. Ele estuda na nossa escola. — Desesperada, recorro a Emily em busca de ajuda. — Você sabe que ele estuda na nossa escola, certo? E que mora perto de nós?

— Sim, ouvi dizer — confirma, ainda sorrindo um pouco. Pelo menos ela não está mais rindo abertamente.

Progresso. De certa forma.

— Tenho certeza de que você encontrará alguém, Ai-Ai — diz Ma. Por Deus, ela está me *consolando*. Não era assim que essa conversa deveria acontecer. — Você é uma garota muito inteligente, engraçada e consegue... você consegue comer comida apimentada, e...

Ela para com um gesto vago, evidentemente procurando com afinco por mais qualidades minhas.

— Você é muito boa com essas cenouras — Ba oferece.

— Tá, tá, isso é muito legal da parte de vocês. Mas estou literalmente tentando contar que *já encontrei* alguém. Aliás, quer saber? — Estalo os dedos, atingida por um estalo de inspiração. — Eu tenho provas.

Enquanto meus pais trocam olhares confusos, se não um pouco alarmados, limpo as mãos na camiseta, pego meu celular e abro a selfie que tirei com Caz. Aquela em que estou beijando a bochecha dele.

— É aqui que eu estava no outro dia — explico, virando o celular para que eles possam ver —, com ele.

Resisto à vontade de derreter no chão enquanto todos se inclinam e inspecionam a foto de todos os ângulos, como se fosse algum espécime raro e ameaçado de extinção cuja existência nunca foi registrada.

— Bem — Ma diz por fim, recostando-se, a expressão blasé voltando para seu lugar.

Por um momento, não consigo decidir o que é pior: meus pais se recusarem a acreditar que eu poderia estar namorando Caz Song, mesmo com provas fotográficas... ou meus pais acreditarem plenamente na minha mentira. Confiarem em mim. Uma pontada de culpa surge em meu estômago com o pensamento.

Então Ma junta as mãos no balcão, toda profissional, o pão agora já esquecido ao lado dela.

— Acho que estou apenas curiosa... como exatamente o seu... isso — ela aponta para a tela — começou?

E, então, conto para eles. Conto exatamente a mesma história que escrevi na minha redação, porque quanto mais consistente for uma mentira, e quanto menos versões inventar, melhor. É mais fácil manter a história coerente dessa maneira.

Quando por fim termino e a maior parte do pão provavelmente já está murcha, Emily leva a mão à boca.

— Ai, meu Deus. Você vai convidar o Caz pra vir aqui? — ela pergunta, os olhos arregalados. — Precisamos conhecer o Caz. E se pedirmos alguns autógrafos, podemos vender...

— Não! — grito. Trazer Caz para casa é um limite que eu com certeza não quero cruzar.

— O que você tem contra dinheiro? — Emily retruca.

— Não estou falando dos autógrafos. — Ainda que não vá permitir que *isso* aconteça de jeito nenhum. — Eu só quero adiar isso de conhecer a família um do outro, ok? É... é coisa demais, rápido demais. E, além disso, você provavelmente vai encontrar com ele pela escola.

— Sua irmã está certa — Ma diz a Emily, vindo em meu socorro. — Não queremos assustar o menino. — Então ela se vira para mim. Sorri, as linhas fracas de seu rosto suavizando, seus maneirismos de Empresária Superprofissional se diluindo. Ela é apenas minha mãe, que sempre me empresta seu ombro como travesseiro durante as longas viagens de avião e faz sopa doce de feijão verde para nós durante os verões para ajudar a enfrentar o calor. — Mas você também não devia esperar *muito* tempo. Lembro que apresentei seu pai para meus pais logo depois que nos formamos. — Ela pisca. — Obviamente, funcionou muito bem.

Aí está de novo. A pontada no estômago.

Mas, ainda assim, eu me obrigo a dizer:

— Tá. Tudo bem.

Apesar do que disse à Emily, não espero de fato que ela encontre Caz na escola. Afinal, os horários do ensino fundamental e ensino médio são diferentes; estamos sempre em aula durante o horário de almoço do fundamental e vice-versa. É por isso que só vejo Emily antes ou depois das aulas, quando estamos esperando o motorista juntas, ou quando procuro deliberadamente por ela na sala de aula.

Mas na sexta-feira, em uma infeliz reviravolta do destino, somos dispensados vinte minutos mais cedo da aula de inglês — bem na hora do intervalo dos alunos do fundamental.

Vejo Emily assim que saio para o pátio iluminado pelo sol, Caz perto de mim. Ela está jogando o tradicional jogo chinês de ti jianzi com cerca de oito ou nove garotas da mesma idade que ela. É um jogo simples, mais de agilidade do que de estratégia, que exige que os jogadores passem a peteca entre eles usando sobretudo os pés.

Eu paro abraçada aos meus livros para vê-las jogar.

Todas riem loucamente, gritando umas com as outras sempre que a peteca parece perto de cair, correndo para a frente e para trás cada vez que veem as penas coloridas se aproximando.

Não demoro muito para entender a dinâmica do grupo; aprimorei minhas habilidades ao passar dos anos observando em silêncio meus colegas a cada escola que estudava.

Apesar de Emily e suas amigas estarem tecnicamente em um círculo, fica óbvio que a mais bonita — aquela com a faixa de cabelo de bolinhas e a risada mais alta e afetada — é a líder. Ela grita nomes e instruções para as outras, e é sempre ela a pegar a peteca de quem a recupera, sem nem agradecer.

E Emily, percebo com uma leve mistura de choque e ansiedade, está em algum lugar no fim dessa escala de popularidade. Nenhuma delas parece se importar em passar a peteca para ela, e quando consegue dar um chute, ninguém aplaude com muita vontade.

Franzo a testa. Isso não deveria acontecer. Emily sempre foi a sociável da família, simpática e com uma facilidade de adaptação que não tenho.

Mas pode ser que as várias mudanças não tenham sido tão fáceis para Emily quanto eu achava. Ou talvez alguma coisa nesta escola em particular tornou tudo mais difícil do que o habitual.

— Essa é sua irmã? — Caz pergunta, interrompendo meus pensamentos. Ele está apontando diretamente para Emily.

Eu me viro para ele, surpresa.

— É. Como você sabe?

Ele dá de ombros.

— Vocês são parecidas.

Isso está tão longe da verdade que quase dou uma gargalhada. Ao contrário de Emily, não herdei nenhum dos traços delicados e lindamente esculpidos de Ma, nem o cabelo brilhante e a pele hidratada. Em vez disso, me pareço com meu pai e com ninguém em particular, meu rosto formado a partir de um arranjo aleatório de traços angulosos e linhas arredondadas, como uma decisão impensada.

— Acho que você é a primeira pessoa na história do mundo que diz isso.

— É o sorriso — diz ele, desviando o olhar para mim. — Vocês têm o mesmo sorriso.

Antes que eu possa pensar em uma resposta adequada, Emily me vê.

— Jie! Jie! — ela grita, saindo do círculo e correndo pela curta extensão do pátio, as tranças balançando enquanto ela desliza até parar diante de mim, segundos antes de trombar comigo, e olha para cima, sem fôlego e radiante.

Então ela vê Caz. E fica totalmente imóvel.

— Ei — Caz oferece.

Emily arregala tanto os olhos que quase parece um personagem de desenho animado.

— Você é... Caz Song — ela diz, a voz abafada. — O namorado da minha irmã.

— Isso. — Caz se abaixa um pouco até que eles fiquem na mesma altura. Sorri. É um sorriso diferente daquele da televisão ou que abre perto de pessoas do nosso ano; é gentil, amável. — Eu mesmo.

— Caralho — minha irmã de nove anos sussurra.

Dou uma cotovelada nela, com força.

— *Olha a boca.*

— Foi mal — diz ela, não parecendo nem um pouco arrependida. — Eu quis dizer *caramba*. Feliz?

— Na verdade, não — murmuro.

O sorriso de Caz se alarga até que suas covinhas aparecem, e é evidente que Emily derrete. O que, em circunstâncias normais, deveria ser uma coisa boa; todo mundo *quer* que a família aprove o namorado. Mas tudo o que sinto é uma leve pontada de desconforto. Quanto mais Emily se apegar a Caz, mais vai doer quando nosso relacionamento de seis meses chegar ao fim.

Felizmente, esta conversa infernal é interrompida por ninguém menos que todo o grupo de amigas de Emily...

— *Emily!* Vem logo!

— Por que tá demorando tanto?

— Vai jogar ou não? Porque podemos jogar sem você, sabe — diz a líder. Ela cruza os braços, batendo o pé impaciente no chão. Sinto uma onda de antipatia por ela na mesma hora.

— Eu... já vou, só um minuto! — Emily grita de volta, então se vira para nós com grandes olhos de cachorrinho carente. — Vocês podem jogar com a gente?

Espero que Caz dê alguma desculpa educada sobre lição de casa e vá embora, mas, em vez disso, ele assente e sorri ainda mais.

— É claro.

Emily dá um gritinho e joga os braços magrelos para cima, parecendo o resultado de um banco de imagens para quando pesquisam "feliz" ou "celebração".

— Tá falando sério?

— Sim, tô falando sério.

Eu olho para Caz por cima do ombro de Emily, minha mente tentando entender. Tudo o que ele faz é sorrir de volta para mim. O que está aprontando? Concordamos em manter nossas famílias fora disso, e não consigo imaginar como ele pode se beneficiar dessa situação. Será que está tão comprometido assim com seu papel de falso namorado perfeito? Ou para ele virou um hábito constante entreter, atuar, impressionar?

— Bom, podem ir — digo, recuando contra a parede do prédio, os livros ainda agarrados ao meu corpo como um escudo. — Vou assistir daqui.

Emily faz beicinho.

— Você não vem?

— Eu... não acho que precisa.

— *Claro* que precisa. — O sorriso de Caz agora é malicioso, perverso. Ele estende a mão em convite, e uma terceira possibilidade surge na minha cabeça: talvez ele só queira me ver fazendo papel de boba. — Vamos lá. Quem *não* gosta de chutar pedaços de penas coladas?

Dou outro passo para trás, e meu calcanhar bate no tijolo frio.

— Não, não. Não, eu sou meio que alérgica a isso...

— A quê, se divertir? — Caz diz e Emily ri.

— Exercícios intensos — corrijo. *Além de passar vergonha na frente de um grupo de desconhecidas. Não importa que sejam mais novas que eu.*

— Você chama ti jianzi de exercício intenso? — Caz balança a cabeça como se eu tivesse acabado de contar uma piada ruim. — Eliza, já vi pessoas de oitenta anos chutarem a peteca sem dificuldade. Acho que você vai ficar bem.

Emily assente com vigor e vira seus olhos escuros e suplicantes para mim. Eu sempre odiei esse olhar de cachorrinho. Odeio porque são muito eficazes. Porque eles sempre me fazem dizer e agir de jeitos que sei que vou me arrepender...

Como aceitar jogar ti jianzi.

Um silêncio breve e atordoado paira sobre as meninas enquanto Caz e eu nos encaminhamos para o círculo, embora eu suspeite que o silêncio seja mais por culpa dele. Imagino como deve ser ver a cena da perspectiva delas, esse ator famoso que apareceu sem avisar como parte de um sonho: alto, educado e naturalmente bonito. E ele está sorrindo apenas para Emily, mal prestando atenção nas outras enquanto diz:

— Obrigado por me convidar, Em. — Ele pisca como se fossem melhores amigos.

Seja quais forem seus motivos, vê-los juntos assim faz uma inesperada rajada de calor encher meu peito, abrindo todas as portas e janelas trancadas dentro de mim.

Mas a apreensão vem logo a seguir. Interagir com irmãos é uma área cinzenta. Não importa o quanto eu tente controlar nosso acordo, manter tudo rigorosamente programado de modo organizado e profissional, coisas como essa aparecem e ameaçam embaralhar tudo de forma irrevogável.

— Você vai primeiro — a garota com a faixa de bolinhas instrui Caz, o olhar duro, as mãos firmes nos quadris. Ela tem a voz alta e retumbante de alguém que está acostumada a conseguir o que quer, mas quando Caz levanta uma sobrancelha fria, ela murcha. Resmunga:

— Ou... ou o que for melhor.

— Eu posso começar, Meredith — Emily diz alegre. A líder, Meredith, franze a testa, mas não protesta. Não com Caz e eu aqui, desequilibrando a dinâmica de poder.

Emily pega a peteca e a chuta para o alto, com um som de moedas chacoalhando. A garota ao lado dela alcança o objeto com a ponta do tênis quando ele começa a cair, então joga para Meredith, que passa bruscamente e com rapidez para Caz — que a recupera com facilidade.

Ele faz embaixadinhas com a peteca entre os dois pés e até dá uma cabeçada nela, o que gera muitos aplausos entusiasmados.

E ele parece... Bom, ele parece ridículo. Este não é exatamente um jogo de graça e dignidade, e nem mesmo Caz consegue fazer ti jianzi ter a elegância do hipismo, do arco e flecha ou do boxe. Mas ele é bom nisso, muito coordenado, confiante apesar do ridículo inerente deste jogo, e isso é mais do que suficiente para impressionar.

Ele é *tão* bom, na verdade, que logo atrai uma plateia considerável.

Eu tento manter minha atenção na peteca, mas minha pele formiga ao perceber a situação desconfortável. Há muitos pares de olhos em cima de nós. Em mim. Gotas de suor brotam na minha testa.

— É isso aí, Caz! — Alguém aplaude do lado de fora, acompanhado por alguns gritos e assobios desnecessariamente altos, como se esta fosse a rodada final das Olimpíadas.

Caz apenas abre seu sorriso de capa de revista e continua passando a peteca sem nenhum sinal de constrangimento, à vontade com toda a atenção.

Mas quando a peteca vem voando na minha direção, eu me atrapalho e a deixo cair. E então eu ouço: uma risada baixa, mas ainda assim audível, de uma das pessoas que nos observa. Há pessoas demais ao redor para eu saber de onde veio, mas isso não importa. Meu rosto inteiro queima como se pegasse fogo.

Tremendo, pego a peteca de novo e tento chutar, mas ela cai pateticamente para o lado, e Emily tem que recuperá-la. Desta vez, a risada não é abafada. Nem a voz cheia de incredulidade:

— É *essa* menina que está namorando Caz Song?

Parece que alguém enfiou a mão no meu estômago e apertou minhas tripas até formarem uma bola. Esse tipo de humilhação é exatamente o que eu queria evitar. E mesmo que seja irracional e mesquinho, sinto uma pontada abrupta de raiva de Caz. Caz, que ainda está sorrindo, entretendo o público, a luz dourada do sol ao seu redor como uma auréola.

Claro que ele gosta de fazer as coisas espontaneamente. Nada é vergonhoso para *ele*.

— Eu... eu vou descansar um pouco — aviso, voltando para a sombra, meu sangue pulsando quente e espesso. Todo mundo está olhando. — Continuem jogando sem mim.

Caz me lança um olhar rápido, *Tem certeza?* Emily e as amigas mal olham.

— Sério. Tá tudo bem — digo.

Mas eles já começaram de novo de qualquer maneira.

* * *

— Eu gosto dele.

Mais tarde no mesmo dia, Emily e eu estamos nos equilibrando nas grades baixas de metal do lado de fora da biblioteca da escola, os pés balançando a centímetros do chão, enquanto esperamos Li Shushu nos pegar. Nossas bolsas estão jogadas no gramado, inchadas, cheias de livros didáticos, potes sujos, carregadores dos computadores e mais coisas inúteis, mas obrigatórias.

Meus ombros doem. Eu os massageio com uma das mãos, desço da grade, olho para a frente. Os carros já começaram a entrar no estacionamento externo, vidros escurecidos e metal polido brilhando, fumaça subindo da calçada em ondas.

— Quem? — pergunto por fim, ainda que possa adivinhar a resposta.

— Seu *namorado* — diz Emily, arrancando a cabeça de uma bala em forma de minhoca com os dentes. Uma das amigas deu um pacote inteiro para ela depois do almoço. — Caz. Minhas amigas também gostam muito dele.

— Um total de zero pessoas surpresas. Todo mundo gosta dele. — Um tom vergonhoso e persistente de amargura pelo jogo de ti jianzi domina minha voz.

Não é como se Caz fosse *culpado* por ser tão amado por todos. Que o que falta em mim — charme, beleza, capacidade de atrair as pessoas, de fazê-las ficar — ele tenha em excesso.

Não é culpa dele.

Ainda assim, a amargura permanece, como nos chás medicinais que Ma sempre prepara para nós quando estamos resfriadas.

— Você acha que ele vai jogar com a gente de novo amanhã? Ou depois de amanhã?

O rosto de Emily está iluminado, esperançoso, ansioso. Tenho que desviar o olhar, ignorando a pedra afiada no meu estômago. A última coisa que preciso é que ela se apegue a Caz. Ainda mais quando não sei como ele se sente de fato, se foi tão legal porque realmente gosta dela ou porque gosta de crianças em geral, ou se foi um ato isolado. De qualquer forma, preciso mesmo falar com Caz sobre deixar minha irmã fora disso.

Mais carros passam por nós, cuspindo fumaça.

— Não sei — digo devagar. — Mas não crie esperanças, tá? Caz está muito ocupado com sua agenda de filmagens e campanhas publicitárias e outras coisas e... tem muita gente que quer passar um tempo com ele.

E quando meu estágio acabar e o drama dele estrear, ele não vai mais ter motivos para passar tempo com nenhuma de nós.

— Ah, tudo bem, então. — Emily assente, desapontada, mas já aceitando.

Então ela sorri e lambe o resto da bala roxa até o doce ficar com uma cor brilhante e transparente, a cauda açucarada grudada em seus dedos. Eu franzo o nariz.

— Isso é, tipo assim, muito nojento.

Ela mostra a língua manchada de roxo para mim. Finjo empurrá-la para fora da grade e ela grita, rindo.

O estacionamento está começando a ficar mais vazio agora, estudantes jogando suas mochilas nos bancos traseiros e porta-malas, portas se fechando, pacotes de salgadinho e de biscoitos de arroz Wang Wang sendo abertos para serem saboreados no caminho para casa. E, ainda assim, nenhum carro familiar aparece.

Não é a primeira vez que Li Shushu se atrasa; seu cronograma inclui nós duas, Ma e Ba, e é claro que Ma é a prioridade. É provável que ela tenha ido para uma reunião de emergência com uma cliente, ou que uma de suas apresentações tenha sido adiada.

Mas à medida que os minutos passam e o estoque de doces de Emily chega ao fim, posso sentir sua paciência diminuindo.

— Então, me conte mais das suas amigas — peço, para distraí-la, mas também porque estou curiosa. Porque não posso deixar de imaginar como as coisas teriam corrido se Caz e eu não tivéssemos nos intrometido, se ela ainda estaria nas margens de seu círculo de amizade. É um sentimento com o qual estou bastante acostumada, mas que não quero que Emily experimente.

Ela debocha.

— Você fala igual a Ma.

— Tá, mas sou parte da *sua* geração. Eu entendo dessas coisas. Posso dar conselhos.

— É isso que um velho diria.

Eu realmente a empurro desta vez, de leve, é claro, e ela oscila por um instante, os braços se debatendo no ar, antes de prender um dos pés na grade e recuperar o equilíbrio.

— Tudo bem. — Ela bufa. — O que você quer saber?

— Não sei. Você não fala muito sobre elas. E é a primeira vez que vejo você no almoço.

Ela balança uma das pernas, chutando o ar, os dedos dos pés tocando as nuvens.

— Bom, só comecei a andar com elas agora.

— Por que só agora?

— Elas não sabiam o que pensar de mim. — Pelo jeito que fala, percebo que está repetindo algo que uma das amigas disse. Provavelmente aquela garota Meredith. E eu sei que não deveria odiar uma criança de nove anos, mas isso ainda me deixa com raiva.

— Por quê? — pergunto, minha voz neutra.

— Elas... não tinham certeza de onde eu era. — A voz de Emily também é neutra, mas fica mais baixa quanto mais ela fala. — Tipo, tem umas meninas na minha sala que só falam cantonês umas com as outras, e as famílias delas são amigas desde o jardim de infância. E tem um outro grupo que é formado predominantemente por quem nasceu nos Estados Unidos ou Canadá, e eles não são muito próximos de nenhuma das crianças que nasceram aqui. Eles são *amigáveis*, mas não próximos. E eu não sou... — Ela coça um machucado invisível no cotovelo. — Acho que não sou como nenhum deles.

Ficamos em silêncio. O estacionamento está quase deserto agora, um longo trecho vazio de cinza. Ainda sem motorista, sem rosto familiar.

— Essa é uma palavra difícil — digo depois de um tempo. — *Predominantemente*.

— Temos que aprender dez palavras novas toda semana. Para a aula de inglês. Também aprendi a palavra *dicotomia*.

— Legal, legal.

— É. Mas não tenho certeza do que significa.

— Você vai entender quando for mais velha — eu a tranquilizo. — Ou... pelo menos você vai ficar melhor em fingir que sabe.

Ela sopra uma mecha de cabelo do rosto.

— Espero que sim. Talvez eu encontre minha Zoe.

Eu paro.

— O quê?

— Você sabe, uma melhor amiga que sempre estará ao meu lado e ficará comigo não importa o que aconteça. Como você e Zoe.

— Ah. Hm, sim. Certo. — Mas há uma certa dúvida na minha voz, e isso, a dúvida em si, o aperto imediato que sinto no peito, me preocupa quase tanto quanto as mensagens curtas que temos trocado recentemente, ou como em todo post do Instagram ela está junto daquela menina nova, Divya, ou como ela começou a marcar outros colegas nos memes do Facebook em vez de mim. Já passei por isso vezes o suficiente, com velhos amigos de escolas antigas, para saber o que costuma acontecer. Como as mensagens diárias viram atualizações semanais, que viram atualizações esporádicas uma vez por mês, que viram nada.

Mas é a Zoe. Aquela que ficou por perto mais tempo. Aquela que me conhece mais do que ninguém. Desde quando comecei a questionar a força da nossa amizade?

Antes que meus pensamentos possam espiralar ainda mais, volto ao ponto.

— Ei, você vai... me contar, não vai? Se alguém da sua turma excluir você ou falar algo maldoso.

— Se eu contar, o que você pode fazer?

Ela não diz isso de maneira mesquinha, como um desafio; está mais para um jeito espontâneo, neutro, que faz meu coração se revirar.

— Eu daria um soco neles — decido com firmeza.

— Sério? — Emily me olha com uma leve descrença. — Sem ofensa, Jie, mas você não consegue nem matar uma barata sem gritar.

— Bem, quer dizer, em primeiro lugar, baratas são nojentas e não têm o direito de fazer aquele som quando as

esmagam. E, em segundo lugar, *sim, eu daria. Daria um soco.*
— E daria mesmo. Por ela.
Ela parece pensar a respeito, então desce da grade, limpando o açúcar nas mãos.
— Tá bom, então. Acho.
Nossa conversa é interrompida pelo ronco de um motor se aproximando, os portões da escola se abrindo para deixar o carro do nosso motorista entrar. Ele diminui a velocidade quando chega perto de nós, as duas únicas alunas que restaram na escola, as janelas da frente abertas, a rajada de ar frio e um trecho de algum programa de entrevistas chinês na rádio escapando pelas frestas.
— Desculpe — Li Shushu diz, colocando a careca para fora. — Tive que pegar sua mãe em uma convenção. Fiquei preso no trânsito.
— Não tem problema — respondo. Enquanto Emily corre para buscar nossas mochilas, as partes de baixo agora úmidas e com manchas de grama e lama, abro a porta do carro. Estendo minha outra mão.
— Vamos. — Aceno para ela. — Vamos pra casa.

Capítulo dez

Apesar de ser a última coisa que quero fazer depois do jogo de ti jianzi, chego pontualmente, no dia seguinte, para o primeiro treino oficial de química. E, ao que tudo indica, Caz não estava brincando sobre seus *meios de transporte alternativos*.

— Você vai com *isso* pra todo lado? — exijo, olhando para a moto do tamanho de um cavalo apoiada nos portões do condomínio. Parece algo que alguém da máfia pilotaria, ou algo que um bilionário de 47 anos talvez comprasse para se sentir mais jovem. A maior parte do veículo é revestida de um preto intenso e brilhante, das rodas aos bancos de couro, mas listras cor vermelho-fogo enfeitam as laterais. Dificilmente o tipo de transporte que eu esperaria ver logo cedo em uma manhã de sábado, ou que tinha em mente quando Caz me mandou uma mensagem sobre visitar sua barraca favorita de jianbing, os famosos crepes tradicionais chineses.

— É linda, você não acha? — Caz pergunta retoricamente. Quer dizer, ele acaricia os bancos com mais amor do que já o vi demonstrar a qualquer pessoa, incluindo as colegas de elenco em cenas mais íntimas.

Eu o encaro, seu sorriso vitorioso e postura casual. Ao contrário de mim, ele parece já ter se esquecido do jogo humilhante. O que é típico dele, na verdade… de *nós*. Ele passando o dia sem preocupação alguma, enquanto *eu* me sento e passo tempo demais pensando nas minhas interações com ele e me perguntando por que as coisas nunca são tão fáceis assim para mim.

— Uau — digo sem emoção enquanto dou um passo hesitante para mais perto da coisa monstruosa de couro. É de alguma forma ainda mais alta do que eu havia pensado.

— O quê?

— Você… você não é daquele tipo de cara que dá nome para a moto, né? E fala dela como se fosse uma mulher? — Quando Caz não responde imediatamente, se limitando a rir e revirar os olhos, cruzo os braços. Meu horror é exagerado, mas não falso. — Você *é*, não é?

Ele sobe com agilidade no banco, as sobrancelhas erguidas para mim.

— Isso seria um grande problema?

— Sim, sinto dizer que isso seria quase o suficiente para terminar com você. *Ainda mais* se o nome for algo do tipo Pérola Negra. Ou Rebecca.

— Você não teria coragem — ele brinca, me jogando um dos dois capacetes de moto pendurados no guidão. — Você gosta demais de mim.

Não sei o que me incomoda mais: a presunção no que ele diz ou a forma como sinto meu rosto ficar quente. *Puramente profissional, lembra?* Coloco o capacete tão rápido quanto meus dedos desajeitados permitem, apenas para evitar o olhar dele.

Eu me movo atrás de Caz e me sento no banco da maneira menos graciosa possível, quase dando uma joelhada nas costas dele enquanto forço minhas pernas para baixo em ambos os lados.

— Obrigada pela dica sobre usar calças — digo para ele, minha voz saindo um pouco abafada por causa do capacete. — Achei que você tivesse ficado traumatizado com o comprimento do meu vestido da última vez.

Ele vira um pouco a cabeça na minha direção.

— Eliza. Se não fosse pela praticidade, você poderia literalmente usar um saco de lixo que eu não ia ligar.

— Tem certeza de que sua reputação aguentaria isso? — tento fingir que é uma piada, mas uma velha nota de amargura penetra minha voz. Os fãs já começaram a compartilhar fotos de nós dois juntos e analisar tanto o estilo dele quanto o meu. Os mais legais diziam que minhas roupas eram "casuais", "confortáveis" e "sóbrias". Os não tão legais me pediam para consultar o estilista de Caz Song.

Talvez Caz também tenha visto esses comentários, ou pode ser que ele perceba o tom frio da minha voz, porque, em vez de responder, ele fica quieto por um momento.

Então ele liga o motor, e milhares de tremores altos e violentos vibram pela estrutura de aço, quase me derrubando.

— Segura firme — avisa.

Faço o que ele diz, abraçando o corpo de Caz pela cintura e pressionando meu rosto nos ombros duros. Estou tão perto que sinto o calor da pele dele através da camiseta, a forma como os músculos se contraem sob meus dedos.

Ele faz um som de sufocamento.

— Puta *mer*... não *tão* apertado...

— Eu não quero cair — protesto, mas afrouxo um pouco meu aperto, o suficiente para que ele possa respirar.

— Você não vai cair — ele diz, como se fosse ridículo sequer pensar nisso. — Eu não vou deixar.

Surpreendentemente, ele mantém a palavra.

Começamos num movimento lento e constante pelas ruas, minhas mãos ainda agarrando a cintura de Caz, nossas sombras se arrastando atrás de nós, ficando maiores, mais nítidas à medida que nos afastamos dos portões do condomínio. Caz se vira duas vezes para checar se estou bem.

Quando assinto, ele muda de marcha e começamos a acelerar, a paisagem surgindo para nos cumprimentar...

E é lindo.

Tudo isso é lindo.

Já que Caz tem gravações de tarde, tivemos que nos encontrar bem cedo, e o céu ainda está um azul pálido de aquarela. Pequim parece diferente nesta hora do dia. Mais tranquila, de alguma forma. As ruas e vielas recém-asfaltadas estão vazias, exceto por alguns velhos riquixás enferrujados e homens idosos balançando pássaros em gaiolas de bambu, cantarolando no ar nebuloso.

Passamos por eles ruas afora, o verde das árvores e o brilho dos carros intenso ao nosso redor, formas e silhuetas se fundindo.

Então é essa a sensação, me admiro enquanto levanto meu rosto para o sol, deixando a luz dourada cair suavemente sobre mim, e vejo meu próprio reflexo no espelho. Meu rosto está iluminado e rio de boca aberta, meus olhos semicerrados, camisa ondulando ao vento. Pareço jovem. Deliciosamente feliz. Quase não me reconheço.

É essa a sensação de ser uma adolescente comum.

De não ter medo.

De repente, minha raiva de antes parece uma coisa pequena e distante.

Estamos em algum lugar no centro da cidade quando Caz para a moto e a apoia no meio-fio de uma rua estreita. Ele desce primeiro, liberando do capacete os cabelos de astro de cinema bagunçados pelo vento, depois me ajuda a descer também.

Eu cambaleio por um momento, ainda trêmula pela adrenalina restante, joelhos bambos por me agarrar ao assento com força demais, antes de me apoiar em um poste de luz próximo. É um alívio tirar o peso esmagador do capacete, sentir o ar fresco soprando em minhas bochechas...

Caz dá uma olhada em mim e começa a rir.

Congelo, constrangida e um pouco atordoada, porque não consigo me lembrar de ter visto Caz rir assim antes: cabeça jogada para trás e covinhas tão profundas que parecem esculpidas.

Então ele diz:

— Eliza. Seu cabelo.

— O que tem?

Por instinto, levo minhas mãos à cabeça e fico horrorizada quando percebo que meu cabelo está... em pé. *Todo em pé*, como se eu tivesse levado um choque.

Perfeito. Simplesmente perfeito.

Tento esconder meu constrangimento com uma careta e aliso o cabelo para trás com alguns tapinhas rápidos, e então olho para ele.

— Não ouse dizer uma palavra.

— Para com isso, não estava tão ruim. Eu achei bem estilo...

— *Não*.

Ele suprime outra risada e faz mímica fechando os lábios e jogando fora a chave, a coisa toda, e começa a me guiar pela rua.

— Então — digo após alguns instantes, a admiração e a adrenalina do passeio de moto já passados e as palavras que estavam fermentando dentro de mim nas últimas vinte e quatro horas por fim borbulhando na minha língua —, acho que seria bom falar sobre ontem.

— O que tem ontem?

Caz parece genuinamente confuso, o que só prova que minhas piores suspeitas estão corretas. Ele não se importa com essas coisas do jeito que eu me importo. Ele não precisa se preocupar em se machucar, com as consequências de seus atos, como um sorriso descuidado e algumas palavras falsas dele podem levar outra pessoa a uma completa ruína emocional.

— Minha *irmã* — digo, entredentes. — Você jogando com ela e com as amigas dela. O que foi aquilo?

Ele para abruptamente.

— Ei, calma aí. É *por isso* que você está irritada a manhã toda? Porque eu fui simpático com a sua irmãzinha?

A forma como ele fala — o julgamento no tom de voz, como se eu estivesse sendo chata de propósito — faz meu sangue ferver.

— Não estou irritada — solto, passando direto por ele.

Ele me alcança em um instante.

— Ah, não, é claro. Porque dá para ver pela sua voz e pela sua cara que você tá supertranquila. Muito calma. Não parece nem um pouco que está pensando em me estrangular.

Estrangular não, fico tentada a corrigir. *Só dar um soco na sua cara.*

— É só... — Expiro, frustrada. — Não devíamos envolver nossas famílias nisso, tá? É confusão demais. Não quero que minha irmã seja afetada quando terminarmos.

Espero por um comentário sarcástico, mas quando ele olha para mim, está com uma expressão estranhamente séria. Até um pouco envergonhada.

— Desculpe — diz, me surpreendendo —, acho que não tinha pensado por esse lado.

— Claro que não tinha — murmuro.

— Ei, ouça. Se é tão importante assim pra você, não vou fazer de novo, tá?

Sinto minha raiva diminuir um pouco, apesar de continuar desconfiando dele.

— É bom mesmo — aviso, apontando um dedo para ele.

Caz olha para meu dedo esticado e depois para mim, e uma expressão muito mais familiar — e irritante — de diversão surge em seu rosto.

— Alguém já disse que você pode ser bem assustadora às vezes?

Eu me viro e continuo andando sem responder.

O lugar que vende jianbing fica entre um jardim de infância, um estacionamento meio vazio e o que parece ser uma loja de livros didáticos há muito fechada. Dois homens magros e queimados de sol que parecem ter quase trinta anos cuidam da barraca, as testas brilhantes de suor devido à combinação do calor do verão, da grelha quente e dos uniformes: os dois vestem aventais e luvas de plástico por cima das camisetas brancas.

Estão acabando o pedido de uma jovem mãe quando nos aproximamos pela calçada.

— Dois jianbing, por favor — Caz pede em um chinês perfeito, no dialeto local, então olha para mim e muda para o inglês. — Quer alguma coisa para beber? Leite de soja? Água? Chá gelado?

Ainda estou ocupada tentando arrumar o cabelo. Paro ao ouvir a pergunta, um pouco atrapalhada, e respondo:

— Hm, leite de soja está ótimo. Obrigada.

— Claro. — Caz se vira e retorna para o chinês com facilidade. — E vamos querer um copo médio de leite de soja, adoçado.

Os dois homens nos olham com curiosidade, mas não dizem nada. Apenas concordam e começam a trabalhar.

A maioria dos ingredientes já está disposta na bancada, prontos para serem usados a qualquer instante: uma bandeja de ovos pela metade; jarras gigantes de molho de feijão preto e tofu em conserva e molho de pimenta; uma tigela de plástico com uma massa e potes lotados de vegetais frescos.

Observo enquanto um dos chefs espalha a massa grudenta na grelha redonda com um suave movimento circular, até que esteja esticada e tão fina quanto papel. Ele repete o processo com dois ovos, as claras chiando instantaneamente ao entrar em contato com o metal quente, as duas gemas deslizando para o meio como dois sóis gêmeos.

Em segundos, a massa está cozida, dourada e crocante. A seguir, ele espalha cebolinha e coentro pela superfície, seguidos por paçoca de carne porco e uma grossa pasta de soja e palitos de massa fartos e fritos. Os aromas saborosos flutuam no ar, se misturando com a fumaça da grelha.

O outro homem se encarrega da embalagem, cortando o jianbing pronto pela metade e arrumando em um pequeno saco plástico, o vapor embaçando rapidamente o embrulho transparente. Então, sem dizer uma palavra, ele estende a comida para nós.

Caz aponta para mim.

— Você primeiro.

Se Ma ou Ba estivessem aqui, eles provavelmente insistiriam que eu fizesse a dancinha do *você-primeiro-não-você--primeiro* até que um de nós perdesse o fôlego ou morresse de excesso de educação. Mas já que o chef ainda está com a mão esticada e o cheiro do jianbing é de fato bom demais, digo apenas:

— Tem certeza?

Caz consegue, de alguma forma, sorrir e revirar os olhos ao mesmo tempo.

— Eliza. Pega logo.

É o que faço. O embrulho está tão quente que queima meus dedos, e acabo fazendo aquela dancinha ridícula passando de uma das mãos para a outra para evitar me queimar.

— Hm, xiexie — agradeço ao chef, que ainda me olha de um jeito engraçado.

Ele troca um olhar com o outro chef e os dois balançam a cabeça e riem. Então ele diz alguma coisa em resposta, mas o sotaque é tão forte — ou, para falar a verdade, minhas habilidades de chinês são tão limitadas — que não entendo nenhuma palavra além de *consegue*. Que tem o mesmo som que *reunião*, *suborno*, *esperta* e cerca de outras cinquenta palavras em chinês.

Então, ele pode ter dito, basicamente, qualquer coisa.

Eu me viro para Caz em busca de ajuda.

É impossível decifrar sua expressão, mas ele traduz na mesma hora.

— Ele disse que está surpreso por você saber dizer obrigado.

— Ah. — Eu olho para os chefs de novo, sem saber o que pensar desse comentário. Não é bem um elogio, mas talvez eu esteja sendo sensível demais. Talvez não tenham feito por mal...

Então o outro chef cruza os braços e pergunta:

— *Ni haishi zhongguoren ma?*

Dessa vez, entendo toda a frase: *Você é mesmo chinesa?*

Meu rosto fica quente. De repente, não estou mais com tanta fome assim.

Caz limpa a garganta atrás de mim.

— Ele disse...

— É, eu... eu sei o que ele disse. — Minha voz falha de forma constrangedora, sinal de que tocaram em um ponto sensível, e preciso desviar o olhar. Olho fixamente para um pedaço de chiclete velho grudado na rua. Não faz sentido que eu fique tão exaltada por causa de uma pergunta simples...

Exceto pelo fato de já tê-la ouvido antes, muitas vezes. Cada versão possível dela: *Você é estadunidense? Britânica? É de algum lugar aqui perto? Você é* mesmo *chinesa?*

Não sei. Às vezes é cansativo demais ter que explicar sua identidade para todas as pessoas.

Depois de pegar nossos pedidos, Caz e eu andamos em silêncio por algum tempo, sem destino. Sei que devíamos passar esse tempo aprendendo mais um sobre o outro, mas nenhum de nós dois parece saber o que dizer. Galhos de salgueiros balançam de um dos lados das ruas e uma brisa canta sua canção suave entre as folhas em cascata. O sol está mais alto no céu, que agora está todo azul, uma cor tão gritante quanto o silêncio entre nós.

Caz o quebra primeiro.

— Não acho que tenha sido a intenção dele...

— Não tem problema, Caz — digo, com uma tentativa fracassada de rir. — Não precisamos falar disso. Quer dizer, nem tem do que falar.

— Bom, mas você está obviamente chateada.

— Eu não estou...

— Está, sim. Está fazendo aquela cara de novo. — E ele para no meio da rua, o queixo erguido e mordendo o lábio inferior em um imitação minha que é, ao mesmo tempo, irritante e assustadoramente precisa.

Ergo a mão para tapá-lo.

— Eu não faço essa cara — minto. Então, quando fica óbvio que ele não acredita no que digo: — Tanto faz. Você não entenderia mesmo.

— Por que não? — ele desafia.

Eu também paro de andar.

— *Por que não?* Tá falando sério?

— É claro — ele diz no mesmo tom, os olhos escuros fixos em mim.

— Caz. Não é... Você não tem esse tipo de problema, tá bom? — As palavras saem rápidas demais, honestas demais, uma pressa amarga e ofegante. — Você se encaixa em qualquer lugar. Você é bem-vindo em todo lugar. Seja no tapete vermelho ou em um jogo bobo de crianças ou no refeitório da escola. Você sempre se encaixa com perfeição, sem tentar, e... não é assim que funciona comigo.

Sinto a surpresa dele, e desejo imediatamente não ter dito nada. O que Caz Song tem que me faz querer me abrir e erguer uma barreira de cinco metros em volta de mim ao mesmo tempo?

— Isso pode ser verdade na escola — ele diz por fim, a mandíbula apertada —, mas às vezes, na minha própria casa... — Então para. É como naquele dia no parque: ele parece debater consigo mesmo sobre algo, como um menino hesitando para entrar em uma piscina enorme, sem saber se é seguro o suficiente para mergulhar. Todo esse tempo, e ele ainda revela tão pouco de si por vontade própria. — Às vezes eu também me sinto assim — é o que decide dizer. Uma meia resposta; um meio-termo; um pé suspenso no ar, o outro firme no chão. Um indício de que pode ter mais nele do que o que eu me deixei acreditar.

Uma trégua delicada se estende entre nós.

Dou uma mordida no meu jianbing e primeiro não sinto o gosto de nada, só o calor escaldante de queimar a língua, mas então o sabor salgado da pasta de soja enche minha boca e o cheiro de óleo frito faz meu apetite voltar. Algo em mim se amansa.

— Está gostoso — digo, relutante.

— Que bom — ele responde.

Sentamos na calçada e comemos nosso café da manhã observando a cidade ganhar vida. Isso *é* gostoso, acho, apesar de tudo. Morar aqui. Estar aqui com Caz. Mesmo que eu não sinta que Pequim seja totalmente minha ainda, momentos como esse ainda me dão a esperança de que um dia ela possa ser.

Volto à realidade quando Caz começa a tossir sem parar.

E a parte dramática do meu cérebro, programada para supor o pior de tudo, pensa na mesma hora: *meu Deus. É isso. Ele vai me dizer que está sofrendo de alguma doença crônica e que tem guardado segredo esse tempo todo porque não quer que ninguém se preocupe, mas só tem mais dois meses de vida. Vamos acabar em um vídeo depressivo com montagens dos últimos dias dele comigo e uma série de pores do sol laranja e caminhadas vagarosas pela praia e um dia ele vai desmaiar na minha frente e...*

— Desculpa — Caz diz, fazendo careta. Ele ergue o jianbing. — É que... Eles não costumam colocar pimenta nesses...

Meu coração se acalma e o pânico some.

— Calma. Você não consegue comer comida picante?

— Claro que consigo — ele resmunga, mas as bochechas estão vermelhas demais e ele não parece querer dar mais mordida nenhuma.

— Ai, meu Deus. — É tão inesperado que o que restava da minha raiva se dissipa e dou risada. Quando começo, não consigo parar. Todo meu corpo treme com risadas suprimidas até que estou quase deitada na calçada. — Ai, meu Deus. Isso é bom demais.

— Como? — ele diz, sem graça. — O que tem de bom nisso?

— Só que... entre *todas* as coisas. — Engasgo em meio a meu ataque de riso. — Quer dizer, você conseguiu fazer uma série de acrobacias com um braço quebrado e aguentar a dor, mas não consegue lidar com *um pouco de pimenta*?

Ele me lança um olhar carrancudo, mas percebo que não é de verdade.

— Tinha bastante aqui, tá? Pelo menos duas pimentas inteiras...

— Ai caramba, para. — Levo a mão à barriga, rindo ainda mais. — Para... desculpa. Não acredito. Não consigo acreditar.

— Fico feliz por você achar a sensibilidade das minhas papilas gustativas tão engraçada.

— Tá bom, tá bom, eu vou... deixa eu me recuperar... — Inspiro fundo como se fosse meditar enquanto Caz me observa com a cara fechada, mas isso só me faz começar a rir de novo. Eu nem sei o que tem de tão engraçado nisso. Ou talvez não seja tão engraçado assim, talvez eu só esteja feliz, apesar de isso não fazer sentido. Quando por fim me acalmo o suficiente para formular frases inteiras, ofereço meu jianbing para ele.

— Podemos trocar, se você quiser. Prometo que não tem pimenta no meu.

O salgueiro acima de nossas cabeças balança enquanto falo, as folhas arranhando minha bochecha.

Caz afasta os galhos e inclina a cabeça, avaliando.

— Tem certeza de que não é um truque? Você não colocou veneno ou coisa do tipo?

— Eu juro. Apesar de que, bom, eu já dei algumas mordidas nele, se você não se importar... — E de repente fica estranho; eu sinto no ar. *Eu* fiz as coisas ficarem estranhas. Como eu sempre faço.

Mas Caz se recupera rapidamente. Ele pega o jianbing da minha mão como se não fosse nada de mais e sorri um pouco quando diz:

— Da próxima vez vamos a um lugar que sirva comida menos picante.

— Da próxima vez — repito, surpresa de achar que esses treinamentos de química não parecerem mais *tão* terríveis quanto antes.

Capítulo onze

Ir para a escola é diferente agora.
 Melhor, de certa forma. Na hora de entrar no carro, não sinto mais tanto medo que me causa enjoos, não fico mais contando os segundos para entrar na sala de aula que nem antes. Não é como se eu de repente tivesse me tornado superpopular — ainda almoço sozinha no terraço —, mas as pessoas parecem enfim ter aceitado minha presença.
 Não sou ingênua o suficiente para ignorar que isso é, em parte, porque estou com Caz Song. Mas outra parte disso tem a ver com meus posts no Craneswift.
 Meus seguidores estão crescendo bastante, alguns milhares a mais quase todos os dias, o número de curtidas e compartilhamentos subindo com eles. É tão divertido quanto aterrorizante.
 O tipo de relacionamento que rezo para ter, dizem os comentários em um dos meus posts mais recentes, com o título "Dançamos sob as luzes da rua, nos beijamos sob a luz da lua". Nele, a versão fictícia de Caz Song e eu passeamos no nosso condomínio à meia-noite.

Isso é a prova de que o amor existe, diz outro comentário emocionado no post em que andamos de moto juntos, vendo a cidade da garupa da moto de Caz Song, intitulado apenas "Ele prometeu que não vai me deixar cair".

E quando não estou descrevendo nossos encontros, nossas falsas interações fofinhas ou mencionando discretamente o próximo drama de Caz Song para ajudar a gerar interesse, eu me vejo na posição nada merecida de dar conselhos amorosos. "É importante ser honesta com suas emoções", escrevo em um artigo, sentindo o forte sabor de ironia nas minhas palavras. "Não tenha medo de ser vulnerável." Ou, em outro artigo para a coluna de Amor e Relacionamentos: "Sei que é comum pensar que 'sou forte e independente e não preciso de ninguém', mas a verdade é: nós precisamos de pessoas. Pessoas que vão rir e chorar com a gente e fazer com que dias ruins se tornem suportáveis e dias bons se tornem ainda melhores; pessoas que vão se lembrar do que esquecemos e ouvir mesmo quando não entendem completamente; pessoas que também precisam de nós. Não tem nada a ver com força e tudo a ver com ser humana".

É claro que Sarah Diaz está em êxtase com tudo isso.

— As pessoas estão amando — ela se gaba na nossa ligação quinzenal de acompanhamento. — As pessoas estão *envolvidas*. Isso é muito importante, você sabe, né? Seu último post sobre as barraquinhas de comida que você e Caz visitaram... *tão fofo*, aliás, e as fotos me deixaram com água na boca... acabou de atingir quarenta mil visualizações.

— Eu sei — digo, e então fico vermelha, porque pareço ridiculamente convencida, e não era a minha intenção. — Quer dizer, hm. Obrigada.

Ela ignora meu desconforto com uma risada fácil.

— Ah, isso me faz lembrar, Eliza... O que você acha de dar uma entrevista?

— Uma... entrevista?

— Isso. Uma entrevista. — Sarah tem muito mais paciência comigo do que eu mereço. — Sei que você já deve ter recebido alguns convites, mas esse foi enviado diretamente para nós no Craneswift. É de uma empresa de mídia enorme que fica em Pequim, mas tem foco na audiência ocidental, então nem a localização nem o idioma devem ser um problema. E eles fizeram *muitos* elogios no e-mail. Dá para ver que estão muito interessados no seu passado, e adorariam que você e Caz fossem juntos para a entrevista.

— É mesmo... — digo vagamente, minha mente ainda analisando tudo o que ela disse.

— Então, o que você acha? — reitera. Antes que eu possa responder, ela se apressa em dizer: — Sei que é muita coisa. Mas pense na *exposição*. Isso vai fazer maravilhas pela sua carreira, Eliza, eu consigo sentir.

"Muita coisa" é um eufemismo. É *muita* muita coisa. E às vezes, em momentos como esse, quando percebo com dor a proporção gigantesca da minha mentira, a rapidez com que tudo está acontecendo, uma velocidade desenfreada, meus pulmões parecem encolher e tenho uma vívida e quase hilária visão minha sendo jogada na cadeia e expulsa da escola e colocada em uma lista permanente de pessoas banidas do mundo literário por ter inventado minha redação...

Mas não... *respire*. Respire. Eu tento respirar.

Ninguém suspeita da minha história de amor com Caz por enquanto. Quer dizer, já tivemos algumas sessões de treinamento de química até agora e parece que está indo tudo bem, e eu não bati mais nele por acidente nem nada do tipo.

Ainda assim…

— Isso parece… interessante — digo, procurando uma forma segura de fugir dessa conversa. — Eu posso… É, sim, acho que posso dar a entrevista.

Ouço um barulho de algo se quebrando atrás de Sarah.

— Desculpa. — A voz de Sarah parece mais baixa, abafada, como se ela estivesse apoiando o celular no ombro. Acho que consigo ouvir barulho de madeira e um palavrão falado bem baixinho. — Um… um quadro de Jesus acabou de cair no chão sei lá por quê. Estranho.

Se eu fosse *um pouco* religiosa, definitivamente veria isso como um mau presságio.

— Enfim, o que você estava falando da entrevista? — A voz dela fica mais alta de novo, recuperando seu tom alegre.

— Não, é só que… eu… eu preciso perguntar para o Caz — digo, sabendo que não vou perguntar. — E… preciso pensar melhor a respeito. Tudo bem se eu der a resposta depois?

— Claro, Eliza. — Mas consigo ouvir a decepção na voz dela, ainda que bem disfarçada. — Não quero que você faça nada que te deixe desconfortável.

Um pouco tarde para isso, é só o que consigo pensar quando desligo, meu estômago pesado.

Logo fica óbvio que a entrevista é a menor das minhas preocupações.

Porque três dias antes do aniversário de dezoito anos de Caz Song, percebo que não faço ideia do que dar de presente para ele. Quer dizer, tenho certeza de que há uma série de sugestões por aí de presentes apropriados para comprar de acordo com o estágio do relacionamento, mas nenhuma revista on-line criou um guia para o que dar para seu namorado quando seu namoro é de mentira.

E o fato de que estamos falando de Caz Song não ajuda. O que dar para um menino que já tem o mundo inteiro?

Estou tão desesperada por respostas que acabo consultando Emily de noite, e me arrependo na mesma hora.

— Você veio ao lugar certo — Emily assegura, mas soa mais como *esses vão ser os minutos mais dolorosos da sua vida.*

Estamos sentadas na mesa de jantar, com uma tigela enorme à nossa frente, cheia de cubos brilhantes de manga bem madura e morangos fatiados, dois garfos do lado. Ma está no outro quarto ligando para Kevin do marketing de novo (de vez em quando a ouvimos suspirar e dizer algo tipo *Não, uma festa na piscina não seria nem um pouco apropriada — sim, mesmo que as bolas de praia tenham o logo da companhia impressos, Kevin!*) e Ba está ocupado preparando as anotações para uma leitura de poesia em alguma universidade prestigiosa amanhã.

— Vou fazer de tudo para você encontrar o melhor presente de todos os tempos — Emily continua dramaticamente, batendo com o punho pequeno na mesa. — Qualquer pessoa que tenha tido um namorado antes vai chorar de vergonha. Não vão ter escolha a não ser se curvar diante de você e…

— É, hm, não precisamos de tanto. — Limpo a garganta. — Só preciso de, tipo, uma ideia aceitável. Não precisa ser tão boa assim.

— *Uau.* — Emily tem sido bastante sarcástica esses dias. Acho que ela está começando a entrar na adolescência. — Caz tem *tanta sorte* de namorar com você.

Reviro os olhos e espeto uma das mangas com o garfo.

— Tá, tanto faz. Só me dê algumas ideias.

Como resposta, ela rouba a manga de mim com o outro garfo.

— Ei...

— Estou *pensando* — diz, fazendo barulho para mastigar. Não costumo pedir conselhos para ela, e é óbvio que está gostando disso um pouco demais.

— Você consegue pensar mais rápido? Eu só tenho três dias para resolver isso.

— Bom, aí o erro foi seu — ela diz, o que é irritante, mas, infelizmente, verdade.

Nunca fui do tipo de pessoa que procrastina em trabalhos escolares ou coisa do tipo, mas tenho a péssima tendência de evitar tudo que me deixe desconfortável. Quando tive que sair da minha escola em Londres, queria dizer pessoalmente para minha professora de inglês que iríamos nos mudar. Mas eu sabia que ela gostava de mim e que ia chorar com a notícia bem na minha frente e fazer um discurso dramático de despedida, e só de pensar nessa cena eu fiquei tão desconfortável que acabei adiando até embarcarmos no avião, e aí é claro que já era tarde demais para dizer qualquer coisa. Ela deve achar que morri, por ter parado de ir para a escola de repente. Ou talvez que esteja em coma.

Se sentir vergonha fosse um defeito fatal, com certeza seria o meu.

— Ei, e se você escrever uma carta de amor? — Emily sugere, com brilho nos olhos. — Ia ser tão fofo, tipo nos velhos tempos, sabe, tipo no começo dos anos 2000! E você podia escrever sobre...

— Não. — Balanço a cabeça antes mesmo que ela termine a frase. — Não. De jeito nenhum. — Basta lembrar de Caz lendo minha redação em voz alta no armário do zelador para eu sentir tanta vergonha que meus músculos se contraem.

Uma carta para ele seria algo ainda mais íntimo, e mil vezes mais vergonhoso. E, além disso, o que eu poderia sequer escrever? *Querido Caz, rosas são vermelhas, violetas são azuis, não namoramos de verdade, feliz aniversário e muita luz...*

— Bom, e um álbum de recordações, então? Com todos os momentos mais fofos de vocês? — Emily diz, incansável, levando mais pedaços de manga à boca. — Ou uma montagem com fotos e citações românticas?

Faço uma careta.

— Você tem alguma ideia de presente que não seja tão, hm... pessoal?

— Mas essa é toda a graça dos presentes de aniversário — ela protesta.

É difícil argumentar contra isso, então escolho minhas próximas palavras com cuidado.

— Eu só sinto que não estamos nesse ponto do relacionamento ainda.

— Não, você está certa — ela concorda seriamente. — É melhor guardar essas ideias para o aniversário de um ano. Ou o casamento.

Eu quase engasgo. Apesar de saber — ou ao menos esperar — que ela esteja só brincando, ainda estou um pouco preocupada que flerte com a possibilidade de nós ficarmos juntos por tanto tempo. Caz não tem lugar no meu futuro, e com certeza não tem lugar na minha família.

Mais uma razão pela qual essa história de relacionamento de mentira é uma confusão.

— Espera, acho que já sei! — Emily sacode o garfo no ar, então aponta para mim, o que parece um pouco com uma ameaça. — Você devia dar pássaros de papel pra ele.

— Tipo dobradura?

— Uhum. — Ela assente rápido, as trancinhas balançando sem parar. — Vi um vídeo no YouTube de uma menina que deu isso de presente para o namorado. Ela fez um pássaro pra cada dia de namoro e escreveu um elogio dentro de cada um pra ele ler.

— Entendi... — Na verdade, até que é uma boa ideia. Exceto por uma coisa. — Mas eu não vou escrever elogios para ele. Caz não precisa que aumentem o ego dele ainda mais. — Mas talvez eu possa escrever outra coisa.

Emily dá de ombros.

— Bom, mas lembre que você vai precisar dobrar *muitos* pássaros.

— Sim. — Faço um cálculo rápido de quantos dias estamos juntos. — Uns oitenta.

Ela para. Franze a testa.

— Calma aí. Vocês não estão juntos desde, tipo, junho? Merda.

— Ah, é que... — *Pense rápido.* Me forço a manter uma expressão neutra, sem demonstrar o pânico que corre nas minhas veias. — Faz oitenta dias desde que nós, tipo, estamos oficialmente juntos. Publicamente.

Com o canto do olho, vejo se há sinais de que ela não acreditou nessa explicação, mas Emily concorda, confiando em mim. É claro que ela confia em mim, e de alguma forma isso faz tudo ficar pior.

Ainda assim. Não tem por que pirar nisso agora.

Passo o resto da noite assistindo a tutoriais de dobradura no YouTube e tentando seguir o passo a passo. Começo de novo algumas dezenas de vezes, e acabo roubando alguns papéis coloridos na escrivaninha da Emily, mas acabo pegando o jeito por volta da meia-noite.

Tem algo de terapêutico nos movimentos simples e repetitivos, trabalhar sozinha em paz no meu quarto de noite, alisando os quadrados finos de papel de novo e de novo nas minhas mãos, a playlist do Spotify repetindo no fundo, a mesma que Zoe e eu fizemos juntas antes de eu ir embora, com todos nossos artistas favoritos: Taylor Swift e Jay Chou e BTS.

Enquanto faço isso, penso em Caz. O garoto convencido, vaidoso e irritante que de alguma forma consegue me surpreender sempre. Que concordou com minha proposta bizarra e é a única razão de eu ter conseguido chegar tão longe sem que descobrissem minha mentira. Que é mais engraçado do que a maioria das pessoas acredita e mais fofo do que eu poderia imaginar. E apesar de tentar com todas as forças não ficar tão próxima dele, apesar de saber que tudo isso vai acabar daqui alguns meses, não posso deixar de me sentir... sortuda. Afinal, quantas pessoas no mundo podem dizer que viram como Caz Song é por trás das câmeras?

Então, quando termino as dobraduras, escrevo um pequeno e silencioso desejo em cada delicado pássaro de papel:

Desejo que você nunca se atrase para pegar o trem.

Desejo que seu aniversário sempre caia em um fim de semana ou feriado.

Desejo que você consiga todos os papéis para os quais fizer teste.

Desejo que você tenha um guarda-chuva por perto sempre que chover.

Desejo que você sempre encontre o último pacote do seu salgadinho favorito.

Desejo que você sempre pegue o assento perto da janela.

Quando chego no último pássaro, meu despertador está tocando. Seis horas da manhã. Estou cansada e quase sem ideias, e talvez seja por isso que deixo a verdade surgir na última dobradura.

Desejo que você se lembre de sentir saudade de mim quando tudo isso acabar.

Na manhã do aniversário do Caz, levanto algumas horas mais cedo para fazer um bolo para ele.

A tarefa é muito mais difícil do que eu esperava. De alguma forma, apesar de ter seguido cada instrução citada no blog de culinária aleatório que encontrei, escrito por uma mãe — o que descubro após uma introdução de três parágrafos sobre o filho que é fresco com comida —, o bolo sai do forno com uma aparência estranha, molenga e laranja demais. Aguardo um pouco na cozinha escura e silenciosa, com a esperança de que ele fique mais bonito quando esfriar, mas o bolo começa a encolher e enrugar nos cantos como um pedaço triste de fruta seca.

Zoe também não é de muita ajuda.

— Ele... deveria ter essa cor? — ela pergunta, forçando a visão do outro lado da tela. Apoiei o celular no balcão ao lado da batedeira e das tigelas sujas de massa para que ela pudesse ver o resultado. Era para ela ter me ligado antes do almoço para dar dicas *enquanto* eu cozinhava, mas se atrasou por causa de uma tarefa de última hora que devia entregar ao meio-dia.

— Talvez seja por causa da luz — digo com esperança.

— Talvez — ela incentiva.

Analisamos o bolo murcho por alguns instantes. Então suspiro, limpo as mãos cobertas de farinha no avental e abro a porta da geladeira de novo.

— Deixa pra lá. Eu vou... vou tentar de novo. Não quero que ele tenha intoxicação alimentar bem no dia do aniversário.

— Sim, sim. Ingredientes chineses e coisa e tal.

Meus dedos congelam na caixa de ovos. Ergo a cabeça.

— Espera. Quê?

— O quê? — ela responde, igualmente confusa.

Mas eu entendo mais rápido do que ela.

— Eu falei por causa das minhas *habilidades culinárias*, não dos ingredientes daqui — digo, e o tom agudo e defensivo na minha voz me pega de surpresa.

— Ah. — Zoe limpa a garganta, parecendo desconfortável. — Bom, eu só quis dizer que... Quer dizer, eu li um artigo outro dia sobre como eles reutilizam o mesmo óleo várias vezes para cozinhar em Pequim, o que, tipo assim, parece horrível e meio que anti-higiênico, e...

— E você imediatamente deduziu que tem óleo reutilizado em tudo que nós comemos aqui? — pergunto.

— Não, eu... eu não... — Zoe balança a cabeça. Me encara. — Estou confusa. Por que você ficou tão chateada?

Eu abro a boca e fecho em seguida. Não sei como explicar para ela por que estou tão brava, por que me sinto tão... territorial. Algumas semanas atrás, *eu* perguntei para Ma se era seguro comer os palitos de massa frita que compramos em uma barraquinha, e eu *definitivamente* ouvi boatos de lugares que reutilizam o óleo da fritura, até já fui alertada sobre isso por pessoas daqui. Talvez isso faça de mim uma hipócrita.

Mas talvez seja a mesma lógica irracional que surge quando alguém insulta sua família: eu posso reclamar da Emily roubando minha comida ou demorando demais no banheiro o quanto quiser, por exemplo, mas brigaria com qualquer pessoa que dissesse algo de ruim sobre ela. Talvez tenha levado o comentário sobre Pequim para o pessoal porque de fato é. Porque a cidade não é dela para que possa insultar.

O que, é claro, levanta a questão: quando foi que Pequim virou *minha* para que eu a defendesse?

— Eliza? — Zoe diz, a incerteza em sua expressão ressaltada na tela do celular. — Tá tudo bem?

Parte da minha raiva se dissipa. O suficiente para me fazer pensar com mais clareza. Pode ser que eu esteja sendo dura demais com ela e, de qualquer jeito, não tem por que começar uma briga enorme por causa disso, ainda mais quando faz tanto tempo que não nos falamos direito. Certo?

Respiro devagar. Me concentro de novo. Toco a pulseira da amizade desgastada no meu braço.

— Tudo bem — digo, e minha voz coopera, mais estável antes que as coisas piorem.

— Bom, se você tem certeza...

— Tenho.

— Eu não quis... não quis mesmo dizer que... — ela diz, a voz mais baixinha enquanto aproxima o celular do rosto. — Desculpa, de verdade. Só percebi agora como foi idiota falar isso... não foi minha intenção.

Abro outro ovo, mas aperto forte demais; a casca se quebra entre meus dedos com estalos suaves, pedacinhos dela caindo na tigela. *Merda.*

— Não se preocupe — digo, distraída, a frustração crescendo dentro de mim. — Eu só preciso... só preciso terminar isso... — Com uma colher, tento tirar os pedacinhos da casca da tigela, mas o processo leva tempo demais e exige tanta concentração que não consigo continuar a conversa. — Posso ligar mais tarde? — digo por fim, tentando impedir uma careta.

— Que horas?

Depois da escola, começo a falar, mas então me lembro do problema da diferença de horário.

— Tipo, a essa hora amanhã?

— Não posso. Tenho uma reunião com a Divya e os outros alunos do conselho estudantil.

— Quinta?

Ouço o barulho de páginas, como se estivesse folheando uma agenda.

— Não. Não, desculpa. Tenho uma prova de química muito importante... Hm, e na sexta, horário da manhã daqui?

— Tenho uma reunião marcada com a Sarah... sabe, do Craneswift.

— Certo.

— Tá bom, então... — Paro e coloco a colher no balcão. De repente, não consigo me lembrar do que costumávamos fazer, como planejávamos essas ligações. Mas tenho quase certeza de que não costumava ser tão difícil. — Então... tchau por enquanto?

— Uhum. Tchau.

E ela desliga, me deixando com a tela do celular em branco e a massa cheia de cascas de ovo e a sensação sufocante e insistente de que tem alguma coisa de errado, e não só no meu bolo. Mas não tenho tempo de analisar isso.

Enquanto o sol começa a surgir pela janela da cozinha, meço e misturo e bato como se minha vida dependesse disso até fazer um bolo horrível, mas com certeza menos laranja. Coloco em um daqueles potes de restaurantes que Ma sempre insiste em guardar.

A intenção é o que conta, acho.

* * *

Decido dar o presente para Caz antes do almoço.

Recentemente, ele começou a gravar um drama xianxia de grande orçamento inspirado em uma história seriada muito popular na internet e, por isso, não aparece mais na escola de manhã — fazendo deste o momento mais cedo para que eu acabe logo com isso. Vou entregar os presentes e esquecer disso pelo resto do dia.

Mas quando me aproximo do armário de Caz, o pote de pássaros de papel nas mãos, as velas e o bolo de aniversário enfiados na mochila, sinto duas coisas espremerem minhas costelas.

Esperança.
Uma esperança idiota e perigosa.
E medo.
Deveria ser fisicamente impossível que ambos existissem ao mesmo tempo — essa sensação boba de leveza no peito, me encorajando, e essa sensação pesada no estômago. Mas agora, em plena luz do dia, com Caz parado logo ali, infelizmente tão bonito como sempre, sou obrigada a admitir que não escrevi tudo aquilo nos pássaros de papel só por estar cansada.

Pode ser que eu tenha uma queda por Caz Song. Como uma idiota completa.

Como se nosso acordo já não estivesse bagunçado o suficiente. Mesmo que isso faça de mim mais uma fãzinha de olhos arregalados, bochechas rosadas e com o coração na mão.

Parecendo provar meu ponto, nesse exato momento o grupo de amigos com quem Caz costuma andar surge perto dos armários e o rodeia.

— Feliz aniversário, cara — Daiki diz, batendo no ombro de Caz enquanto os outros comemoram com gritarias e Savannah, com um sorriso aberto, exibe um dos bolos mais bonitos que já vi.

Sinto meu coração afundar.

É o tipo de bolo branco cremoso, cheio de camadas e com decoração elaborada que poderia ser servido em um casamento chique, com delicadas flores azuis nas laterais e pérolas de tapioca brilhantes colocadas no topo. Alguns espectadores aleatórios suspiram, alguns se aproximam na esperança de pegar um pedaço.

De repente, meu bolo parece ridículo.

Foi idiotice sequer fazer esse bolo. Absurdo ter esperança.

Já estou indo embora, debatendo se devo ou não dar meu bolo para Emily no almoço, quando ouço alguém chamar meu nome.

— Eliza! Eliza... espera.

Eu me viro, surpresa. Caz está abrindo caminho pela multidão, passando por seus adoradores. Vindo na minha direção. E percebo de repente que a única coisa pior do que ter um crush em uma celebridade é estar ciente disso. Minha pulsação acelera, e se este fosse um dos dramas universitários de Caz, definitivamente teria uma música lenta e romântica tocando ao fundo agora.

Meu Deus.

Isso é tudo que eu mais temia.

— Caramba, você anda rápido. — Ele balança a cabeça. Atrás dele, todos os amigos se cutucam e nos observam do jeito que você assistiria a um episódio particularmente fascinante de um drama, olhos arregalados e bocas entreabertas. Savannah ainda está segurando o bolo gigante.

— Sim, bom, eu tenho, hm, tenho planos, então... — Eu me forço a sorrir, mas de repente não consigo me lembrar se costumava sorrir para ele antes. Ou se sorria desse jeito. Tenho medo de que haja um letreiro de néon piscando meus sentimentos na minha testa. Caz Song não pode descobrir que gosto dele de jeito nenhum; as consequências são quase mortificantes demais para se imaginar.

Ele me olha de um jeito engraçado.

— Tá tudo bem?

— Sim. — Assinto. *Por favor, Eliza, coloca a cabeça no lugar e aja normalmente.* — Sim, perfeito. Por... por quê?

— Por motivo nenhum — ele diz devagar. Então olha para o pote de vidro com os pássaros de papel nas minhas mãos. — O que é isso?

— Nada. — Escondo o pote atrás de mim o mais rápido que posso, mas ainda assim sou lenta demais.

— Parece um presente — ele diz, dando um passo para a frente.

— Bom, mas não é.

Ele ergue uma sobrancelha.

— Tem certeza?

— Absoluta. Cem por cento.

Por um breve momento, algo parecido com incerteza surge no rosto dele. Como se estivesse decepcionado — como se eu tivesse a capacidade de decepcioná-lo.

É uma ideia ridícula, quase um delírio, mas me faz hesitar.

— Quer dizer, ok, é um presente, mas... tipo. Não ache que é grande coisa, tá?

E então eu meio que jogo o pote nele.

Ele o pega com facilidade usando apenas uma das mãos e o vira, analisando. A princípio, parece não entender o que é até ver as palavras escritas no papel. Estou nervosa demais para olhar enquanto ele lê alguns dos desejos, com medo de ver o possível desprezo em sua expressão, ou tédio, ou pior: nada. Ele provavelmente recebe presentes assim o tempo todo quando se encontra com fãs. É provável que nem se importe.

Mas então ele diz meu nome uma vez, com suavidade, e levanto a cabeça, surpresa. Ele parece tão obviamente, genuinamente emocionado, toda a gratidão estampada em seu olhar, que não consigo suportar. Essa intimidade. O jeito que aquece meu peito.

Aja normalmente, lembra?

— Tem um bolo também — resmungo, abrindo a mochila.

Sua expressão muda; ele começa a rir.

— Por que você parece irritada com isso?

— Porque sim. Porque ficou muito feio.

— Você tá exagerando, tenho certeza... — ele começa a dizer. Então, mostro o bolo amarelo, parte dele queimada, parte começando a se desfazer. Olhamos para ele por alguns segundos. Em algum lugar distante, juro que posso ouvir cem confeiteiros chorando juntos.

— Tá — Caz admite —, é um pouco feio.

Engulo uma risada.

— Obrigada pela sinceridade.

— Sempre que quiser. — Ele para. — Então. Você quer comer o bolo juntos?

Percebo que ele não espera que eu diga sim. Já recusei todos os convites dele antes, preferindo comer sozinha em vez de forçar uma conversa constrangedora com seus muitos amigos muito mais populares. Felizmente, se as pessoas acham suspeito o fato de não almoçarmos juntos, nunca mencionaram isso.

Mas enquanto hesito, Daiki e os outros — que ouviram cada palavra nossa sem nem tentar disfarçar — vêm até nós.

— Vamos todos dividir — Savannah diz, a voz alegre, e Nadia e Stephanie concordam rapidamente.

Então, para minha surpresa, Nadia enlaça o braço dela no meu como se nos conhecêssemos a vida inteira.

— Vamos. Estamos *morrendo* de vontade de conhecer você melhor. Quer dizer, Caz tem sido tão discreto.

— Ah. Obrigada — digo, então percebo como foi uma resposta meio burra. Agitada, continuo. — Mas, hm, vocês já têm um bolo e não quero me intrometer...

— Bolos nunca são demais — Stephanie diz, com um tom dramático e profundo de um antigo filósofo.

— Sábias palavras — Nadia concorda. — Além disso, os sabores são diferentes. Tipo, o nosso é um bolo de açúcar mascavo e bubble tea, e o seu é...

Um silêncio humilhante paira no ar enquanto todos os amigos de Caz se inclinam em uma tentativa de classificar a maçaroca assada em minhas mãos.

— O seu é... do tipo caseiro — Savannah diz, educada.

Caz faz um barulho como se fosse rir. Eu me viro para olhar feio para ele, mas quando nossos olhares se encontram, ele ri ainda mais.

Então Daiki se enfia no meio de nós dois.

— Vamos lá, pombinhos, parem de flertar por um segundo...

— Não estávamos flertando — protesto, me perguntando se um de nós entendeu completamente errado o significado do termo. — Eu não... nós nem *falamos nada*.

— É, mas dá para ver no olhar de vocês — ele diz. — E essa merda toda é ainda mais óbvia do que cantadas diretas.

Como se meu rosto já não estivesse quente o suficiente, os outros concordam com ele.

— Mas, pensando melhor, tem certeza de que queremos passar o almoço todo perto desses dois? — Savannah brinca.

— Bom, é aniversário do Caz — Nadia pondera, puxando meu braço para mais perto, nossos cotovelos se esbarrando. — Ele vai querer que a namorada esteja junto.

Todos eles se viram para mim em expectativa, incluindo Caz, e embora a ideia de ter que agir como se estivéssemos namorando diante de seu grupo de amigos carismáticos e assustadoramente lindos — e, além de tudo, causar uma boa impressão — me cause tanto estresse que sinto vontade de entrar em erupção e fugir para outro país com uma nova identidade, Nadia está certa: é o *aniversário* dele.

E talvez uma pequena e tola parte de mim queira passar mais tempo com Caz.

Antes que possa me acovardar, me forço a concordar.

— Tá, tudo bem. Vamos.

Mas quando nos aproximamos da mesa onde Caz costuma sentar no refeitório, percebo que há um pequeno problema: falta uma cadeira. Bem quando estou examinando a área em busca de outra, Caz empurra a dele na minha direção e faz um gesto elaborado para que eu me sente.

Eu balanço a cabeça rapidamente, ciente de que alguns alunos já começaram a olhar.

— Hm, não precisa fazer isso. Posso encontrar alguma...

— Não, deixa comigo — ele me assegura. Assim que as palavras são enunciadas, uma menina corada da oitava ou nona série surge, tímida, e empurra uma cadeira vazia na direção dele.

— F-feliz aniversário — ela balbucia, esganiçada.

Ele sorri educadamente.

— Obrigado.

É uma resposta simples, mas o rosto da menina fica ainda mais vermelho e ela tropeça duas vezes no caminho de volta para as amigas, que riem baixinho e sussurram.

— Cara, falando sério — Daiki comenta do outro lado da mesa, onde Savannah já está aconchegada contra seu peito largo —, um dia alguém vai bater o carro só porque você olhou na direção da pessoa, e você vai ter que assumir toda a responsabilidade.

Caz apenas revira os olhos e se senta, inclinando a cadeira um pouco para trás.

Sinto que *eu* deveria dizer alguma coisa — algo legal, confiante e divertido — mas não tenho nada em mente. E a forma como Savannah e Daiki estão próximos um do outro não ajuda. É assim que todos os casais devem se comportar quando comem juntos? Será que esperam que eu me aconchegue no Caz assim também? Ou vai parecer forçado demais, como se eu os estivesse copiando?

Então imagino como seria estar tão perto dele, apoiando minha bochecha no peito para sentir o coração bater, deixar que ele coloque um braço forte em volta de mim...

— Ei. — Caz cutuca meu joelho debaixo da mesa, e eu pulo, meu rosto corando.

— Hum?

Ele levanta uma sobrancelha enquanto os outros nos encaram com óbvia curiosidade.

— No que você estava pensando?

— N-nada. Só... — Entro em pânico e deixo escapar a primeira coisa que me vem à mente. — Só no... aquecimento global.

Todos me olham inexpressivos. *Ótimo*, penso com crescente desespero à medida que o silêncio se estende. *É exatamente por isso que você não sai com os amigos de Caz. Agora eles vão se perguntar por que ele está namorando alguém com as habilidades sociais de uma planta ou uma possível obsessão pela crise climática...*

Então Daiki assente com convicção.

— É uma questão urgente, definitivamente.

E, de alguma forma, a conversa se volta para o mais recente documentário ambiental a que Savannah assistiu, o novo sistema ecológico de triagem de lixo que eles introduziram na China e o evento beneficente de que Caz participou na primavera passada, que os faz desviar o assunto para as melhores parcerias de Caz ("Estou tão feliz que você está trabalhando com aquela grande marca de cosméticos de novo — eles mandam os *melhores* batons de brinde"). Eles são todos tão charmosos, tão *legais* e divertidos, que é difícil não ficar um pouco arrebatada, como uma criança em uma loja de brinquedos. É difícil não se perguntar se as coisas poderiam ser diferentes nesta escola, com essas pessoas. Se os amigos de Caz um dia virariam meus amigos também.

Não seja boba. Acabo com esse pensamento antes que ele possa criar raízes. Eu desejei coisas semelhantes no passado, e nunca deu certo. Meu problema não é fazer amigos, é mantê-los. Não tem por que ser diferente desta vez.

— Eliza! — Savannah se vira em minha direção, seu delineado pontudo se enrugando quando ela sorri. — Precisamos tirar uma foto de vocês juntos, não?

Eu pisco.

— Por... para quê?

Mas essa deve ser uma daquelas coisas que todos os casais de verdade sabem que devem fazer, porque ela diz, como se a resposta estivesse óbvia na própria pergunta:

— Bom, porque é aniversário dele.

— Ah! Vamos colocar o bolo que você fez na foto também! — Nadia entra na conversa, arrastando meu bolo de aniversário deprimente para o centro da mesa.

— Isso é... vocês não precisam...

Mas meus protestos desajeitados se perdem no entusiasmo crescente e persistente delas, e quando percebo, Savannah está em pé na cadeira com suas botas de plataforma ("Tudo em nome do melhor ângulo possível"), com o celular na mão e acenando freneticamente para eu e Caz nos sentarmos mais perto um do outro.

Puxo minha cadeira, desajeitada, e depois de avaliar a situação, apoio meu cotovelo no ombro de Caz.

Savannah abaixa o celular um pouco e olha.

Nadia cobre uma risada com a mão.

— Não faz meses que vocês dois estão juntos? Por que você está agindo como se fosse seu primeiro encontro?

Elas estão só me provocando, mas percebo, com uma sensação assustadora de mau presságio, que isso logo pode se transformar em suspeita se eu não fizer algo. Desesperada, levanto da cadeira e sento no joelho de Caz, colocando os braços dele ao redor da minha cintura.

Mesmo que eu faça um esforço ativo para não sentir ou pensar em nada durante todo esse processo mortificante e íntimo demais, os músculos da barriga dele parecem tensionar por um segundo antes que ele coopere, me puxando para mais perto e apoiando o queixo com suavidade em meu ombro.

— Melhor assim — Savannah aprova, apontando o celular de novo.

Mas mal registro o momento em que nossa foto é tirada; tudo em que posso me concentrar é no meu próprio batimento cardíaco e em rezar para que Caz Song não perceba que não tem nada a ver com a performance em si e tudo a ver com ele.

Isso nunca esteve nos meus planos.

Não. Eu não passei metade da minha vida erguendo cuidadosamente barricadas de três metros de altura ao meu redor apenas para esse ator bonitão, vaidoso e nada confiável entrar e derrubá-las. Preciso me livrar desse crush idiota — e rápido.

Capítulo doze

De volta em casa, escondida no quarto, abro um novo documento no PowerPoint chamado *Passo a Passo Para Superar um Crush Indesejado.*

Passei o resto do dia reunindo artigos e colunas de conselho e cada recurso existente sobre como fazer isso, deixando de lado todas as dicas inúteis como "dê tempo ao tempo" ou "aceite seus sentimentos" e adaptando as informações para a minha situação. Agora é só seguir esse plano.

Então, primeiro passo: procure por coisas que você odeie nele.

Isso deve ser fácil. Estalo os dedos e começo a digitar. *Coisas para odiar...* Existem muitos fóruns de haters espalhados pela internet, cheios de pessoas que absolutamente odeiam Caz Song: o lugar perfeito para encontrar inspiração. Ainda assim, me sinto um pouco culpada de entrar ali, como se de alguma forma estivesse cometendo uma traição.

Então, leio alguns dos comentários odiosos:

@fionaxia: *Caz Song é tão falso q fico assustada. Dá pra ver q é tudo uma personalidade criada pela agência pra conquistar essas adolescentes sem cérebro. Será q ele tem personalidade?*
@phoebe_bear: *vamos ser sinceros: se Caz Song nao tivesse nascido bonito assim, ele nao seria ninguém. Ele nao é nada de mais atuando. Tem tantas pessoas que merecem 1000x mais que ele.*
@stanxiaozhaninstead: *Falando como alguém q era fã (não me julguem). Eu amava mto ele até q ele mudou de cabelo. Queria q pintasse de novo; tá feminino demais agora*
@cazno1hater: *eu tenho a teoria de que Caz já pegou ao menos dois peixes grandes da indústria do entretenimento. Literalmente não tem nenhuma outra explicação pra ele conseguir esses papéis grandes nesses dramas.*

Quando percebo, estou rangendo os dentes com tanta força que sinto dor e criando uma conta com um nome falso para responder: *Caz Song é MTO mais talentoso do q vc jamais será. Vc não faz ideia de como ele trabalha duro, seu pedaço ridículo d...*

Bom, acho que o primeiro passo não foi tão eficiente quanto eu esperava. Tanto faz. Presto atenção no segundo passo: se apaixonar por outra pessoa.

Durante as semanas que se seguem, eu me forço a admirar fotos de outras celebridades toda manhã. Gong Jun. Deng Lun. Yi Yang Qian Xi. Jungkook. São todos muito atraentes. Sei disso objetivamente. Mesmo assim, minha pulsação se mantém igual não importa quanto tempo olho para eles, por mais que queira sentir *alguma coisa*. Mas não sinto nada, não até chegar na escola e ver Caz rindo com os amigos, quando minha pulsação prontamente acelera e meu estômago se revira dez vezes.

Já desesperada, mudo para o passo três: observá-lo de perto. A lógica aparente por trás disso é que ter um crush é como ver uma miragem; elas não duram quando olhamos com mais intensidade. Então, observo Caz Song, procurando pelos defeitos dele, uma falha que revele a ilusão de ótica. Na escola e durante nossas sessões de treinamento de química, quando exploramos a cidade e decoramos o máximo de informações essenciais um do outro. No fim de novembro e começo de dezembro, quando Caz me leva para comer kebab de cordeiro, batata-doce no papel-alumínio, castanhas assadas caramelizadas e cheirosas o suficiente para fazer minha boca encher de água a quilômetros de distância. No primeiro dia de inverno, quando Caz me leva em um lugar que vende enormes pães com gergelim, do tamanho do meu rosto.

Eu o observo o tempo todo...

E percebo tudo que não devia.

Tipo como ele é sempre o primeiro a recolher e jogar fora nosso lixo sem dizer uma palavra. Como ele fica com frio com facilidade, as bochechas corando ao menor sinal de vento, mas se recusa a usar mais camadas de roupa se não acha que vai ficar bom, o que, de alguma forma, não é tão irritante quanto deveria ser. Como ele nunca perde a paciência quando demoro para decidir meu pedido e nunca ri da minha cara quando faço perguntas bobas sobre como a comida é feita.

Hoje, ele me levou para conhecer uma barraquinha de macarrão caseiro perto do lago Houhai, e a sensação ainda está ali, aconchegada no meu peito. O maldito e persistente crush do qual não consigo me livrar.

Teoricamente vai nevar mais tarde. É nisso que estou pensando no caminho de volta. Como vai nevar, e como estou secretamente empolgada para ver, para sentir a neve na minha pele. Já me esqueci como Pequim fica quando neva. Espero que seja lindo.

Estamos quase chegando no condomínio quando percebo que não tem nada no meu pulso direito. Levo alguns segundos para perceber por que isso me causa estranheza...

A *pulseira*.

A pulseira sumiu.

— Não — sussurro, minha voz abafada pelo barulho do motor.

A moto se move rápido demais para que eu possa parar e procurar por um pedaço de barbante, mas tento de qualquer forma, vasculhando os bolsos da calça jeans, as mangas, com um fio de esperança de que ele tenha ficado enrolado no tecido, no vento, no meu cabelo.

Mas não encontro.

O que quer dizer que deve ter caído em algum lugar pelo caminho, entre a barraquinha de macarrão e aqui. Talvez até antes disso, quando estávamos comendo à beira do lago congelado, soprando ar quente nas mãos...

— Algum problema? — Caz diz, olhando para mim pelo retrovisor.

— Eu... — Penso em deixar de lado, fingir que está tudo bem e ir para casa chorar por essa perda sozinha. *É só uma pulseira velha mesmo.* E apesar de ter usado a minha desde que Zoe me deu de presente, se eu parar para pensar, faz tempo que não a vejo usando a dela. Meses, até. Mas o que digo é: — Posso descer? Preciso... preciso procurar uma coisa.

Caz não questiona; ele aperta o freio na mesma hora, nos fazendo parar suavemente na calçada. Assim que a moto começa a oscilar de forma perigosa, não mais suspensa pela velocidade anterior, ele desce e endireita o veículo, me ajudando a ficar de pé.

Quando estou segura no chão, ele pergunta:

— O que você precisa encontrar?

— Minha pulseira. É azul e fininha e... — eu me atrapalho em busca de uma descrição melhor. Minha mente parece ao mesmo tempo vazia e cheia demais, sobrecarregada com milhares de pensamentos se atropelando, nenhum que possa me ajudar. Lá no fundo, começo a suspeitar que nunca mais vou ver essa pulseira de novo. — Eu.. eu uso bastante...

— Eu sei qual é. — Caz está olhando acima de mim, na direção da cidade que acabamos de percorrer. Então o olhar dele encontra o meu, e espero ver certa irritação ou ao menos confusão pela tempestade em copo d'água que estou fazendo. Mas ele se limita a perguntar:

— Quando você perdeu?

Sinto minha garganta apertar.

— Só percebi alguns instantes atrás, mas... posso ter perdido há horas. Pode estar em qualquer lugar.

— Duvido. — Ele está com uma expressão pensativa. — Vi que você estava com ela quando pedimos o macarrão, então deve ter caído agora no caminho de casa. Não deve estar tão longe.

Enquanto fala, ele já está colocando uma das pernas no banco da moto e indicando para que eu suba também.

Hesito.

— O que você tá fazendo?

— Podemos fazer o caminho de volta até a barraquinha — ele diz, erguendo a voz para ser ouvido enquanto dá partida no motor, o ronco familiar fazendo o chão tremer um pouco. — Vou devagar, então fica de olho pra achar, tá?

Sinto uma onda de pânico, e não é só por causa da pulseira. Ele está sendo muito legal, muito atencioso. Até demais. Se aceitar essa ajuda, se confiar nele, vou ficar ainda mais a fim de Caz, o que é péssimo. Não há PowerPoint bem-embasado ou foto bem tirada do rosto de Gong Jun que me faça superar isso.

Mas está ficando frio, e ele ainda está esperando por mim, e nem eu sou doida de imaginar que consigo achar a pulseira sozinha, a pé.

— Tá bom — digo baixinho, subindo na moto e abraçando a cintura dele. Assim que o faço, algo dentro de mim parece estalar, como se esse pequeno gesto tivesse selado meu destino.

— Segura com força — ele avisa —, é perigoso andar por aí na neve.

Me aproximo, tímida, até sentir o calor da pele dele, apesar do frio.

— Com mais força.

— Quê? — Meu rosto cora. — Eu já estou...

Ele suspira baixinho e agarra meus pulsos, puxando para que segurem o corpo dele logo acima do abdômen firme, meu tronco pressionado confortavelmente contra o dele.

— Não quero ser responsável por nenhum acidente — ele diz por cima do ronco do motor.

A procura começa. Olho com atenção cada uma das ruas, apertando os olhos por causa do vento, examinando cada meio-fio, rachadura na calçada e folha caída que passa até minha visão começar a ficar embaçada.

Nada ainda.

Acima de nós, o céu é de um branco puro e silencioso, uma tela limpa, estendendo-se a cada centímetro de chão que avançamos, até que o primeiro floco de neve se desprende da atmosfera e cai. Outros o seguem. Grandes flocos de frio, macios. Pensei que já teria me esquecido disso, mas a sensação do gelo caindo nos meus cílios e derretendo na minha jaqueta preta é estranhamente familiar, como uma velha amiga.

Mas nada da pulseira.

A neve é como uma bomba-relógio: vai ser impossível achar qualquer coisa quando o chão estiver coberto de branco. Nosso tempo está acabando.

Mas quando estou prestes a desistir e pedir para que Caz volte para o condomínio, eu vejo.

Um relance azul na minha visão periférica, bem perto da calçada.

Respiro mais forte, a esperança enchendo meus pulmões.

— Pare! — grito. — Está ali... acho que está ali.

Corro assim que Caz desliga o motor. A rua já parece feita de gelo a essa altura, e meu pé escorrega duas vezes, meu corpo tombando ridiculamente para a frente até que me estabilizo e corro mais rápido. Pego a corda fina assim que uma brisa leve a faz voar.

O alívio corre pelas veias como morfina, diminuindo o pânico até meus batimentos cardíacos se normalizarem. Expiro, apertando a pulseira um pouco úmida contra o peito. Está aqui. Ainda está aqui.

— Encontrou?

Caz vem até mim e assinto uma vez, envergonhada agora que o desespero da situação acabou. Quer dizer, que tipo de pessoa faz esse estardalhaço por causa de um pedaço de barbante?

Ele deve estar pensando a mesma coisa, porque olha para a pulseira, depois para mim e diz:

— Você usa ela bastante.

Concordo de novo, sabendo que ele está à procura de uma explicação e sem saber se devo dar a ele. Quanto do meu coração posso me dar ao luxo de revelar. Mas o que ele fez — sem hesitar e, ao que tudo indica, sem esperar nada em troca — me deixa balançada. Talvez não tenha problema. Talvez eu possa confiar nele, só um pouco.

— É uma pulseira da amizade. Da Zoe.

Quero acrescentar *minha melhor amiga,* mas algo parece grudar minha boca, congelando as palavras familiares na garganta.

Ainda na outra noite, quando estava escrevendo um post para o blog, fui ouvir nossa playlist do Spotify e descobri que o nome foi alterado de "zoe + eliza gr8 hits" para "músicas pra divya". O que, racionalmente, é uma coisa pequena. Insignificante. Mas as amizades não são feitas exatamente das pequenas coisas? Pulseiras de cordas desfiadas e mensagens de madrugada e listas com suas músicas favoritas?

Se tirarmos tudo isso, o que fica?

Eu não digo nada disso, é claro, mas Caz deve perceber a mágoa em meu rosto, porque pergunta baixinho:

— Você sente saudade dela?

Eu me abraço. Expiro no ar gelado.

— Sinto saudade de muita gente.

E esse, penso, é meu pior defeito. Sentir saudades de quem não sente minha falta. Me agarrar a pulseiras de barbante que não deveriam ter nem metade da importância que têm. É preciso tão pouco para eu amar alguém, mas tanto tempo para seguir em frente.

A neve cai mais forte quando Caz para a moto nos portões do condomínio.

— Jie! Caz!

Eu me viro, ainda com o capacete, cambaleando um pouco quando coloco os pés no chão escorregadio de gelo, e vejo Emily se movendo em nossa direção através da neblina branca. As bochechas redondas estão rosadas por causa do frio, as tranças bagunçadas enfiadas dentro de um gorro de lã de bolinhas, um guarda-chuva erguido sobre a cabeça enquanto outro está balançando em seu cotovelo.

— Ei criança — Caz cumprimenta quando ela se aproxima —, o que você tá fazendo aqui?

Espero que Emily dê uma bronca nele por chamá-la de *criança*, do jeito como sempre faz comigo, mas ela apenas abre um enorme sorriso. Então, ainda mais surpreendente, ela estende a mão e faz um complexo aperto-de-mão-com-toca-aqui com ele, em completa sincronia.

— O que... o que foi isso? — consigo dizer, esfregando um floco de neve que cai dos meus olhos.

— Nosso aperto de mão secreto — Emily diz, então aponta para o nosso apartamento. — E respondendo, vimos vocês voltando, então mamãe me disse pra trazer um guarda-chuva pra vocês. De nada.

Mas eu não pego o guarda-chuva.

— Desde quando vocês dois têm um aperto de mão secreto?

— Fui convidado para participar da aula de teatro dela algumas vezes, na outra semana, para dar dicas de atuação — Caz explica enquanto minha irmãzinha assente rapidamente e olha para ele com óbvia adoração. — Nós inventamos o aperto de mão durante os intervalos.

— O *quê*? — repito, com um tom mais agudo do que pretendia. Eu não *falei* para ele deixar minha irmã fora disso?

Emily pisca para mim, assustada.

— Por quê? Qual o problema?

— É só que... Você não devia... — Mas antes que eu consiga descobrir como repreendê-la sem contar tudo, a voz de Caz atravessa meus pensamentos.

— Eliza. — Ele está estendendo a mão para mim, esperando, e por um vergonhoso segundo acho que está prestes a me mostrar um aperto de mão secreto também, ou até mesmo me puxar para um abraço. Mas então ele aponta para o capacete na minha cabeça.

— Ah. Desculpa. — Eu me atrapalho com os fechos, mas meus dedos estão tão dormentes de frio que, mesmo depois de três tentativas, ainda não consigo tirar o capacete.

Emily lança um olhar aguçado para Caz.

— E aí? Você não vai ajudar? Tipo, não é pra isso que os namorados servem?

Minha pele esquenta.

— Ah, não, não tem mesmo por...

— Não, ela está certa — Caz oferece, dando um passo à frente, o canto da boca escondendo um sorriso divertido. Já assumindo seu papel de namorado modelo. Fico imóvel enquanto ele se abaixa para que fiquemos da mesma altura, seus dedos finos e frios encontrando as alças sob meu queixo, nossas respirações se espalhando no ar cinzento e congelado entre nós, flocos de neve presos em seus cílios pretos como carvão.

Mas ele demora tempo demais, ou pode ser que esteja quieto demais, os caminhos do condomínio vazios com exceção dos guardas, porque meu coração começa a disparar como se tivéssemos corrido todo o caminho de volta para casa.

E de repente tudo fica real demais para mim. A proximidade, o olhar dele, o aperto de mão secreto com minha irmãzinha quando eles nem deveriam *se conhecer*. Pode ser que *eu* tenha aceitado que não tem como evitar o que sinto por ele, que tudo pode ficar bem desde que ignore meus sentimentos. Mas agora não é só meu coração que está em jogo. O da Emily também está.

Eu me afasto com tanta rapidez que o cabelo fica preso no fecho. Eu mesma o arranco, ignorando a nova pontada de dor e a surpresa de Caz.

— Obrigada pela carona — balbucio, ansiosa para escapar. — E por… toda a ajuda pra encontrar a pulseira, sabe. É melhor irmos pra casa agora…

— Pra casa? — Emily repete. — E o Caz? Ele pode vir também?

O pânico se espalha por mim.

— É que…

— *Por favor?* Por favorzinho? — ela pergunta, virando seus olhos de cachorrinho para mim. Caramba. A criança realmente sabe o que faz. — A gente pode apresentar o Caz pra Ma; aposto que ela também vai gostar muito dele. E podemos até assistir aos dramas dele juntos. Ai, meu Deus… imagina que demais isso seria?

Não. De jeito nenhum. Mas as palavras estão presas na minha garganta e, para meu horror, a cena que Emily está descrevendo surge em minha mente, tingida de dourado nas bordas como parte de um sonho. Caz cumprimentando minha mãe na cozinha e se sentado no sofá, o braço em volta de mim enquanto ligamos a TV...

Para minha surpresa, é Caz quem responde.

— Eu adoraria, criança, mas... eu preciso voltar para o set esta tarde. — Apesar de estar falando com Emily, ele olha para mim, uma mensagem em seus olhos. *Ele se lembra*, percebo. Ele se lembra da nossa conversa depois do jogo de ti jianzi: minhas preocupações, meus pedidos. — Outro dia, talvez, tá?

— Ah — diz Emily, murchando. E mesmo que não devesse, também fico decepcionada.

— Bem, obrigada de novo — digo a Caz, pegando a mão pequena e fria de Emily na minha e acenando desajeitadamente com a outra. — E, hm, boa sorte com a gravação. — Então, em vez de esperar como gostaria, levo Emily de volta para casa, percebendo que está ficando cada vez mais difícil virar as costas para Caz Song.

Capítulo treze

Como de costume, os dias passam mais rápido conforme nos aproximamos dos feriados do Ano Novo Lunar. Mais aulas tediosas. Mais testes, lições de casa inúteis, almoços no terraço. Mais comentários quando acordo, tantos que nem consigo responder todos.

Também há mais coisas para fazer com o Craneswift. Agora que tenho um bom número de seguidores, Sarah tem insistido para que eu dê ao povo o que ele quer — o que, neste caso, significa mais textos no blog sobre o trabalho do Caz.

tem problema?? Mando uma mensagem para Caz enquanto ele está gravando, sentindo o mesmo desamparo de sempre, meio antecipação, meio culpa, que acontece toda vez que meu estágio exige algo de nós dois. *posso visitar você no set?*

Demora alguns instantes para que três pequenos pontos apareçam na tela da conversa. Digitando. Então eles desaparecem. Aparecem de novo.

Por fim, Caz responde:

Tá bom. Mas promete que não vai rir.

— Ai, meu Deus — digo quando saio do carro uma hora depois.

Eu nunca estive em um set de drama de verdade antes, mas é quase como imaginei: telas verdes gigantes apoiadas na grama, encobrindo parte do céu; a equipe de filmagem e os maquiadores entrando e saindo de barracas improvisadas; adereços como espadas e guzhengs espalhados por toda parte, congelando no frio. Tiro uma foto mental da cena, já pensando em como descrever o cenário no post.

Eles estão gravando uma cena de luta, e meu queixo praticamente cai quando vejo Caz a alguns metros de distância. Quase não o reconheço.

Para começar, ele está com um robe. Não como o robe que usamos depois de acordar, mas um conjunto de vestes de inspiração histórica com dragões bordados nas laterais e mangas largas e esvoaçantes. E parece que é feito de seda de verdade: toda vez que ele muda de posição, o tecido preto ondula e brilha sob a luz do sol. Eu não consigo parar de olhar. A roupa de alguma forma tem o efeito de fazê-lo parecer mais alto, mais velho, mais intimidador, por mais que cubra a maior parte do corpo dele.

E ainda tem o cabelo, ou melhor, a peruca. Metade dela está amarrada e fixada no lugar por uma coroa elaborada, mas o resto desce por suas costas em um rio de tinta brilhante.

— De novo! — uma mulher atarracada de meia-idade que suponho ser a diretora grita por trás dos monitores das câmeras. Ela faz um movimento impaciente com a mão. — Caz, se certifique de virar a cabeça para este lado quando... — Não entendo o resto das instruções que ela passa em um chinês rápido e cheio de sotaque.

Mas Caz parece entender imediatamente. Ele faz um joinha e ajusta a posição na mesma hora, levantando a espada de aparência muito real em sua mão com uma expressão de foco inabalável. A mandíbula está tensa, o olhar afiado, o comportamento casual de sempre deixado de lado.

Cinco homens vestidos de assassinos correm na direção dele e ele gira. Ataca. Desvia.

Seus movimentos são rápidos e confiantes. A lâmina corta o ar em perfeita sincronia com os outros atores, como uma espécie de dança violenta, elegante e épica ao mesmo tempo. Quando ele gira a espada de novo, dois homens caem.

Um sorriso triunfante surge em seu rosto.

— Ai, meu Deus — repito para mim mesma, a voz meio rouca.

Porque apesar de já achar Caz Song fisicamente atraente há algum tempo, o que sempre me impacta mais é competência.

E, ao que tudo indica, Caz é incrivelmente competente no que faz.

Ele continua a cena de luta com o mesmo grau invejável de controle e precisão, as mãos virando borrões enquanto se move com perfeição entre as posições, e só quando a diretora grita "Corta!" que ele por fim desacelera. Abaixa a espada.

A testa está úmida de suor e ele está respirando um pouco rápido, mechas de cabelo escuro se soltando do penteado, mas todo o rosto brilhando. Em euforia, eu diria. Parece que ficaria feliz em repetir essa última cena mais vinte vezes.

Então ele me vê.

Antes que tenha tempo de ajustar minha expressão, o sorriso torto que secretamente tanto amo se forma no canto de sua boca, covinhas e dentes brancos e retos brilhando.

É quase demais — quero acreditar que o sorriso é real, que é só para mim. Mas, alguns segundos atrás, vi o quanto ele é bom ator.

— Você não está rindo mesmo — diz enquanto se aproxima, as vestes balançando atrás dele. — Estou surpreso.

— Sim, bom. Não tem nada de engraçado — digo, tentando ser casual e errando feio.

Ao que tudo indica, não sei mais falar como uma pessoa normal.

— Hmm. — Ele se inclina de repente com um brilho nos olhos. — Espera... não vai me dizer que isso... — Ele gesticula para si mesmo, para o figurino, e quero morrer. — *Isso funciona com você?*

— Não. — Mas posso sentir minhas bochechas corarem. — Não seja ridículo...

— Estou aprendendo tanto sobre você, Eliza...

— Ai, meu Deus...

— Este é um momento importante no nosso relacionamento — continua ele, mal conseguindo manter uma cara séria. — Sério. Se eu soubesse antes que você curtia isso...

— Eu imploro para que você não termine essa frase. — Felizmente, quando estou pensando em me mudar para o deserto de Gobi ou para algum lugar mais distante, alguém grita o nome de Caz ao longe.

— Vem — diz Caz, estendendo a mão. — Vou te mostrar o lugar.

Aceito, sabendo que é tudo um fingimento, mas sentindo a pulsação acelerar do mesmo jeito, e ele me conduz pelo set. Enquanto caminhamos, observo como ele se endireita, o sorriso se alarga, tornando-se uma versão diferente de si mesmo. Ele cumprimenta todos os maquiadores e figurantes pelo nome, rindo de piadas que acredito que normalmente não acharia engraçadas, e para e posa com alguns dos atores coadjuvantes, o queixo levantado no ângulo perfeito, o cabelo penteado com cuidado. Mais à frente, ele me mostra o equipamento, explicando com detalhes como funcionam os adereços e como certas cenas são filmadas e como os cabos aqui são velhos e deveriam ter sido substituídos meses atrás, mas ainda aguentam bem o suficiente para acrobacias aéreas.

Tudo isso é útil, é material para que possa escrever no blog mais tarde, mas sei que não sou a única que o observa. Por onde passamos, incontáveis pares de olhos nos seguem, o peso e a intensidade de tudo como um holofote resplandecente. Diretores, equipe de filmagem, os outros membros do elenco. Eu sempre soube em teoria que Caz estava sob muita pressão, mas é outra história estar aqui com ele, testemunhar o quanto ele tem que se esforçar só para garantir que não vai vacilar na frente de todas essas pessoas.

Não posso estragar isso para ele, uma vozinha sussurra na minha cabeça. Sua carreira já é difícil demais para eu complicar revelando que tenho um crush nele, sabendo que não é possível que ele também goste de mim. A melhor coisa que posso fazer para ajudá-lo é continuar nosso acordo sem causar nenhum drama desnecessário.

Paramos em um cenário projetado para parecer o exterior de um palácio — metade de tela azul, metade com pilares de pedra ornamentados bastante realistas — onde estão encerrando as gravações de outra cena.

— Esse é Mingri — Caz murmura para mim, apontando para um dos dois atores diante de nós. — Ele interpreta o jovem general órfão. Infelizmente, ele faz um juramento de lealdade com Kaige ali — ele aponta para o outro ator —, que acaba por ser o príncipe herdeiro do reino inimigo e o assassino de seu pai.

— Trágico — comento, e recebo uma leve e familiar contração nos lábios como resposta.

Mingri parece ter no máximo vinte anos, mas tem o tipo de rosto que parece jovem independentemente da idade, com olhos em um formato natural de meia-lua e covinhas que aparecem mesmo quando ele não está sorrindo.

Ao lado dele, Kaige parece ser seu oposto em todos os sentidos. Ele também tem cerca de dezenove ou vinte anos, mas a expressão sombria e as linhas duras e rígidas de seu rosto parecem mais adequadas para alguém que está vivo há décadas. Ele também parece estranhamente familiar, apesar de ter certeza de que nunca o conheci antes.

Assim que o diretor corta, os dois caminham até nós. Bem, *Mingri* caminha; Kaige meio que apenas segue, olhos baixos e rosto impassível, arrastando os calcanhares o tempo todo.

— Ora, ora, o astro veio pessoalmente nos visitar — Mingri canta em chinês, dando aquele estranho abraço de um braço só que todos os caras sabem fazer. Então ele sorri para mim. — E trouxe a famosa escritora com ele!

Kaige apenas acena com a cabeça na minha direção.

— Para com isso, Kaige. — Mingri se vira para o outro ator, cutucando-o uma vez nas costelas. — A primeira vez que Caz traz a namorada no set e você nem vai dizer oi? — Os olhos de Kaige se arregalam brevemente, voando para o local na camisa onde Mingri deu uma cotovelada, e suas orelhas ficam vermelhas. Então ele franze a testa.

Interessante.

— Oi — Kaige me cumprimenta, apesar de ter um tom duro e cauteloso em sua voz. Ou será que estou imaginando? Antes que possa entender, ele olha para Caz e para mim, e ambos trocam algum tipo de olhar que não consigo desvendar. Uma referência a uma conversa antiga que nunca presenciei.

Caz balança a cabeça uma vez e Kaige limpa a garganta.

— Bem, se vocês me dão licença — murmura, e sai sozinho na direção oposta.

Segue-se um longo silêncio.

Definitivamente não é minha imaginação, então.

— Hum — arrisco. — Eu... fiz algo de ofensivo, ou....

— Não — Mingri diz rápido, com um sorriso tímido. — Não se preocupe com ele. É meio cético com relacionamentos entre atores como nós e pessoas de fora da indústria.

Eu franzo a testa.

— O quê? Por quê?

— Bom, é muita coisa para lidar, não? — Mingri diz, parecendo surpreso por eu ter que perguntar. Ao meu lado, Caz está muito quieto, o maxilar tenso. — Estamos sempre filmando, nossa agenda é intensa, recebemos atenção demais ou nenhuma atenção, e fãs podem ser maravilhosos em alguns casos e bastante... *extremos* em outros. E o problema das celebridades, sabe como é, é que só podem te entregar uma parte delas, muitas vezes nem mesmo a maior parte. A maioria das pessoas não se satisfaz com isso.

— Ah. — Agora me lembro de onde vi o rosto de Kaige pela última vez, apesar de não ter sido o rosto *dele,* mas da irmã. Kailin, uma atriz famosa de dramas chineses. O namoro dela com um contador foi tema de muitas notícias. Os detalhes me fogem agora, mas o término foi muito confuso e muito público.

— Mas não se preocupe — Mingri repete, o sorriso se alargando. — Toda regra tem sua exceção, e o que quer que vocês estejam fazendo é óbvio que está funcionando.

Eu forço uma risada fraca e, um pouco tarde demais, Caz faz o mesmo.

Depois que o dia de filmagens de Caz termina, sento com ele e Mingri em uma mesa de canto em uma loja de bubble tea. Tudo aqui foi pintado em tons de turquesa e rosa, e a decoração chique do interior parece ter sido escolhida só para atrair wanghongs, influenciadores, para tirar fotos bonitas com suas bebidas de chá e pérolas de tapioca. Deve estar funcionando: todos os clientes aqui estão acima do padrão de beleza, e uma mesa de garotas vestidas com roupas de grife da cabeça aos pés olha descaradamente para Caz desde que entramos. Eu tento ignorá-las e me concentrar em rascunhar mentalmente o post do dia para o blog. Talvez eu comece descrevendo os figurinos, a textura deles de perto, como é ver seu namorado se movendo em trajes históricos...

Mingri solta um suspiro alto.

Ergo o olhar. Esta é talvez a décima vez que ele suspira desde que sua bebida de manga com chá verde chegou, o que foi cinco minutos e dois grupos risonhos de wanghongs atrás.

Caz ergue uma sobrancelha.

— Algo de errado?

— Não.

— Tá bom, então.

Caz dá de ombros e volta a olhar para o menu de bebidas.

A boca de Mingri se abre, então se fecha em um beicinho. Meio minuto se passa antes de ele explodir:

—Tá bom, *tá bom*. Se você quer *mesmo* saber, acho que posso fazer esse favor e falar logo... e se você contar isso pra alguém, vou negar até o fim... mas... pode ser que eu precise de umas dicas de relacionamento de vocês.

— Olha só. Isso é raro. — Caz comenta, se reclinando confortavelmente na cadeira. — Histórico, até.

Mingri o fuzila com o olhar.

— Só ouve, tá bom? É sobre... tem um... um indivíduo de quem estou a fim faz algum tempo e que vejo muito...

— Kaige? — Caz e eu dizemos ao mesmo tempo.

O rosto de Mingri congela em uma expressão de choque tão genuíno que quase me sinto mal por afirmar o óbvio. Seus olhos vão de Caz para mim e para os outros sofás, todos vazios.

— C-como... como vocês sabiam...

— *Todo mundo* sabe — diz Caz com alguma exasperação. — Literalmente todo mundo. Os maquiadores, aquele entregador que veio terça passada, nosso instrutor de equitação... — Ele faz uma pausa e balança a cabeça na direção da dona da loja, que deve ser vinte anos mais velha e também o olhava descaradamente. — Aposto todo meu dinheiro que até *ela* sabe. Talvez seja o segredo mais público de todos os tempos.

— Merda. Eu sou tão óbvio assim?

— Kaige é muito pior — eu o tranquilizo. — Você na verdade parecia bem tranquilo quando vi os dois juntos.

— Calma aí. Quer dizer que... — Não achei que fosse fisicamente possível que os olhos de Mingri se arregalassem ainda mais, mas acho que estava errada. — Quer dizer que tem uma chance de que isso não seja só da minha parte ou...

— Você é tão desligado — Caz diz, carinhoso.

— Mas pra que você queria nossa ajuda mesmo? — pergunto antes que desviemos demais do assunto.

Mingri consegue se controlar o suficiente para responder:

— Eu queria contar pra ele. Escrever um bilhete ou coisa assim. Mas tudo que tenho é isso...

Ele remexe no bolso por alguns segundos antes de jogar um pedaço de papel amassado na mesa entre nós. Uma carta. Eu a seguro sob a luz da janela. Está escrita em chinês, os traços da caneta tão profundos que são quase visíveis do outro lado, mas ainda assim consigo ler porque as únicas palavras escritas são:

Kaige. Oi. Eu

— Bom, é... — vacilo, procurando a descrição certa enquanto coloco a carta de volta na mesa — é um início.

— É uma merda, é isso que é — resmunga Mingri. — Não faço ideia do que escrever.

— Eliza é boa nisso — diz Caz, e a princípio nem percebo que me elogiou. Ou talvez esteja dando muito crédito a ele, e ele apenas jogou toda a responsabilidade para mim. Quando me viro para olhar, Caz apenas sorri.

Então a cadeira range. Mingri de fato levantou de onde estava sentado.

— Por favor. — Ele olha para mim com olhos grandes e suplicantes, as mãos juntas como se estivesse rezando. — *Por favor*, me ajuda. Tipo, eu pago nem que sejam só algumas linhas, de verdade. E eu li a sua redação... só preciso de algo que seja *metade* daquilo e... e vai dar certo.

— Acho que poderia dar algumas dicas — digo devagar. — Talvez não seja tão pessoal porque não conheço Kaige tão bem, então... mude os detalhes como achar melhor, tá?

Ele concorda rápido.

— Faço qualquer coisa.

— Ok. Bom, então... — Eu paro. Evito o olhar curioso de Caz, retorcendo os dedos no colo, onde ninguém consegue ver. — Talvez você possa falar da... não sei, do som da risada dele. Se é mais rouca de manhã, ou mais baixa no celular, ou como ele sempre inclina a cabeça pra trás quando acha graça em alguma coisa. Como... como você só consegue ver as covinhas dele quando ele sorri de verdade. Como você tem ciúmes de todos que o amam, que o conheceram antes de você.

"E você provavelmente não queria se apaixonar por ele. De jeito nenhum. Pode ser que você tivesse um plano, medidas pra se proteger. Talvez você estivesse em paz com sua solidão, mas então ele meio que invadiu sua vida, sem ser convidado, e você está cambaleando desde então, com raiva de si mesmo. Raiva dele. Agora tudo o que você pode fazer é sentar e pensar, como um tolo, sobre a curva pálida e acentuada do pescoço dele e analisar o que está em jogo e medir cada palavra que ele diz e se preparar para o que você tem certeza de que será a decepção mais devastadora. Mas você continua a gostar dele de qualquer maneira. Teimoso. Deliberado. E você..."

Eu paro quando percebo há quanto tempo estou falando, o quanto estou dizendo. Deus, o que *estou* dizendo?

Minhas bochechas ficam quentes.

Eu mal consigo erguer o olhar, mas seria difícil ignorar o jeito que Mingri está olhando para mim, de queixo caído e olhos arregalados.

E Caz.

Se o olhar de Mingri parece atordoado, o de Caz é escaldante. Curioso. Ele está inclinado para a frente na cadeira, com uma ternura em seu rosto que eu nunca tinha visto antes. Então seus lábios se abrem ligeiramente, como se fosse falar...

Ai, Deus, eu estraguei tudo. Não *tem* como ele não saber que gosto dele agora. Tenho quase certeza de que a doçura em seus olhos é de pena. Estou prestes a ter meu coração partido pelo meu namorado falso, bem aqui na frente de cinco garotas que de alguma forma se parecem todas com Angelababy, e vou carregar essa humilhação para o resto da vida.

Não, eu tenho que desfazer isso. Com grande esforço, solto uma risada falsa e aguda.

— Desculpem, hum. Não sei por que estou tagarelando assim... é só um monte de bobagens dramáticas e rebuscadas. Você sabe como escritores são. — Faço questão de olhar diretamente para Caz quando digo isso, esperando que ele acredite em mim. Para meu alívio, o olhar se foi, substituído por algo mais cauteloso. — Consegui ajudar um pouco, ao menos, ou....?

— Ah, sim, com certeza — Mingri diz de supetão, balançando a cabeça rápido, rabiscando algo no papel. — Quer dizer, foi *muito* material. Obrigado.

Abro um sorriso fraco.

— Fico feliz por ajudar.

— Mas só uma coisa.

— Sim?

Mingri suspira, alto e pesado, e pergunta:

— Você acha que seria de mau gosto se eu também mencionasse o quanto gosto da bunda dele?

Eu pisco.

— Hum... — Desta vez, não tenho para onde olhar a não ser Caz. Mas ele está olhando para outro lado, parecendo

perdido em pensamentos. — Hm... não. Quer dizer... se é assim que você se sente...
— É, sim — ele assegura.
— Então sim, vá em frente. — Eu limpo minha garganta. — Escreva com o coração.

Capítulo catorze

Eu tinha planejado começar a escrever o post assim que chegasse em casa, mas em vez disso acabo me jogando na cama, com o travesseiro abraçado ao peito, revivendo cada segundo vergonhoso do meu pequeno discurso na loja de bubble tea.

O que eu estava *pensando*? É por isso que não posso improvisar nada, nunca. Basicamente confessei o que sinto por Caz na cara dele. E o jeito como ele me olhou depois, como se estivesse tentando descobrir a maneira mais gentil de me rejeitar... Claro, ele ainda insistiu em me dar uma carona de volta, mas mal conversamos no caminho de casa. Na hora, atribuí isso aos meus sentimentos estranhos, mas agora que parei para pensar, *ele* também estava mais quieto do que o normal. Distante. Retraído. Ele nem sorriu para mim quando desci...

Resmungo e chuto o ar com tanta força que os cobertores caem no chão.

Bem quando estou debatendo se devo arruinar o momento dramático pegando os cobertores ou arriscar ouvir um sermão de Ma por deixá-los lá, meu celular vibra. Uma nova mensagem de Caz. Engulo em seco, o coração pulando. Ai, meu Deus, e se ele quiser falar daquele *momento* de hoje? E se ele for direto e perguntar o que realmente sinto por ele? E se ele tiver me dando o fora por mensagem?

Mas quando desbloqueio o celular, vejo somente uma frase: *Meus pais querem conhecer você.*

Calma, é sério? Escrevo e depois apago. Pareço ansiosa demais. Como se eu também quisesse conhecê-los. Faço uma pausa, repensando, e tento: *É uma piada?* E excluo essa mensagem também. Mas agora já se passou uma quantidade significativa de tempo desde que li a mensagem dele, e é provável que ele esteja me vendo digitar e deletar repetidas vezes, o que é pior do que qualquer coisa que eu possa escrever. Em pânico, escolho: *E o que fiz pra merecer essa grande honra?* E clico em enviar. Me arrependo na mesma hora. Deveria ter ficado com a primeira opção. Era mais curta, ao menos, o que quer dizer mais casual. Casual é bom.

Pode ser que eu esteja pensando demais nisso.

Já faz um tempo que eles querem conhecer você, ele responde instantes depois. *Só não conseguiram por causa do trabalho. Mas pode ser que estejam em casa esse sábado, se você tiver tempo.*

Franzo as sobrancelhas ao ler. Pelo jeito como ele fala, parece que os pais raramente estão em casa. E é possível que cancelem mesmo agora.

Antes que possa responder, ele acrescenta: *Eu sei que dissemos que não envolveríamos nossas famílias, mas a minha sabe ser persistente. Prometo que é só um jantar rápido pra eles pararem de me perturbar com isso. Fico te devendo essa.*

Ele tem razão. Não *deveríamos* envolver nossas famílias. Já é ruim o suficiente que ele e Emily se conheçam. Mas então me lembro de como ele estava hoje, o sol em seu cabelo, o lábio inferior avermelhado... O pior é que apesar de continuar passando vergonha perto dele e correndo o risco de me machucar... parte de mim ainda quer vê-lo de novo.

Tá bom, escrevo, sentindo que falhei em um teste que eu mesma criei. *Mas só desta vez.*

Claro, ele responde rapidamente, e posso apenas imaginar seu pequeno sorriso triunfante. *Você é a melhor.*

Tanto faz.

— Vai ficar tudo bem — eu me tranquilizo em voz alta, jogando o celular na cama. Só preciso encantar os pais do meu namorado falso o suficiente para que eles me aprovem, mas não tanto a ponto de se importarem quando terminarmos. Fácil. Simples. O que poderia dar errado?

Então, no sábado, espero do lado de fora do apartamento de Caz Song com uma caixa de ninhos comestíveis em uma das mãos e o coração preso na garganta.

Depois de verificar meu reflexo distorcido na maçaneta brilhante e confirmar que não há nada de errado no meu rosto além do meu próprio rosto, respiro trêmula e bato.

— Tô indo.

Ouço passos firmes e rápidos. Então a porta se abre e vejo Caz. Ele está com uma camiseta cinza-clara que abraça seus ombros e calça jeans Levi's, descalço. Relaxado. Está com uma toalha de banho listrada pendurada no pescoço, mais escura nos lugares em que pingou a água do cabelo molhado.

Ele me encara por alguns instantes, e vejo surpresa e algo a mais em seus olhos.

— Ei — ele diz. — Você chegou cedo.

— Ah, desculpa. — Eu me remexo desajeitadamente no lugar. — Estava com medo de me atrasar. Estou atrapalhando ou...

Ele ri.

— Por que você está sendo tão formal?

— Não estou — minto, embora não ouse relaxar. Eu nunca vou esquecer aquele olhar de pena em seus olhos na loja de bubble tea, e rezo a Deus para nunca mais vê-lo novamente. Se ele pode agir como se tudo estivesse normal entre nós, eu também posso. Não vou vacilar uma segunda vez. Não posso.

Seu olhar vai para o ninho comestível. A embalagem é vermelha e brilhante, o vermelho do Festival de Primavera, com bordas douradas extravagantes e gravuras de pardais voando na frente. Eu o comprei depois de consultar cerca de vinte artigos diferentes do tipo "Os dez melhores kits herbais para conquistar a mãe do seu namorado".

— Presente legal — diz ele.

— Obrigada. É o que o artigo reco... — interrompo a fala no meio. Limpo a garganta. — Obrigada — repito sem jeito.

Sorrindo um pouco, ele pega a caixa de mim, e faço tudo que posso para ignorar o leve roçar de seus dedos contra os meus e o jeito como ele também parece notar, seu corpo tensionando por uma breve fração de segundo antes de se virar.

Vou reparando no apartamento de Caz enquanto o sigo.

Todo o cenário me lembra um museu, ou um daqueles passeios por casas de celebridade em que você sabe que a celebridade não mora lá grande parte do tempo. É limpa demais. Extravagante demais.

As paredes do amplo corredor estão repletas de fotos em preto e branco emolduradas e arte abstrata — do tipo que parece que alguém acidentalmente derramou um balde de tinta em uma tela branca, mas que é vendida por centenas de milhares de dólares e que representa a falta de compreensão inerente da condição humana ou algo assim — e lindas pinturas tradicionais de paisagens chinesas, com grous-da--manchúria e montanhas íngremes capturadas em tinta rica e arrebatadora.

Depois, há todas as antiguidades em exibição: apetrechos de bronze brilhantes apoiados em mesinhas e vasos de porcelana finos cobertos com lindos padrões florais. Há até uma réplica — pelo menos eu *acho* que é uma réplica — de um guerreiro de terracota em tamanho real apoiado casualmente em um canto, como se esta fosse uma escolha muito normal de decoração de interiores.

Tenho uma visão repentina e horrível de mim mesma tropeçando e derrubando os vasos um por um como dominós, e instintivamente me aproximo mais de Caz.

— Então, meu pai não está aqui hoje — ele me diz quando viramos no corredor, a voz impassível. — O hospital ligou esta manhã e disse que precisavam dele para uma operação de emergência. Ele pediu para avisar que sente muito.

— Claro. Isso é totalmente compreensível — digo rápido. — E, quer dizer, se ele quer mesmo me conhecer, podemos mudar para outro dia...

Caz balança a cabeça.

— Ele tem, tipo, dois dias de folga por ano.

Logo o corredor se abre para uma sala de estar iluminada, de teto alto, com janelas enormes e uma mulher de meia-idade esperando nos sofás.

A mãe de Caz é exatamente como imaginei, só que mais estilosa. O corte reto e escuro na altura nos ombros contrasta com o branco orvalhado de sua pele, as sobrancelhas finas tatuadas. E mesmo estando no meio da própria sala de estar, usa uma combinação de blusa de cetim e saia lápis bem passada que combinaria com um extravagante brunch de negócios.

Olho para minha camisa branca lisa, com um medo repentino de estar malvestida. Não que isso seja importante. Eu não deveria *querer* impressionar a mãe de Caz, que só vou ver uma vez na vida. Mas mesmo assim. É o princípio da coisa.

— Ah, você deve ser Eliza! — ela me cumprimenta, vindo até nós.

— Ayi hao — digo educadamente, e por algum motivo, decido me curvar. — É um prazer conhecer você.

Os lábios pintados de rosa se estendem em um largo sorriso. Ela tem covinhas profundas, reparo, assim como o filho.

— Wa, eu gosto do seu cabelo — ela diz com um tipo de suspiro invejoso. — É tão preto e liso. Lindo.

— Ah. Obrigada. — Percebo que agora é minha vez de fazer um elogio a ela. Um elogio ainda melhor do que o que ela acabou de me dar. — Eu gosto muito do seu... — Rápido. Pense em algo, ou vai soar falso. Meus olhos percorrem a casa, mil pensamentos frenéticos e semiformados disparando pelo meu cérebro de uma só vez. Devo elogiar a decoração? As mães gostam de ouvir isso? Ou a maquiagem? Ou seria grosseria chamar a atenção para o fato de que ela está usando maquiagem? Merda. Estou demorando muito. *Diga alguma coisa. Qualquer coisa.* — Eu amo seu... nariz.

Estremeço, quase certa de que ela vai repreender Caz por trazer uma esquisitona para casa, mas ela parece genuinamente encantada.

— Sério? — Seus dedos voam para o nariz. — Eu sempre me preocupo que a curva dele não seja alta o suficiente...

— Não, não, é perfeito — eu a tranquilizo. Então, em uma súbita explosão de inspiração, acrescento: — Dá pra ver por que seu filho é tão bonito.

E eu não achava que fosse possível, mas seu sorriso se alarga ainda mais, em uma expressão de afeto maternal tão pura que sinto uma pontada nas costelas. Antes de vir para cá, parte de mim desejava que ela fosse malvada e crítica, uma daquelas sogras perversas dos dramas coreanos a que sempre assisto, alguém a quem eu pudesse ser totalmente indiferente e de quem me esqueceria assim que saísse do prédio.

Mas agora não posso deixar de me deliciar com a aprovação dela. Quero mais disso. Como vou esconder o que sinto por Caz *e* convencer a mãe dele de que me importo com ele ao mesmo tempo?

— Você é muito querida — ela diz, então acaricia o cabelo de Caz com uma das mãos (ele estremece no mesmo instante e o despenteia de volta em seu estilo bagunçado de sempre) e acrescenta em um sussurro teatral: —, mas acho que seria melhor não alimentar mais ainda o ego de Caz. Já tem gente o suficiente dizendo o quanto ele é bonito todos os dias. Deve ser por isso que ele passa tanto tempo na frente do espelho antes da escola...

Caz bate palmas. Eleva a voz.

— Que tal nos prepararmos pra jantar, hein?

Mas a mãe de Caz continua como se ele não tivesse falado.

— Quer saber, acho que ele ficou ainda *mais* preocupado com a imagem nos últimos meses. Todo aquele tempo arrumando o cabelo e os cremes caros para a pele... meu Deus, juro que ele usa mais cremes do que eu...

— *Mãe* — Caz diz, mais alto, claramente tentando manter a calma e falhando. — Mãe, isso não é... você está exagerando...

— Bom, eu acho isso muito interessante — digo a ela, ignorando-o também. — Creme para a pele, você diz?

Ela concorda.

— E máscaras faciais. Nunca vi um menino da idade dele se importar tanto com a aparência; sabe, na última terça-feira, ele insistiu em perder um dia inteiro de aula porque tinha uma pequena mancha na testa.

Minhas sobrancelhas se erguem enquanto processo isso, então olho para o rosto corado de Caz. Ele me disse que estava ocupado filmando naquele dia.

— É *mesmo*?

— Tão ridículo, né? Às vezes tenho medo de que as pessoas na escola o provoquem por causa disso.

— Ah, acho que ninguém na escola conhece esse lado dele — digo, maravilhada com a rapidez com que a imagem de ator despreocupado de Caz Song está se desfazendo diante dos meus olhos, e como ele parece em pânico por causa disso. É tão raro que seja *ele* o transtornado, constrangido, que não posso deixar de me divertir um pouco. Ou muito.

— Olha, estou morrendo de fome — Caz tenta de novo, virando bruscamente em direção à sala de jantar. — Podemos começar agora? *Por favor?*

Eu reprimo um sorriso e o sigo.

— Sua casa é muito arrumada — penso em voz alta enquanto passamos pelo corredor.

— Está sempre assim — diz Caz apressadamente, ao mesmo tempo em que a mãe diz:

— Ah, sim, Caz passou *séculos* limpando antes de você chegar. Queria ter certeza de que estava tudo bonito e impecável. Ele é tão atencioso, não é?

—Sim — digo contra a vontade, uma onda indesejada de calor enchendo meu peito. — Ele é. — Caz não olha para mim, mas noto a cor subindo pela nuca até as orelhas. E percebo que meus problemas são muito maiores do que eu achava.

Entramos juntos na próxima sala, onde a mãe de Caz preparou sozinha um banquete profissional. São dois pratos de peixe — frito e cozido em caldo — e carne de porco desfiada, lótus crocante e batatas-doces caramelizadas, e é *tanta* coisa que me ofereço para ajudar no mesmo instante.

Ainda assim, enquanto coloco os pratos na mesa, não consigo parar de lançar olhares curiosos para Caz, observando-o endireitar as cadeiras, pegar algumas colheres para servir os pratos principais e limpar as mãos meticulosamente em uma toalha de cozinha limpa.

Assim que me sento, noto uma dezena de pequenos detalhes novos, como o fato de Caz ajudar a mãe a carregar as panelas e caçarolas mais pesadas, ou como ele é o único na casa que tem uma caneca personalizada, ou como ele tenta empurrar todos os pratos de legumes para o lado oposto da mesa, o mais longe possível dele.

* * *

O jantar foi muito mais tranquilo do que eu esperava. Em meu desespero, preparei algumas conversas inofensivas para ajudar a passar as horas, mas a mãe de Caz acaba carregando a maior parte da conversa — se gabando e reclamando do filho ou se gabando em tom de reclamação.

Esta última é uma arte muito refinada e sutil, que a maioria dos pais asiáticos parece dominar desde quando seus filhos entram no jardim de infância.

— É tão difícil pra mim — ela lamenta enquanto chupa a carne do rabo de um peixe. — Todos os pais ficam me perguntando: *Como seu filho é tão brilhante? Qual é o seu segredo?* E, pra ser sincera, não sei o que dizer a eles, sabe? Ele está sempre ocupado fazendo suas próprias coisas, e ele é muito bom no que faz. Como eu explico isso?

— Parece muito difícil — digo cooperativamente, enquanto Caz evita meu olhar, os ombros rígidos.

— Mas é uma pena — ela continua, apontando os palitinhos para Caz. — Seria ainda melhor se ele tivesse o mesmo talento em assuntos que de fato importam, como matemática ou inglês, não é? Eu sempre digo pra ele... digo *Erzi ya, você não pode achar que vai se sustentar com sua aparência e atuação pra sempre. Você devia dar prioridade para os estudos.* Mas ele nunca me ouve.

Caz esfrega o pescoço com agitação maldisfarçada, a cor em suas bochechas se espalhando. Tudo nele é estranhamente tenso, embora eu pareça ser a única que percebe.

— Bom, ele trabalha muito duro — digo devagar, incapaz de conter o impulso de defesa dentro de mim. — E precisa lidar com as expectativas de muitas pessoas. Quer dizer, eu fico impressionada por ele conseguir dar conta de tantas coisas.

A mãe de Caz me olha com surpresa. Mas quando ela está prestes a dizer alguma coisa, Caz se inclina para a frente apressadamente.

— Mãe, você ia comer a cabeça do peixe? Porque acho que devemos jogar fora...

— O quê? — Em um piscar de olhos, a mãe de Caz raspou todos os restos do peixe em seu prato, guardando-o de forma protetora com os dois palitinhos. — Entrou água no seu cérebro? Seu baijiazi — diz ela. Eu reconheço o termo apenas porque é um dos insultos favoritos da minha mãe sempre que ela me pega desperdiçando comida ou gastando dinheiro em qualquer coisa que considere desnecessária. — A cabeça do peixe é a melhor parte, é a *essência*.

Caz dá um pequeno suspiro de alívio, e a tática para mudar de assunto parece funcionar por uns bons dez minutos. Mas quando sua mãe termina de cuspir as espinhas de peixe, todas assustadoramente limpas, volta ao assunto.

— Erzi, como vão as redações da faculdade, a propósito? Você *sabe* que elas são importantes. Já terminou todas? Posso pedir que uma colega leia...

— Estão ótimas — ele diz, se esforçando para manter uma expressão neutra. Ele está brincando com a bainha da camisa. — Já terminei todas, na verdade.

— Sério?

— Sim, eu tive... ajuda.

Trocamos um olhar tímido, o momento queimando dentro de mim como um segredo.

— Ah, isso é ótimo — sua mãe diz com sinceridade, e se vira para sorrir para mim. — Ele sempre foi tão teimoso e não deixa os outros ajudarem. É meio bobo, na verdade; por que tornar as coisas desnecessariamente difíceis para si mesmo?

— É bobagem mesmo — concordo.

Caz limpa a garganta, sua expressão tensa com desconforto.

— Eu só não gosto de incomodar as pessoas.

A mãe aponta os palitinhos para ele novamente, em um gesto de carinho exasperado.

— Sha erzi, do que você está falando? Quando você se importa com alguém, você *quer* ser incomodado... você não se importaria de ser incomodado pela pessoa todos os dias pelo resto da sua vida. Isso é o amor. É isso que é amor de verdade.

Quando tudo acaba, Caz e a mãe me levam até o térreo, apesar de eu insistir que posso descer sozinha. O ar está frio, mas também fresco, o cheiro doce de grama, pinheiro e flores do cair da noite. De neve derretida.

— Foi um prazer *imenso* conhecer você, Eliza — a mãe de Caz diz, dando um tapinha nas costas da minha mão, o cabelo ficando acobreado sob as luzes da rua do condomínio. — Você deveria vir mais vezes.

— Vou tentar — digo vagamente, evitando fazer promessas que não posso cumprir.

Ela sorri. Acaricia minha mão uma última vez.

— Tente mesmo.

Depois de instruir Caz a me levar para casa "como um cavalheiro", ela acena para nós dois e desaparece de volta no prédio.

E então somos apenas Caz e eu.

— Então — digo, todo o meu constrangimento retornando. — Hum, você não precisa ir comigo de verdade...

— Eu quero — diz Caz, e então, talvez ao ver a surpresa no meu rosto, faz uma pausa. — Quer dizer, eu devo.

Caminhamos em silêncio por um tempo pelo condomínio escuro e vazio, nossas mãos próximas, mas nunca se tocando, e posso dizer que a mente dele está tão cheia quanto a minha. Porque a verdade é... a verdade é que eu deveria estar *feliz* agora, aliviada que tudo acabou, ansiosa para parar de fingir e ir para casa e nunca mais pensar na família dele de novo.

Mas, durante toda a noite, continuo sendo relembrada de que esses sentimentos não vão embora tão fácil. Porque isso não é mais só uma paixão boba e superficial. É mais. É pior. É a percepção de que não importa o quanto eu tente me proteger, não importa quantas barreiras eu construa e quantos limites eu estabeleça entre nós, estou fadada a ter meu coração partido por Caz Song. É apenas uma questão de quando e com qual intensidade.

E talvez já esteja acontecendo. Desde aquele momento na loja de bubble tea, ele tem estado tão... *distante*. Tão diferente de como costuma agir. Talvez esta seja apenas a sua maneira de me rejeitar.

Eu nem noto a pressão crescendo na minha garganta, atrás dos meus olhos, até que fungo, e Caz congela.

— Ei. Calma aí. — Ele olha para mim, diretamente para meus olhos, preocupação despontando em suas feições. — Você está... chorando?

— Não — fungo, inclinando a cabeça para trás e piscando furiosamente para o céu vazio e sem estrelas, tentando afastar a umidade dos olhos. Mas algo quente escorre pela minha bochecha de qualquer maneira, traçando uma trilha até minha mandíbula.

Caz hesita um segundo, abre a boca e a fecha novamente, então estende a mão e afasta a lágrima com um polegar gentil.

Eu abaixo a cabeça, olho para ele, a ternura do gesto abrindo algo dentro de mim. Não consigo me lembrar da última vez que me senti assim — aberta e vulnerável e exposta e querendo *tanto*, o coração batendo na velocidade máxima. Também não me lembro da última vez que chorei assim. Não por raiva, humilhação ou frustração, mas por causa de uma dor não identificável no fundo do peito.

— Desculpa — murmuro, a voz rouca e abafada com a emoção. Agora que estou chorando, não consigo parar. Caz não diz nada; ele se limita a enxugar minhas lágrimas enquanto caem. — Deus, eu não posso acreditar que estou mesmo... isso é tão nojento.

Ele ri, um som suave que se dissolve no ar entre nós.

— Não é engraçado — digo, embora eu também esteja rindo um pouco, as bochechas úmidas e o nariz escorrendo, o som chacoalhando na minha garganta. Eu sou basicamente a definição de um nó de sentimentos agora.

— Claro que não é — Caz concorda. Ele enxuga minhas bochechas de novo, então apoia a mão gentilmente atrás da minha cabeça, me consolando como se eu ainda fosse uma criança. — Então, qual é o problema? Foi tão ruim assim ir lá em casa? — ele diz como uma piada, mas posso ver um traço de preocupação genuína em suas feições.

— Não, não, não — eu me apresso em dizer. — Não, sua casa é ótima... quer dizer, o guerreiro de terracota é uma escolha de decoração meio questionável...

— Foi meu pai que escolheu. Eu e minha mãe também odiamos. Tentamos nos livrar dele sempre que meu pai não está, mas ele sempre encontra uma forma de trazer o guerreiro de volta.

— Sua mãe também foi muito legal — digo entre lágrimas.

Ele ergue as sobrancelhas.

— Você deveria ter visto ela colocando a estátua em um daqueles sacos para transportar corpos.

Dou risada contra minha vontade, mas continuo.

— Tudo foi muito agradável. Mas...

Mas é esse o problema.

Se tudo isso continuar, talvez eu acabe morrendo de culpa. Mas se acabar, já tenho coisas demais para lamentar. De alguma forma, apesar de todas as minhas regras e reservas, já me envolvi demais, me deixei levar por tanto tempo que afundar parece mais fácil do que ficar na superfície.

— Ei — Caz diz suavemente, se sentando em um banco de pedra e me puxando para o lado dele. — Isso é...? — Ele faz uma pausa. Eu o vejo inspirar, expirar. — Isso é demais pra você? Você quer parar?

Meu coração para, e a noite parece congelar ao nosso redor.

Se eu quero parar?

Eu deveria. A coisa inteligente — a coisa altruísta — a se fazer seria voltar atrás enquanto ainda posso, enquanto a maior parte do meu coração ainda está intacta. Já tem pessoas demais envolvidas nisso: Emily, a mãe dele, todos os meus leitores e os fãs dele. E é claro que *ele* não teria problema em parar; para Caz, é só mais um trabalho, sem nenhuma diferença dos papéis de dramas que já fez antes.

Mas enquanto olho para o rosto dele no escuro, o pensamento de perdê-lo *agora* envia um espasmo de dor física através de mim. Porque eu sei muito bem o que vai acontecer depois que nosso acordo terminar: vamos voltar a ser estranhos, e ficarei sozinha de novo, como sempre. Nunca mais vou poder falar com ele, ficar perto dele, mesmo que seja apenas fingimento.

Porque sou egoísta e quero viver nessa fantasia o máximo que puder.

E eu sei exatamente como garantir que isso aconteça.

— Não podemos parar — me ouço dizer, a mentira surgindo pronta na ponta da língua. Quantas mentiras já contei? Perdi a conta. Mas a única maneira de envolver Caz nesse acordo lá no começo foi falando da carreira dele; e agora essa também é a única maneira de mantê-lo comigo. — Porque... porque ainda precisamos fazer uma entrevista juntos.

Caz recua.

— Uma entrevista? Não me lembro de você ter mencionado isso.

— Devo ter esquecido — digo, esperando que ele não possa ouvir a hesitação em minha respiração. — Mas é com essa grande empresa de mídia, e já prometi a Sarah Diaz que estaríamos disponíveis. Ficou para depois do recesso do Festival da Primavera, então, se pudermos continuar até lá...

— Estou disposto se você estiver — diz ele lentamente. Está muito escuro para distinguir sua expressão, mas posso sentir seu olhar em mim. Como se ele estivesse procurando por algo. — Mas não tem nenhum outro motivo além da entrevista?

Eu fico tensa. As palavras estão lá, amontoadas no fundo da minha garganta. Eu poderia dizer a ele. Ser honesta pelo menos uma vez na vida. Ser corajosa. Meu coração começa a bater mais alto, tão alto que tenho certeza de que ele vai ouvir. Inspiro. *Conte para ele.* Mas tudo o que sai é:

— Claro que não.

— Claro que não — ele repete. Por algum motivo, há tensão em sua voz.

Capítulo quinze

No último dia antes do feriado, Caz surge na aula de inglês parecendo exatamente como me sinto grande parte do tempo...
Péssimo.

Quer dizer, ele ainda é *Caz Song*, então suas feições continuam esteticamente agradáveis, mas há uma palidez doentia em sua pele, e o olhar parece exausto e turvo. Até seus passos parecem pesados.

— Você parece meio cansado — informo quando ele coloca suas coisas ao lado das minhas e senta na cadeira de sempre. Deveríamos estar respondendo o questionário sobre *Orgulho e preconceito*, mas com a perspectiva de liberdade iminente e o inverno sombrio, ninguém está de fato trabalhando — nem mesmo o professor.

— Sério? Porque eu dormi muito bem essa noite — diz Caz. A voz também está diferente, mais rouca do que o normal e mais baixa. Esse é o tipo de coisa que duvido que mais alguém notaria, mas desde quando conversamos na escuridão do condomínio, tenho estado hipersensível ao lado dele, catalogando cada palavra e movimento, tentando decifrar como ele realmente se sente ao meu respeito. Tem sido uma longa semana.

— Você não tá doente, né? — pergunto.

— Impossível — responde ele com firmeza. — Nunca fico doente.

Não convencida, me aproximo e coloco a mão na testa dele — e quase engasgo. A pele de Caz está fervendo.

— Você está fogo puro.

Em vez de ficar com medo ou alarmado, como qualquer pessoa normal faria, os cantos da boca de Caz se erguem.

— Só agora que você percebeu?

Afasto a mão com uma careta.

— Para de ser besta. É claro que estou falando da sua temperatura; tá quente demais pra ser normal.

Ele ignora minha preocupação.

— Não sei se você sabe disso, Eliza — diz, seco —, mas a pele humana *tem* que ser quente.

— É, mas a sua pele está literalmente pegando fogo...

Ele suspira. Se vira e olha para mim com tanta calma que quero gritar.

— Vai ver minha pele é sempre assim.

— Você é um lobisomem de *Crepúsculo* disfarçado, Caz? — me irrito. — Porque ou isso, ou seu corpo está em um estado de rápida deterioração neste exato momento.

A boca dele se mexe de novo, mas a voz é mais firme, mais séria, quando diz:

— Não tenha tanta certeza. De qualquer jeito, colocar a mão na minha testa não é a melhor forma de medir a temperatura.

— Ah, bom, desculpa por não carregar um termômetro profissional na mochila...

— Seria mais preciso — ele continua, sem se intimidar — se você encostasse sua testa na minha. Assim ia conseguir comparar as temperaturas.

Eu o encaro.

Ele me encara de volta, um desafio na mandíbula afiada, o brilho escuro nos olhos. Ele acha que assim vai conseguir fazer com que eu desista. Acha que não serei capaz de fazer isso.

— Bom, se funciona — digo docemente, saboreando o olhar de surpresa genuína que surge em seu rosto antes de colocar a mão em sua nuca e puxá-lo para a frente.

Nossas cabeças se tocam, e sinto na mesma hora o calor intenso subindo de sua pele, de sua boca entreaberta, a vibração de seus longos cílios quando ele pisca. E então o pensamento mais inapropriado e inútil de todos os tempos surge em meu cérebro:

Essa deve ser a sensação de beijar Caz Song.

Eu me afasto tão rápido que quase machuco o pescoço.

— Então — Caz diz depois de uma pausa —, qual é o diagnóstico?

— Você está com febre — informo, me sentindo um pouco febril também. De repente, estou com medo de ter ido longe demais. E se ele achar que eu estava tentando alguma coisa? Ou que queria dar um beijo nele? É possível detectar essas coisas?

O toque estridente do sinal corta meus pensamentos. Quando olho para cima, afobada, Caz já está se levantando da cadeira.

— Você vai procurar atendimento médico? — pergunto esperançosa.

— Não, porque não preciso disso — diz ele, afastando-se antes que eu possa protestar, e decido que o odeio. Não vou falar com ele, nem perguntar nada para ele de novo, não vou mais procurá-lo. Não me importo se ele está vivo ou morto.

Estou falando sério. De verdade.

Assim que chego em casa depois da escola, mando uma mensagem para Caz:

> ei
> vc tá se sentindo um melhor?

Olho para a mensagem por bons quinze minutos depois de enviar, como se eu pudesse de alguma forma mentalizá-la através dos céus para onde quer que Caz esteja, mas o pequeno sinal azul que indica "lida" não aparece. *Tanto faz. Ele deve estar dormindo.* Guardo o celular com força e tento me distrair com a lição de casa de química.

Não funciona.

Às 15h52, xingando Caz Song baixinho, mando outra mensagem:

> só pra saber se vc ainda tá vivo!!

Mas também não recebo nenhuma resposta.

Minha imaginação começa a correr solta com os piores cenários: talvez ele tenha desmaiado a caminho de casa e ninguém estivesse por perto para ajudá-lo. Talvez a febre dele fosse na verdade um sintoma de algo muito pior, como câncer ou alguma outra condição crônica que só lhe permite mais alguns meses de vida. Talvez ele tenha desmaiado dentro da própria casa. Talvez ele *já esteja morto*.

Racionalmente, sei que posso estar me assustando sem motivo. Pode ser que ele nem esteja *tão* doente; não é como se eu fosse médica ou algo assim. Pode ser que ele não esteja olhando o celular... ou talvez ele só não esteja com vontade de falar comigo.

Mas a lógica não impede que meu estômago se contraia toda vez que checo meu celular.

Nenhuma das minhas mensagens foi lida.

Às 16h15, me encolho no canto do quarto e envio outra série de mensagens de texto:

oi, eu de novo
desculpa pelo spam hahah mas estou, tipo, mto
preocupada com vc?
Vc tá em casa agora??

Então, percebendo que acabei de admitir por escrito que estou preocupada com o bem-estar dele, acrescento rapidamente:

é claro q ia pegar mto mal se meu namorado de
mentira morresse de febre em uma tarde fria de sexta
q nem uma dona de casa vitoriana do séc. XVI...
quer dizer, se vc vai correr um perigo mortal,
melhor q seja dramático tipo um acidente de cavalo
ou coisa assim

O tempo passa sem nenhuma resposta. Eu me forço a ajudar Emily com a lição de inglês e Ba a cortar a cebolinha para o jantar e rascunho um novo post para o blog, o estresse fazendo meu cérebro se desintegrar durante todo esse tempo.

Mas já não estou só preocupada — estou puta da vida. Irritada por estar começando o recesso do Festival da Primavera checando meu celular de dois em dois minutos porque não consigo parar de pensar em um cara. Irritada porque, mesmo depois de todo esse tempo, ele ainda está preocupado demais em se fazer de forte para pedir ajuda. Irritada por já ter dado a ele meu coração e minha confiança, só para vê-lo se afastar de novo e de novo.

Irritada por me importar tanto assim.

Quando são cinco da tarde, envio um aviso final para Caz:

ok. olha aqui, caz song. se vc não responder nos próximos dez minutos, juro que vou escrever uma fanfic de inimigos-a-amantes de duzentas mil palavras sobre vc e um cacto e vou postar e ela VAI viralizar

Dez minutos depois, pego meu casaco e saio porta afora.

Apesar de o sol já ter desaparecido no horizonte, fazendo com o que o ar fique bem mais fresco, estou suando quando chego ao apartamento de Caz.

Bato na porta e espero por muito tempo, mais suor escorrendo da minha testa e umedecendo meu rosto.

Ninguém responde, mas posso *ouvir*: os movimentos arrastados. Uma tosse fraca.

Ele está lá dentro.

Então, como é de se esperar, faço o que qualquer pessoa serena, racional e completamente equilibrada faria: bato sem parar na porta com as duas mãos e grito alto o suficiente para que consigam me ouvir do prédio ao lado.

— Caz! Caz? *Caz Song*. Sei que você tá aí... abre essa porta ou eu juro que...

Sem aviso, a porta se abre e quase caio de cabeça no peito de Caz. No último segundo, agarro o batente da porta para me manter em pé. Arrumo o cabelo para o lado com indiferença, como se essa fosse a maneira normal e socialmente aceita de aparecer na porta de alguém que ignora suas mensagens.

— Caramba — Caz diz, olhando para mim. — Eliza. O que você está...

— Você está bem? — interrompo e imediatamente me sinto uma idiota. É óbvio que ele *não está* bem; parece ainda mais fraco do que na escola, a pele pálida como um fantasma, os olhos sombrios e febris. Ele também está usando o que parece ser um pijama — uma camiseta estampada de manga comprida promovendo um de seus antigos dramas e cueca samba-canção —, e é assim que tenho certeza de que algo está errado. Em circunstâncias normais, Caz preferiria morrer a ser visto com roupas como essa.

Ele parece perceber seu estado ao mesmo tempo, porque se afasta de repente e começa a fechar a porta de novo.

— Desculpe, agora não é mesmo um bom momento...

Agarro a maçaneta antes que ele possa me deixar para fora.

— *O quê?* Você não pode estar falando sério.

Mas ele não solta, e por alguns segundos absurdos ficamos os dois ali, os dentes cerrados, lutando contra a porta que nos separa. A disputa é equilibrada, uma prova de quão fraco ele deve estar se sentindo.

— Meu Deus do céu, Caz — bufo, meus dedos brancos ao redor da maçaneta. — Me deixa entrar logo...

— *Não*.

— Qual é o seu problema? Você está doente e precisa de ajuda...

— Eu *não* preciso de ajuda — ele afirma com tanta veemência que minha determinação quase vacila por um segundo. Eu quase me viro. Eu não *preciso* estar aqui, é claro. Seja o que for, essa situação está muito além do nosso acordo. Mas caramba, eu me importo demais com o garoto teimoso do outro lado da porta para ir embora.

— Caz. Não seja irracional.

— Eu não sou. Só acho que... fico feliz por você vir até aqui para ver como estou e tudo mais, mas acho melhor você ir embora. — Há um tom rouco em sua voz, frustração ou mesmo raiva, embora eu não saiba dizer se é dirigido a mim ou a ele mesmo. — Eu... eu não quero que você me veja assim.

Deixo escapar uma risada incrédula.

— Isso não é hora de ser vaidoso. Eu não tô nem aí se você está de pijama...

— Não é só isso. Ninguém nunca me vê assim.

— *Assim* como?

Vejo o rosto dele de relance pela fresta da porta. O vestígio de insegurança. As manchas escuras embaixo dos olhos. Caz é a pessoa que mais se preocupa com a aparência que conheço, e está uma bagunça.

— Vamos lá — digo, puxando com mais força. — Pense nisso como... um favor que você me faz. Se você não me deixar entrar e acabar morrendo, *eu* que serei processada por negligência porque fui a última a te ver. Minha vida será arruinada pra sempre.

Ele revira os olhos, mas sinto a porta ceder um pouco do lado dele.

— Ok, definitivamente não é assim que funciona.

— Vou ser engolida pela culpa — continuo, como se ele não tivesse dito nada. — A polícia vai me perguntar: como você pôde largar o menino lá? E vou ter que explicar: eu não queria, mas ele basicamente fechou a porta na minha cara...

A boca dele forma uma linha fina.

— Tá bom. Mas que fique claro que você está aqui por vontade própria. Não preciso de ajuda nem nada. Estou ótimo. — As palavras mal saem de sua boca e ele tem um violento ataque de tosse.

Seguro a risada enquanto o sigo para dentro da casa. A princípio, penso que a situação pode não ser tão ruim quanto eu temia. Ele consegue andar sozinho, as costas viradas para mim, passos rígidos, mas deliberados, os ombros jogados para trás como se estivesse filmando uma cena. Ele até faz questão de parar no espelho do corredor para olhar o cabelo. Mas antes de chegar no cômodo seguinte, ele cambaleia e arqueia o corpo para a frente, uma das mãos se apoiando na mesa mais próxima. A respiração é irregular e os nós dos dedos estão brancos como ossos.

Sinto um baque no coração.

— Sim, com certeza, dá pra ver que você tá bem — murmuro enquanto dou um passo à frente e o envolvo com o braço para tentar segurá-lo. Ele apoia o peso em mim, e quase caio.

— Você é... você é muito mais pesado do que parece.

— É tudo músculo — ele protesta, mesmo estando com dificuldade de se levantar.

Meu Deus, como ele é ridículo.

Conseguimos atravessar o corredor e entramos juntos na sala — devagar, desajeitados, como uma dupla em uma corrida de três pernas. Mas conseguimos de todo modo. Enquanto faço Caz se deitar no sofá mais próximo, uma das mãos protetora em seu pescoço e a outra em volta da cintura, analiso o ambiente. Está mais bagunçado do que quando visitei duas semanas atrás, com jaquetas jogadas sobre as almofadas e roteiros cheios de anotações abertos na mesa de centro, mas não há sinal dos pais dele. Nem mesmo um cachecol ou um par extra de chinelos.

— Os dois estão em viagens de negócios — diz Caz, lendo minha mente. — Uma conferência médica em Xangai. Foram alguns dias atrás.

— Ah. — Isso responde minha dúvida, mas, por algum motivo, ainda me pego vasculhando as mesas, o balcão alto de mármore e até o piso acarpetado, como se estivesse faltando mais alguma coisa... E então percebo.

— Não tem água por aqui?

Ele enrijece, a confusão aparecendo em seu rosto.

— Desculpe, você quer beber alguma coisa? Posso pegar um...

E ele de fato faz menção de se levantar do sofá.

— Não, não, não é isso que eu quis dizer — me apresso em explicar, empurrando-o para que se deite de novo. Ele obedece, mas posso sentir a tensão em seus braços, a rigidez do corpo. — Quis dizer, *você* não tomou água desde que chegou em casa? Ou, tipo, algum remédio?

Ele balança a cabeça levemente, acuado. Desvia o olhar.

— Bem, você já jantou, pelo menos?

— Jantar — ele repete, como se fosse uma palavra estrangeira. — Será... que chiclete conta? — Ele deve perceber minha expressão, porque retribui o olhar furioso, ainda que esteja tão fraco que mais parece emburrado. — Tá, isso não é nada de mais.

E mesmo sabendo que ele está doente e que devo ser mais paciente e carinhosa e tudo mais, ergo as mãos em frustração.

— Sendo sincera, não sei como você conseguiu se manter vivo nesses últimos dezessete anos. Tipo, você simplesmente *não come* e não se cuida de jeito nenhum e só reza para que seu corpo se recupere milagrosamente para... — Paro de repente quando o vejo sorrindo. Abaixo as mãos. — Desculpa, tem alguma coisa de *engraçado* nisso?

— Não — ele diz, mas os cantos de sua boca estão virados para cima, e não sei dizer se ele está zombando de mim ou não. — Nada.

Olho irritada para ele.

— Fala logo.

— Eu não...

— *Fala logo.*

— Tá bom. É fofo que você esteja tão preocupada, só isso — ele diz, dando de ombros.

Abro minha boca, então a fecho. Por um momento, fico genuinamente sem palavras.

— Não estou preocupada — me forço a dizer por fim, cruzando os braços bem apertado. — Estou irritada. E chocada com o seu descaso com a própria saúde.

Seu sorriso se alarga.

— Sim, é claro.

Eu me viro, determinada a ignorar aquele sorriso. Já observei Caz Song por tempo suficiente para saber que exagera em seus encantos sempre que se sente desconfortável ou corre o risco de ficar vulnerável. Ele flertaria com uma colher de chá se a situação exigisse.

— Vou fazer comida — anuncio, indo para a cozinha. — Fique aqui e... não sei. Descanse. Tente não morrer.

— Vou tentar o meu melhor — ele promete, fingindo ser solene.

Uma das habilidades mais úteis que adquiri após tantas mudanças é a capacidade de me localizar em praticamente qualquer espaço desconhecido. Apesar de só ter ido à casa de Caz uma vez antes e nunca ter pisado em sua cozinha, levo menos de um minuto para descobrir onde estão todas as panelas, talheres e ingredientes. Mais um minuto para encher uma panela de água, ligar o fogão e começar a lavar uma xícara de arroz branco.

Então abro a geladeira, a luz artificial me fazendo piscar.

Há uma escassez alarmante de vegetais frescos e carne lá dentro. Um pacote pela metade de Yakult e aquele chá gelado popular, Wanglaoji, que Ma adora. Três latas de lichia, dois iogurtes. Um pote quase vazio de molho de pimenta Laoganma extra suave, algumas cebolinhas murchas e garrafas de molho de peixe.

Difícil fazer um jantar com esses ingredientes.

— Você está julgando o conteúdo da minha geladeira? — Caz pergunta atrás de mim. O sofá, alinhado com a entrada da cozinha, permite que ele tenha uma visão nítida do que estou fazendo.

— Estou, sim. Bastante — respondo, e olho para ele. — Está sempre vazia assim?

Ele ergue um ombro.

— Depende.

— De...?

— Quantas pessoas estão em casa. Se sou só eu...

Eu posso adivinhar o que estava prestes a dizer. Se for só ele, não tem por que cozinhar ou se esforçar muito com essas coisas domésticas. E a julgar por tudo que sei sobre ele, a carreira e a família, frequentemente está *só ele* nesta casa.

— Eu não me importo — diz de repente, como se talvez pudesse adivinhar meu raciocínio. — Quer dizer, minha mãe fica em casa com bastante frequência, e meu pai... ele está literalmente ocupado *salvando vidas*. Que tipo de idiota eu seria se me ressentisse disso?

— Eu... não acho que isso faria de você um idiota — digo, escolhendo minhas palavras com cuidado. — Acho que isso faria de você o filho de alguém.

Não consigo traduzir a emoção que cruza o rosto dele quando digo isso.

Mas faz meu coração doer.

A panela começa a ferver de modo súbito e violento, chamando minha atenção. Levanto a tampa antes que transborde e despejo o arroz branco dentro, mexendo algumas vezes.

— Achei que você não sabia cozinhar — diz Caz.

Reviro os olhos.

— Não sei assar *bolos*, mas cozinho para minha família desde os nove anos. Acho que dou conta do recado.

— Desde que você tinha nove anos? — Há certa curiosidade em seu tom, como se quisesse mesmo saber.

Eu hesito. Não é o tipo de coisa sobre a qual costumo falar, nem mesmo com Zoe, mas ele ainda parece tão desconfortável deitado ali, tão frustrado consigo mesmo, que acho que não custa nada distraí-lo.

— Bom, sim. Minha mãe estava sempre muito ocupada com o trabalho ou viajando a negócios para se preocupar com o jantar, e meu pai tinha horários irregulares demais no trabalho e não podia cozinhar na mesma hora todos os dias, então acho que meio que assumi naturalmente. — Eu mexo a panela de novo. — Não sei. Nunca me interessei muito pela culinária em si, mas gostava de sentir que estava contribuindo para a família, sabe? Provando que podia ajudar do meu próprio jeito.

Logo o mingau está cozinhando e tenho uma tigela com paçoca de carne de porco e cebolinhas preparada para polvilhar por cima. Quando me viro para verificar se Caz adormeceu, ele está me observando, seu olhar incrivelmente suave, mas sério.

Isso me deixa nervosa.

— O que você está olhando? — pergunto, tentando soar casual, apesar do calor subindo pelas minhas bochechas.

Ele inclina a cabeça, mas a intensidade de seu olhar não se altera.

— Nada.

Quando o mingau está pronto, levo para Caz em uma bandeja elegante, agachando-me ao lado dele enquanto se senta com cuidado, com as costas apoiadas nas almofadas do sofá.

— Você consegue tomar sozinho, né? — pergunto, segurando a tigela e a colher para ele.

Ele ainda tem energia suficiente para revirar os olhos para mim.

— Não se preocupe, Eliza, eu não ia pedir pra você dar na minha boca.

— Não achei que você fosse pedir — murmuro, mas agora estou me perguntando se deveria ter oferecido isso. *Não,* eu decido. Ele só está com febre, não perdeu a sensibilidade dos membros.

— Mas obrigado — Caz diz enquanto pega o mingau, o vapor branco se espalhando entre nós. — Por... por tudo isso. — Ele limpa a garganta. — Eu não tenho... Faz tempo que ninguém cuida assim de mim. Então. Obrigado.

— Tem um jeito melhor de me agradecer, você sabe — digo, esperando manter as coisas leves. Para esconder a dor quente e intensa crescendo dentro de mim, o impulso rebelde de tirar a tigela de mingau das mãos dele e o envolver em meus braços, abraçá-lo, fazer com que ele me abrace também. Oferecer a ele o mundo inteiro, protegê-lo de tudo que poderia prejudicá-lo. — São só três palavras.

Ele pausa por alguns instantes, a confusão crescendo em seu rosto antes de entender. Suspira.

— Eu não...

— Anda. Você sabe que palavras são.

— Eliza...

— *Caz*.

— Tá, tudo bem. — Uma pausa. Ele olha nos meus olhos, um músculo teimoso se contraindo em sua mandíbula, e as próximas três palavras que saem de sua boca parecem arrancadas, tensas. — Você... estava certa.

Abro um largo sorriso, saboreando essa pequena vitória, o olhar de resignação em seu rosto.

— Nesse caso, foi um *prazer*.

Ele faz uma pausa. Em seguida, acrescenta:

— E eu também sinto muito, a propósito.

Olho para ele surpresa.

— Por quê?

— Não sei. As coisas têm estado um pouco estranhas entre nós recentemente, e... — Parece que ele tem algo a mais a dizer, e meu coração acelera, mas então ele se detém.

— Mas agora está tudo bem, certo?

Engulo em seco. Sorrio. Tento não pensar demais no que ele quer dizer, se fui eu quem fiz tudo ficar estranho antes de mais nada, se ele ainda está pensando naquele dia na loja ou talvez no meu colapso vergonhoso depois da visita ao apartamento dele.

— Sim, é claro.

Mais tarde, ele termina o jantar e elogia minha comida ("Está mesmo muito melhor do que o bolo"), e fico ao seu lado até que durma. Até que a lua esteja cada vez mais alta no céu noturno.

E muito depois disso.

Olho para ele, tão tranquilo enquanto dorme, e uma sensação estranha surge no meu peito — uma espécie de sensação que me revira, que arde como lágrimas, sensível como uma ferida recente. Paralizante. Como se meu coração estivesse tentando subir pela garganta.

Eu me afasto.

Caz abre os olhos, focando o olhar escuro e intenso em mim. Eu me sinto um pouco trêmula.

— Onde você vai? — pergunta.

— Vou, hm. — Minha voz está falhando. — Limpar...

— Fica aqui — ele sussurra, as palavras saindo tão rápido de sua boca que poderiam ser um instinto, um tropeço, um erro. Ele próprio parece quase surpreso, quase tímido, apesar de não recuar. Não tenta fugir, como eu faria. E é só quando vejo o movimento tenso que sua garganta faz ao engolir que percebo o quão difícil é para ele ser visto nesse estado de fraqueza. Pedir qualquer coisa a qualquer pessoa.

Isso me faz querer ser mais corajosa também, oferecer alguma coisa em troca. Algo real, pelo menos uma vez.

— Eu… tá bom. — Lentamente, me ajoelho ao lado do sofá. Está tão quieto na sala que posso ouvir cada respiração minha, o rangido baixo das tábuas do assoalho quando mudo de apoio. Tudo está mudando. Entortando. Saindo de controle com rapidez, e não sei bem como fazer parar, ou se sequer quero que pare.

— Tá. Mas com uma condição.

— Qual? — ele pergunta, instantaneamente cauteloso.

— Se você ficar doente de novo, ou machucado, ou ferido, ou fraco, você *tem* que me contar. Não vai guardar só para você pra agir todo durão…

Ele começa a protestar, mas continuo falando, sabendo que provavelmente estou cruzando alguma linha invisível, mas não me importo.

— Porque não importa o que aconteça… somos amigos agora, certo? Quero que saiba que pode contar comigo. Quero ser a pessoa com quem você se sente seguro. Quero que você sinta que pode ser apenas *humano* na minha frente. Como se você não precisasse sempre mostrar só o que tem de melhor. Tá? — Acrescento quando ele abre a boca para discutir de novo. — Prometa.

Ele engole em seco. Vê alguma coisa em meu rosto — determinação, talvez, ou toda a preocupação que venho tentando desesperadamente esconder — que o faz concordar.

— Tudo bem.

— Tudo bem — repito, deixando escapar um suspiro de alívio.

— Que bom.

Um pequeno sorriso curva meus lábios.

— Que *ótimo*.

E então, como já cruzei a linha proibida, estendo a mão por impulso e acaricio suavemente o cabelo dele.

É macio. Ainda mais macio do que eu esperava. Caz fecha os olhos de novo, mas não como se estivesse cansado; pelo contrário, todos os músculos de seu corpo parecem tensos de repente.

Ele só parece relaxar quando eu me aproximo, coloco minha mão em seu braço e digo o que eu queria que alguém me dissesse desde que posso me lembrar. O que ainda espero que alguém diga.

— Vou ficar aqui ao seu lado. Eu prometo.

Capítulo dezesseis

Após anos comemorando o Festival da Lua em lugares que dão mais foco para o Natal e Ano Novo, é bom finalmente ter um feriado de verdade para a data.

As duas semanas de recesso são uma bênção por diversos motivos. O que quer que tenha mudado entre mim e Caz naquela noite em seu apartamento — e sei que algo mudou, senti da cabeça aos pés no caminho para casa — agora está em suspenso porque Caz vai passar o feriado todo em Hengdian. Consigo finalizar minhas primeiras inscrições para a faculdade bem a tempo dos prazos que se aproximam. E Ma consegue organizar uma reunião de família há muito adiada em um restaurante de frutos do mar; acontece que reunir mais de sessenta membros da família no mesmo lugar ao mesmo tempo é, nas palavras de Ma, um pesadelo logístico.

Assim que entramos pelas portas duplas do restaurante, iluminadas por lanternas, somos recebidos pelo que parece uma exibição de aquários: lagostins se arrastando pelo vidro e percas-gigantes nadando nas águas turvas. Eu os encaro por alguns instantes, as bocas abertas e os olhares pretos vazios, então desvio o olhar. Sei como esses lugares funcionam e um deles vai acabar no meu prato em breve. É melhor não me apegar muito.

Uma alegre garçonete com cara de bebê nos conduz a uma enorme sala privada no fundo do restaurante, onde ouvimos nossos parentes muito antes de vê-los. O nervosismo faz meu estômago se revirar. Só posso rezar para conseguir me virar com meu chinês medíocre.

E então começa.

Parece uma versão especial e elaborada de ciranda familiar. Ma, Ba, Emily e eu nos alinhamos em um lado da sala, de costas para os biombos florais, sorrisos brilhantes congelados em nossos rostos, enquanto nossos parentes vêm um a um para beliscar nossas bochechas e oferecer presentes: sacos de tâmaras vermelhas frescas, damascos de seus próprios jardins e kits de caligrafia caros para nos ajudar a "entrar em contato com nossa cultura". Envelopes vermelhos bem recheados são enfiados nas nossas mãos (apesar dos protestos educados de Ma de que estamos velhas demais para ganhar dinheiro no Ano Novo Chinês) e ouço muitos comentários desnecessários e supostamente bem-intencionados sobre meu peso.

Há os tios sérios e impassíveis perguntando sobre minhas notas e as tias fofoqueiras que só consigo distinguir pelo volume de suas permanentes. E há os parentes que não sei como devo chamar: se é algo-*yi* ou algo-*yilaolao* ou se são, na verdade, nossos primos muito mais velhos, então Emily e eu disfarçamos para checar os nomes no celular.

É tudo muito barulhento, incontrolável, caótico e… eu senti saudade disso. Dessa energia no ar e o calor das risadas por toda parte. A estranha sensação de olhar para uma sala lotada e reconhecer variações do sorriso da minha mãe, dos olhos da minha irmã.

Nossa *laolao* — a mãe da Ma — é a última pessoa a vir nos cumprimentar, e as pessoas abrem passagem para ela como fariam para uma rainha. De fato tem um quê de realeza nela, mesmo com quase setenta anos: as linhas marcadas em seu rosto, o olhar resoluto. Toda a história que há ali. Ela está usando a mesma blusa roxa desbotada que usou em uma das poucas fotos que temos juntas, e seu cabelo com mechas prateadas está preso em um coque elegante.

— Laolao hao — digo obedientemente quando ela para diante de mim.

Sem dizer uma palavra, ela me puxa para um abraço feroz e esmagador, envolvendo-me com o doce aroma de ervas e chá de jasmim e algum tipo de sabão em pó. Dou um tapinha desajeitado nas costas de sua camisa, sem saber como retribuir.

— Estou tão feliz que você voltou para casa — ela sussurra, sua respiração quente na minha pele, suas mãos ossudas em volta dos meus ombros, como se tivesse medo de que eu desaparecesse no segundo em que me soltar.

Quando me solta alguns segundos depois, fico alarmada ao ver que seus olhos estão vermelhos. No entanto, ainda mais alarmante é a leve sensação de queimação atrás dos meus próprios olhos. Pisco forte e um enorme sorriso surge em meu rosto.

— É claro que voltamos pra casa — digo em meu mandarim desajeitado e infantil. — Você está aqui.

Ela sorri de volta para mim com tanto amor que parece tangível, então passa para Emily.

Mas eu permaneço imóvel, pensando. Sobre família. Sobre *casa*.

Cerca de cinco anos atrás, em uma escola cujo nome mal consigo me lembrar, nosso professor de inglês nos pediu para escrever uma redação sobre o tema casa. Todos os outros sabiam imediatamente sobre o que escrever: a casa da infância em Ohio, a fazenda da família no Texas, a cidade em que viveram a vida inteira. Simples. Só eu tive dificuldades com o tema.

Então, como uma completa idiota, compartilhei minha preocupação com o professor na frente dos meus colegas de classe.

— E se não soubermos onde de fato fica nossa casa? Ou e se... e se não tivermos um lar? — perguntei.

Algumas pessoas riram, como se eu estivesse sendo engraçada ou difícil de propósito.

O professor apenas me encarou por um instante.

— Não seja ridícula — disse ele. — Todo mundo tem um lar.

Tentei explicar o que queria dizer, mas a essa altura o professor já havia perdido a paciência. Ele disse que eu era preguiçosa, que estava tentando fugir de uma tarefa simples inventando problemas inexistentes. Ele não entendeu; nenhuma das outras pessoas da minha classe parecia entender também. Eles não passaram metade da infância participando de reuniões de família e comendo rolinhos de pato de Pequim e empinando pipas no parque Beihai, só para depois serem levados para um país cujo idioma não falavam nem conseguiam soletrar o próprio nome. Eles não aprenderam a andar de bicicleta nas estradas largas e ensolaradas da Nova Zelândia, apenas para vender a bicicleta dois meses depois, quando se mudaram para Singapura. Eles não passaram seu décimo aniversário em um avião, e o décimo primeiro chorando em um banheiro na Inglaterra, porque não conheciam ninguém lá e um garoto da nova turma havia zombado de seu sotaque.

O lar para eles era uma coisa só, um lugar, não algo espalhado por todo o globo, fragmentado em algo quase irreconhecível.

Foi sobre isso que acabei escrevendo na minha redação, mas o professor me devolveu o texto sem dar nota. Disse que eu não havia entendido o objetivo da tarefa. Me pediu para fazer de novo.

Então, na segunda vez, inventei uma história. Escolhi aleatoriamente uma das cidades em que morei e escrevi um monte de besteira sobre como eu pertencia àquele lugar. Dessa vez tirei nota máxima e recebi o comentário: *Não foi tão difícil assim, foi?*

Mas agora, enquanto olho por toda a sala, me pergunto se talvez a resposta para aquela tarefa fosse, simplesmente, isto aqui. Bem na minha frente. Penso em todas as salas pelas quais passei aos oito, dez, catorze anos e todas as pessoas que conheci nelas... se talvez tenha deixado um pedaço de mim com elas e levado um pedaço delas comigo também; não é disso que casas são feitas? Uma coleção das coisas que moldam você?

Meu coração fica um pouco mais leve e me sento entre a Segunda Tia (aquela com a maior permanente) e a Terceira Tia, esperando os pratos chegarem. Por enquanto só há bolachinhas de camarão e amendoins salgados servidos sobre a toalha vermelha.

— ...Eu estou te dizendo, eles seriam tão fofos juntos — a Segunda Tia fala enquanto pega um amendoim após o outro usando os palitinhos. — Eu não ficaria surpresa se eles também estivessem namorando na vida real. É comum com atores, você sabe. Como Tang Yan e Luo Jin. Ou Zhao Youting e Gao Yuanyuan. Passam tanto tempo juntos no set, alguma coisa *acaba* acontecendo.

— Sim, sim, e os dois são muito bonitos — concorda a Terceira Tia. — Os filhos seriam lindos, posso imaginar.

Mastigo uma bolacha de camarão em silêncio e deixo a fofoca como trilha de fundo. Mas então a Segunda Tia diz:

— Aquele Caz Song é mesmo muito bonito, não é? O figurinista dele em *A Lenda de Feiyan* também deve ter amado o rapaz. Nunca vi alguém ficar tão bem em um figurino de época.

E quase engasgo com meu biscoito. *Ai, meu Deus.* Elas estão falando sobre Caz. Não apenas de Caz, mas dele com a ex-colega de elenco, Angela Fei. A atriz que foi literalmente eleita uma das Mulheres Mais Bonitas no último ano. Mesmo sabendo que eles não estão juntos, um gosto forte enche minha boca. Eu paro de comer.

Do outro lado da mesa, Emily abre a boca — provavelmente para anunciar para toda a mesa quem Caz está *de fato* namorando. Lanço um rápido olhar de advertência para ela. Por sorte, nossa telepatia de irmãs está mais forte do que nunca, porque ela faz uma pausa e fecha a boca de novo.

Nenhuma das minhas tias percebe.

— Não, espera. Tenho certeza de que ouvi em algum lugar que Caz já está em um relacionamento. Com uma suren, ainda por cima — diz a Segunda Tia, as pulseiras de ouro e jade tilintando enquanto ela balança a cabeça. *Suren*: não celebridade. Ela pronuncia a palavra como um nobre diria *camponês*.

As sobrancelhas da Terceira Tia se erguem.

— Uma suren? É sério? Quando ele poderia estar com Angela Fei?

— Talvez ela seja ainda mais bonita do que a Angela — diz a Segunda Tia, em um tom de quem duvida muito. — Ou talvez ela tenha uma boa personalidade.

A Terceira Tia bufa.

— Quem você quer enganar? Os jovens de hoje em dia não namoram com base na personalidade. Ainda mais quando se é tão popular quanto Caz Song. — Então ela se vira para mim. — O que você acha, Ai-Ai?

— O-oi? — consigo dizer. É um milagre que consiga encontrar forças para falar.

— Você estava ouvindo, não estava? — ela diz, balançando a mão no ar. — Você consegue pensar em algum bom motivo para um ator superatraente e rico, perto do auge de sua carreira, escolher uma garota aleatória em vez da colega de elenco que é linda?

— Hum, não — digo, engolindo em seco, uma pedra alojada no estômago. — Não. Eu realmente não consigo.

Estou deitada na cama, ainda com pena de mim mesma após a conversa das minhas tias mais cedo, quando Caz me liga pela primeira vez.

— Alô? — digo, pressionando o celular entre minha bochecha e o travesseiro. — Aqui é a Eliza. Uh, você ligou para o número errado ou algo assim?

Eu o ouço rir então, o som baixo saindo pelo alto-falante como uma maré avançando pela praia e, apesar de tudo, ruborizo. Há algo estranhamente íntimo em conversar com alguém no escuro. É como ouvir sua música favorita no meio de um metrô lotado; o mundo se reduz a apenas você e essa voz em seu ouvido, enquanto todos ao seu redor seguem suas vidas, completamente alheios. Parece sagrado. Como um segredo.

— Eu sei que é você, Eliza — ele diz apenas. — Eu só queria falar com você.

— Ah — eu digo.

— É. — Ele faz uma pausa e há um leve farfalhar, o breve rangido de molas, como se estivesse sentando em algum lugar. — Você tá ocupada agora, ou...

— Não — digo, porque aparentemente esqueci como dar respostas normais com mais de uma sílaba. Mas, de novo, nenhum garoto nunca me ligou à noite antes, a menos que fosse para falar de um projeto para a escola. — Hm, e você?

— Estou de volta no hotel — ele responde. — Acabamos de filmar uma cena bem importante hoje. — Há uma pausa considerável. — Uma cena de beijo, na verdade.

— Ah — digo mais uma vez. Não sei por que ele está me contando isso, muito menos sei como responder ou bloquear a imagem do meu cérebro. Caz. Caz beijando outra pessoa, uma pessoa linda, com pernas longas, cabelos brilhantes e pele perfeita. Alguém como Angela Fei. — Hum, legal. Parabéns.

— Eu... queria te contar. — Talvez o sinal esteja ruim onde ele está, ou talvez seja por causa da estática do alto-falante, mas ele parece quase nervoso. — Quer dizer, achei que deveria.

— O quê?

— A cena do beijo — ele diz devagar, enfaticamente, e eu meio que gostaria que ele parasse de dizer essa palavra, porque está convidando todos os tipos de pensamentos confusos e proibidos a respeito dele a entrarem na minha mente. — Foi... quer dizer, tivemos que fazer cinco tomadas diferentes, e foi demorado, e minhas mãos estavam na cintura dela, mas não teve língua nem nada. E estávamos vestidos. Totalmente vestidos.

— Eu estou... tão confusa agora.

Ele faz um pequeno ruído de frustração.

— Você não entende mesmo o que estou dizendo?

— Não — digo, frustrada também, o calor se espalhando rapidamente pelo meu corpo, meu rosto. — O que ouvi foi você descrevendo como beijou alguém, com direito a muitos detalhes. O que é legal... de novo, estou muito feliz por você, mas...

— Você não está... você não está com ciúmes?

Claro que estou, sinto vontade de dizer. Quero desligar o telefone e ir procurá-lo pessoalmente e sacudi-lo. Estou com tanto ciúme que é vergonhoso. Fico atordoada, embora eu não tenha o direito de sentir ciúmes em primeiro lugar. Não há nada em nosso acordo que o proíba de beijar outras pessoas. Ainda mais considerando como isso faz parte do trabalho dele.

Mas pode ser que, depois daquela noite na casa dele, eu acidentalmente tenha deixado algo transparecer de novo... Talvez ele esteja arrependido de ter sido vulnerável comigo, mesmo que só um pouco, ou esteja preocupado que eu tenha entendido errado, que eu ache que tenho algum direito sobre ele agora. Talvez seja por isso que está perguntando.

— Claro que não estou com ciúmes — digo, e até consigo dar uma risadinha enquanto minhas unhas se afundam nos lençóis. — Por que eu estaria?

— Tá. Tá bom, que bom. — Uma pausa. — Se você tem certeza.

— Tenho certeza. Muita.

— Tudo bem — ele repete devagar.

Afasto o telefone da orelha por um segundo para poder olhar para a tela. O que é essa conversa? Por que estou fazendo isso comigo mesma? Por que sinto que estou em uma montanha-russa toda vez que falo com ele?

— Tudo bem — digo também, depois de uma pausa. — Bom, isso foi... divertido. Se você tiver ligado só para confirmar isso... então tchau? Eu acho?

— Claro — vem sua resposta final. Eu gostaria de poder vê-lo, sua expressão. Gostaria de poder descobrir o que está pensando. — Então tchau.

Eu desligo primeiro, jogando o celular longe, e escondo minha cabeça debaixo do travesseiro com um gemido.

— Que porcaria foi essa — murmuro em voz alta, ainda meio convencida de que Caz me ligou por engano. E mesmo que não tenha sido, de jeito nenhum ele vai me ligar de novo depois disso.

Mas, como sempre, Caz Song consegue me surpreender. Porque ele me liga de novo na noite seguinte, mais ou menos no mesmo horário, e na noite seguinte, e na próxima. Não sei se está ligando como um namorado falso, para continuar nossos treinos de química enquanto está fora, ou como um amigo, que acho que é o que somos agora. Tenho medo de perguntar. Medo de estragar outra coisa boa.

A princípio, as conversas são bastante estranhas — ao menos da minha parte — e limitadas a trocas educadas e assuntos cotidianos: *O que você fez hoje? Como foi a gravação? Você viu o último post dessa pessoa?*

No entanto, as ligações ficam cada vez mais longas, passando da marca de uma hora, até que as ruas lá fora estejam perfeitamente silenciosas e eu só consiga ouvir minha própria respiração durante a noite. Logo, elas se tornam um hábito.

Às vezes conversamos até meu celular ficar sem bateria. Às vezes adormeço com a voz dele em meu ouvido.

Sem querer, começo a contar histórias da minha vida no exterior para ele. Histórias que nunca contei a ninguém antes, que estavam trancadas dentro de mim por tanto tempo que parecem mais uma cena de algum filme antigo a que assisti do que algo que de fato aconteceu comigo. Conto a ele sobre o último jantar que tivemos com a família antes de deixarmos Pequim, como minha laolao chorou e eu não entendi por quê. Conto sobre os colegas que odiava, os professores que amava, mesmo que só por serem compreensivos quando eu usava o uniforme errado ou me perdia pelo campus.

E em troca ele me conta as coisas que deixa de fora das entrevistas. Por exemplo, como ele secretamente pesquisa o próprio nome todos os dias e às vezes lê fanfictions sobre ele. Como ele tem medo de altura e do escuro. Como sabe exatamente do que não gosta, mas nem sempre sabe o que quer.

— É por isso que você pretende aceitar as faculdades que sua mãe escolheu para você? — Não consigo deixar de perguntar.

Uma pausa.

— Como assim?

— Fala sério, Caz — digo baixinho, olhando para o teto e imaginando como deve ser o teto do quarto de hotel dele. Provavelmente é mais sofisticado, com o pé direito mais alto, lustres brilhando por toda parte. — Eu estava lá quando escrevi aquelas redações da faculdade com você, lembra? Você não conseguia me dizer *uma única coisa* pela qual estava ansioso, eu tive que inventar por você. Mas quando fala sobre atuar, você vira uma pessoa diferente. Você ama o que faz. E é bom no que faz.

— É mais complicado do que isso — ele protesta. — Minha mãe...

— Pareceu ser bastante razoável. Talvez demore um pouco para convencê-la, mas se você de fato tentar *falar* com ela...

— Mas esse é o problema. — Ele engole em seco, e eu o imagino puxando o cabelo, andando pelo quarto em círculos como fez no dia da reunião de pais e professores. — Se fosse só uma questão de impor disciplina ou de me deixar infeliz, eu não me sentiria mal por fazer minhas próprias escolhas, sabe? Mas ela não é assim. Ela só está tentando cuidar de mim, garantir que eu tenha um futuro bom e estável... e, às vezes... *na maioria das vezes*, eu acho que ela tem razão.

"Porque eu tenho tantos amigos que queriam ser atores, mas nunca conseguiram um papel importante, ou que trabalharam duro e conseguiram o papel, mas falharam completamente em se destacar e... quer dizer, eu amo atuar, mas é *difícil* e imprevisível. E, além disso, como posso ter certeza de que é isso que quero fazer pelo resto da minha vida? Eu só vivi, tipo, um quarto da minha vida até agora. E se eu recusar uma oferta de uma ótima faculdade agora e descobrir, daqui a dois anos, que não estou mais interessado em atuar? O que faço então?

Ele para de falar de repente, a respiração mais alta do que o normal, como se estivesse correndo o tempo todo enquanto fazia seu monólogo.

Caz Song não é bom apenas em esconder a dor física. Ele é bom em esconder os sentimentos também. Só de olhar para ele, ver como ele age na escola, nunca imaginei que pensasse tanto nas coisas que acabou de dizer.

— Só pense nisso — digo quando a respiração dele fica mais lenta. — Tá bom?

— Tá bom — responde ele com relutância, depois de um tempo. — Tudo bem, vou pensar nisso.

— Ah, e Caz?

— Sim?

— Obrigada por manter sua promessa. — Eu limpo a garganta, odiando o quão estranha eu pareço. — Daquela noite na sua casa. Sei que é difícil para você falar sobre tudo isso, mas estou... estou feliz que tenha me contado.

— Não é nada de mais — diz ele, embora eu possa dizer que é. Então ele faz uma pausa. Com uma voz tão suave que mal ouço, acrescenta: — E obrigado você também.

Meu coração para por um segundo.

— Pelo quê?

— Aquilo sobre... ficar ao meu lado. Quero ser essa pessoa para você também.

Fecho meus olhos ao ouvir essas palavras. Claro que elas são legais de ouvir. É claro. Mas estamos falando de Caz Song; ele proferiu mil frases românticas como esta na frente das câmeras, todas com aparente sinceridade. Não posso confiar que esteja falando *sério*, não posso me iludir pensando que talvez meus sentimentos sejam recíprocos, quando ninguém nunca se apaixonou por mim antes. Quando ele é Caz, A Estrela em Ascensão, e eu sou... *eu*.

Ainda assim, depois que desligamos, demoro uma eternidade para pegar no sono.

* * *

Estou tão acostumada a ver o nome de Caz piscando na minha tela que, quando meu celular vibra no sábado à noite, atendo sem olhar.

— Você finalmente conseguiu matar o general hoje? — pergunto, referindo-me à cena para a qual ele me disse que estava se preparando. Um benefício inesperado de fingir namorar um ator de drama chinês: você recebe um monte de spoilers de dramas ainda a serem lançados.

Há um longo silêncio.

Então a voz de Zoe flutua pela linha, confusa e estranhamente distante. Ou talvez a conexão não esteja boa hoje.

— Hã... o quê?

— Ah. — Me endireito na cama, afastando as anotações que estava lendo para a entrevista com a empresa de Pequim. Por alguma razão, meus músculos ficam tensos, como se precisasse me defender. — Ah, desculpa. Eu pensei... pensei que fosse outra pessoa. Oi.

— Quem você pensou que era? — ela pergunta. Quando não respondo de imediato, ela mesma responde — Caz.

Eu faço um pequeno e vago som de concordância.

— Então vocês ainda estão fazendo aquela coisa, hein? — Mais uma vez, há aquele tom estranho em sua voz.

— Que coisa?

— O namoro de mentira.

— Bem, sim — digo, todo o meu corpo ficando rígido, a defensiva endurecendo meu tom. E então há uma pausa longa e desajeitada em que ambas esperamos que a outra pessoa diga alguma coisa. Não me lembro quando começou a ser assim, quando paramos de falar uma por cima da outra para contar tudo mesmo quando nada aconteceu. Mas andamos ocupadas.

Já estivemos ocupadas antes, quando eu ainda estava nos Estados Unidos, e não era tão ruim quanto agora.

Está acontecendo, penso, e, assim que penso, vira uma mancha permanente, se infiltrando em tudo e colorindo cada memória com um cinza podre. O nome alterado da playlist. As ligações cada vez mais curtas. As mensagens de texto ignoradas. A pulseira esquecida. *Assim como todos os meus melhores amigos anteriores*. June de Londres. Eva de Singapura. Lisa da Nova Zelândia. No fim, é sempre a mesma coisa.

Estamos nos afastando.

Não, nós *já* nos afastamos. O que quer que esteja acontecendo agora é o resultado disso.

Meu coração se aperta em desespero, mas Zoe fala de novo, alheia a tudo.

— Como você pretende resolver tudo isso?

— *Resolver*? — repito, sem conseguir me livrar da sensação de que perdi o fio dessa conversa.

— Bom, quer dizer, você não pode simplesmente continuar mentindo para o mundo, pode? — ela continua. — Tipo, no começo, pensei que seria só uma coisa temporária. Uma brincadeira. Mas já se passaram *meses* inteiros, e é só... Parece o tipo de coisa destinada a explodir na sua cara.

Aperto os dentes, a tensão agora se estendendo como um fio até os dedos dos pés. Uma das razões pelas quais sempre admirei Zoe é sua capacidade de ir além das aparências e chegar ao cerne da questão. Ela é corajosa assim, mais corajosa do que eu jamais serei.

Mas também é exatamente por isso que este é o último tópico sobre o qual quero falar.

— Vai dar certo — digo, fingindo uma calma que não sinto enquanto torço a ponta do travesseiro entre os dedos suados. — No fim das contas. Mas eu já prometi para a Sarah, e todo mundo no Craneswift, que darei essa grande entrevista depois do feriado, e ela deve ser ótima para minha carreira e...

— E eu sou super a favor de se abrir para as oportunidades — diz Zoe. — Menos quando sua carreira é literalmente baseada numa mentira. Quer dizer, como você espera reter seus leitores ou ganhar o respeito de qualquer publicação se eles descobrirem...

— Então eles não *podem* descobrir — interrompo, com o estômago embrulhado. — Eles não vão.

— Sim, bem... — Zoe começa a dizer outra coisa, mas uma notificação alta soa do lado dela e ela faz uma pausa. — Desculpa, as notas da minha prova de química acabaram de sair...

— Pode ir ver — digo.

— Tem certeza? — Ela deixa escapar uma risadinha, ainda que não seja sincera. Eu reconheço os sinais. Eu conhecia todos os seus sinais, quais risadas eram falsas e quando queria encerrar uma conversa, ir embora de uma festa, de um ambiente.

Ela quer ir embora.

E eu não sei como fazer as pessoas ficarem; nunca consegui. Então apenas digo:

— Sim, claro. Hum, tchau.

— Ok. Tchau.

Mas há um tom terrível de encerramento em sua voz.

Capítulo dezessete

Um dia antes das aulas começarem de novo, minha vida sai dos trilhos.

Bom, não só *sai dos trilhos*, mas implode por completo: começando com a notificação que aparece no meu celular logo de manhã.

Eu sAbia que Você estava Mentindo.

Olho para essa mensagem por um longo tempo, o coração acelerado. Me deixa angustiada, e não apenas por causa das maiúsculas em lugares aleatórios.

Se estou sendo acusada de mentir, só há uma coisa sobre a qual poderia estar mentindo...

Sinto meu estômago se revirar. Sento rapidamente e desbloqueio o celular, indo direto para o Twitter. E é então que sou inundada pelos outros comentários, tão parecidos com o primeiro. Tão hostis. Tão ameaçadores.

@blondie22: *Mentirosa.*
@abigailsmithh: *HAHAHAH parece que as pessoas fazem QUALQUER COISA pra chamar a atenção hj em dia. Garota tchau.*

@user1127: *Caz Song merece alguém melhor.*
@MayIsADog: *q coisa patética??? e eu aqui pensando q tinha msm achado um casal fofinho e saudável pra torcer... acho q não.*
@chengxiaoshi: *EU SABIA. eu DISSE PRA VCS que era jogada de marketing. EU DISSE.*
@wenkexing520: *A gente não pode ter uma alegria na vida.*

E é... quer dizer, já recebi mensagens cheias de ódio antes. É inevitável para qualquer pessoa que viralize, mesmo que por pouco tempo. As supostas fãs me dizendo que sou feia demais para Caz, ou que estou atrapalhando a carreira dele. Trolls aleatórios falando que não tenho talento e sou superestimada. Usuários anônimos alegando que é antifeminista da minha parte me apaixonar. Idiotas racistas fazendo as piadas estereotipadas habituais nos comentários.

Elas sempre me feriram, é claro, ecoando minhas inseguranças com tanta precisão, mas a estratégia óbvia era só ignorar.

Mas isso. Isso é diferente.

Meu corpo inteiro treme enquanto procuro meu próprio nome no Google, e nos momentos em que nenhuma página carregou ainda, quase sinto o coração bater com força nas orelhas, a vontade de vomitar despontando. Ou talvez comece a chorar. Então os resultados aparecem, e estou ocupada demais lendo por que um monte de estranhos na internet me odeia para sequer reunir a energia para chorar.

A fonte do problema logo se torna evidente.

Por volta da meia-noite de ontem, enquanto eu dormia, alguém postou um longo artigo especulando que meu relacionamento com Caz era apenas uma jogada de marketing arquitetada pela agente dele. O artigo apontava algumas "discrepâncias" entre minha redação e a agenda de Caz. Como no dia em que supostamente fomos comer hot pot, por exemplo, Caz estava ocupado fazendo atividades promocionais para um drama universitário e não poderia ter se encontrado comigo. Ou como, em um parágrafo, mencionei um pelo de gato preso no suéter dele, apesar de Caz ser alérgico a gatos. *É o que todos na indústria do entretenimento fazem hoje em dia. Alguém já viu os dois se beijarem, para além daquele beijinho na bochecha na selfie que a garota postou?*

Talvez não fosse um problema se, pela mesma alquimia estranha e imprevisível da internet que fez minha redação viralizar, o artigo não tivesse subido para o topo do ranking de pesquisas.

E a partir disso foi tudo ladeira abaixo

— Ai, meu Deus — sussurro, jogando o celular na cama, onde ele cai com um barulho leve e decepcionante. Eu me viro. Aperto bem meus olhos. — Ai, meu *Deus.*

A pior parte de tudo isso é que eu deveria ter imaginado. Porque parece um completo desastre mundial, sim, mas também parece inevitável.

As palavras de Zoe no outro dia voltam à minha mente: *parece o tipo de coisa destinada a explodir na sua cara...*

E de repente, com uma dor tão profunda que parece formar um buraco, me pego sentindo saudade da Zoe. Como eu entrava em uma sala de aula lotada, sabendo que ela tinha guardado um lugar para mim. Como ela sempre me esperava perto dos armários de manhã e depois da aula, a salvação do meu dia. Mais do que isso, sinto falta da pessoa que sempre me tornava perto dela: alguém mais corajosa, melhor e mais forte, alguém que não tinha medo de fazer piadas idiotas e se envergonhar um pouco e ir atrás do que quer.

Ela também não saberia como consertar a situação se estivesse aqui. Mas saberia exatamente o que dizer para me acalmar, para me fazer sentir bem.

Atrás de mim, meu celular toca de novo.

Sem dúvida, mais comentários de ódio. E eu sei que não deveria ler, que não faz sentido me torturar mais, mas é como dizer a si mesma para não coçar uma picada de mosquito ou cutucar uma ferida: por mais que você odeie sentir dor, você não consegue se segurar.

Então, pego meu celular e me preparo para alguma variação de *fraude* ou *mentirosa* ou *eu te odeio pra caralho*, mas, em vez disso, vejo apenas um nome piscando na minha tela.

Sarah Diaz.

No futuro, quando tentar me lembrar desta manhã, provavelmente encontrarei apenas um borrão cheio de pânico, um buraco negro escancarado na minha memória.

Eu mal tenho consciência do que está acontecendo conforme o dia se desenrola. Em um segundo estou ao telefone com Sarah, assegurando que tudo não passa de um mal-entendido e que com certeza tenho um plano, quando, na verdade, eu com certeza *não tenho* um plano, e no outro estou mandando mensagens para Caz, que acabou de desembarcar em Pequim e ainda não sabe dessa confusão e gritaria, mas logo saberá.

Enquanto faço tudo isso, estou deitada com a cara no sofá, xingando a mim mesma e tentando não arrancar meus cabelos.

Ainda assim, na hora do almoço já estou calma o suficiente pra começar a pensar. Ma já lidou com crises muito piores do que essa — como o incidente do rato-no-café, o incidente da masculinidade tóxica e os muitos incidentes ligados a Kevin — e sempre conseguiu fazer tudo se ajeitar. Algumas vezes, a reputação da empresa chegou até a melhorar.

Então, o que ela faria?

Publicaria um pedido de desculpas? Um comunicado oficial? Não. Esse não é o estilo dela; ela nunca confessa nada se puder evitar. Na verdade, ela provavelmente faria o contrário. Encobriria um grande evento com outro...

Eu fecho os olhos e penso e penso e enfim, por algum milagre, como no dia em que vi Caz Song na minha televisão, uma ideia surge.

Se o problema é que as pessoas não acreditam que Caz Song e eu estejamos juntos, então sei exatamente como provar que estão erradas.

Meu celular acende.

Eu me encolho por instinto, temendo o que posso ver, mas é uma mensagem de Caz. Ele já está sabendo de tudo.

O que vamos fazer?, pergunta.

Acho que tenho uma solução, respondo a mensagem, *mas você provavelmente não vai gostar. ah, além disso, qual o número da tua empresária? me passa pfv.*

Passo o dia seguinte fazendo telefonemas e escrevendo e-mails freneticamente.

Primeiro, entrei em contato com a equipe de publicidade de Caz. Essa parte foi mais tranquila do que eu imaginava: rastreamos o IP da pessoa que colocou o artigo no ar, só para descobrir que é uma fã sisheng, basicamente uma stalker que já recebeu dois avisos por tentar invadir o hotel de Caz. É perfeito. Afinal, a melhor forma de se livrar de uma história indesejada é atacando a fonte, colocando em cheque a credibilidade do autor. A partir daí, tudo o que precisamos fazer é espalhar a informação on-line e esperar que a narrativa se desenrole sozinha. *Fã ciumenta inventa mentiras sobre Caz e a namorada. Fã cria teorias da conspiração malucas sobre seu astro favorito.*

Ao mesmo tempo, a empresária mexe alguns pauzinhos nos bastidores e vaza *sem querer* algumas fotos que tirou não sei de onde, mostrando um ator casado de uma empresa rival levando uma trabalhadora de bordel para seu quarto de hotel. Em poucas horas, a notícia explode e toma o lugar do artigo sobre mim e Caz no ranking de pesquisas, até que vira a única coisa sobre a qual as pessoas estão falando.

O último passo depende de Caz e eu e de nossa habilidade em entregar uma performance.

— Está pronta?

Assinto enquanto me junto a Caz no terraço de um dos prédios da escola. Esta é a primeira vez que o vejo pessoalmente desde antes das férias, e tinha me esquecido do quanto é avassalador estar na presença dele, com ou sem escândalo. O tremor no meu estômago, o sangue acelerando nas veias, cada terminação nervosa ligada no 220. O cabelo dele está um pouco mais comprido, a pele mais bronzeada, os músculos flexionados nos braços magros enquanto ele se apoia no corrimão de segurança.

Ele está lindo.

Talvez lindo *demais*, de uma maneira perturbadora. Não consigo olhar para ele sem pensar naquelas noites com a voz dele em meu ouvido. Parece que meu coração esqueceu de bater.

— Você também? — pergunto, afastando com rapidez todos os pensamentos desnecessários. Preciso me concentrar. Essa é nossa única chance de corrigir a situação, então ela precisa ser perfeitamente executada.

— Quando não estou? — Ele faz uma expressão que parece dizer *deixa comigo, relaxe*. Não faço ideia de como consegue estar tão tranquilo. É quase irritante. — Vamos lá.

Assinto de novo. Expiro lentamente e olho para além do corrimão, batendo os pés para me aquecer. Como esperado, o pátio abaixo e os caminhos ao redor já estão começando a ficar cheios de alunos. O terraço é o único lugar que todos conseguem ver bem, independentemente de onde estiverem na escola. O ditado diz que só vendo para crer. Então, estou rezando para que, depois de nos virem juntos, *juntos de verdade*, todos sejam convencidos de que estamos namorando.

Ok, não é o plano mais infalível, e não faço ideia se vai funcionar ou não — mas é o melhor que podemos fazer por enquanto.

Quando um número suficiente de pessoas se reuniu lá embaixo, me viro e bato no ombro de Caz.

— Tá bom. Pode começar.

Ele arqueia uma sobrancelha, os lábios se contorcendo.

— Você não vai nem me deixar entrar no clima um pouco? Ele está brincando?

— Você é um *ator* — sibilo. Sinto que todos estão nos olhando, observando nossa interação. — Não é hora de brincadeiras.

— Tudo bem — diz ele, e embora eu já tenha testemunhado algumas vezes, ainda me assusta vê-lo entrar com tanta facilidade no papel, a expressão livre de humor, os olhos ficando ainda mais escuros. A cor de um céu sem lua, carvão pronto para ser aceso, terra após uma tempestade. — Assim?

— S-sim — consigo dizer. Engulo em seco. — Sim, assim mesmo. — Um pequeno passo e diminuo a distância entre nós. Ergo os lábios para o ouvido dele e sussurro, para que só ele possa ouvir: — Agora vai logo e me beija antes que as pessoas comecem a ir embora.

Eu me preparo. Tento esvaziar minha mente. Vai ser um beijo profissional, se é que isso existe. Nenhum de nós deve sentir nada além de uma determinação em fazer tudo direito, e talvez uma pitada de aborrecimento, impaciência por ser obrigado a fazer isso.

Mas é isso que acontece:

Caz toca meu rosto com a mão firme e delicada, traçando uma linha suave pela minha bochecha, e minha mente se esvazia. Minha respiração me trai. Seus olhos escuros encontram os meus, e estou olhando para ele, meio em choque e talvez admirada. Ele é bonito demais para ser verdade e está tão perto que dói, e eu o quero ainda mais perto. Eu o quero, mesmo que não deva. Eu quero que ele me queira também.

Mal consigo me lembrar do que deveríamos fazer.

Então, lentamente, ele leva a outra mão ao meu rosto. Seus dedos tremem um pouco, e o ar entre nós muda.

Solidifica. Superaquece. Minha boca se abre por conta própria e ele nota.

Caz faz um som suave e quase inaudível que pode ser um suspiro ou uma risada baixinha ou outra coisa, uma prece, e então ele se inclina, pressiona os lábios contra os meus como se não pudesse deixar de fazê-lo, como se estivesse esperando a vida inteira para me beijar...

E eu o beijo de volta.

Eu o beijo com uma intensidade que me choca.

Porque, de certa forma, percebo que estava ansiando por isso: a suavidade dos lábios dele se movendo contra os meus, a firmeza de suas mãos, os pequenos incêndios que se espalham por onde ele me toca.

Então, tão rápido quanto começou, acaba.

Não sei quem se afasta primeiro, mas de repente estamos cambaleando para trás, nos afastando, nada além de nossas respirações irregulares preenchendo o espaço entre nós. Por uma fração de segundo, Caz parece atordoado. Quase bêbado.

Mas, no segundo seguinte, já voltou a ser ele mesmo. Confiante. Seguro de si. Ele se endireita, passa a mão entediada pelos cabelos e olha para os alunos no pátio da escola.

Meu sangue está pulsando tão alto em meus ouvidos que quase esqueci que eles estavam lá, mas também olho para baixo, avaliando suas expressões. Alguns estão olhando para nós com inveja e evidente choque. Outros... estão franzindo a testa, como se não tivessem certeza do que acabaram de testemunhar.

— Você... você acha que funcionou? — pergunto a Caz, minha voz mais aguda que o normal.

— Sendo sincero? — Eu o ouço engolir. — Não.

— Espera... *o quê?* — exijo, me virando. Mas antes que possa continuar, ele agarra meu pulso e me puxa para fora da vista, me levando para longe até ficarmos escondidos por bambus e pés de tangerina, escondidos em um minijardim particular, sombras suaves dançando ao nosso redor, a luz vazando nos espaços entre as folhas. — O quê? — repito em um silvo. Ele ainda não me soltou. Estou intimamente ciente do toque quente de seus dedos na minha pele, a forma e o som precisos de cada respiração.

— É, então, esses escândalos não costumam se resolver em um dia ou com uma única performance. Leva muito mais tempo.

— Então por que... — Balanço a cabeça. Minha mente ainda está girando. Consigo ter um único pensamento coerente (*Caz Song e eu acabamos de nos beijar*) antes do meu cérebro bater contra a parede e se espatifar. *Caz e eu nos beijamos*, e por um longo momento, desde que nossos lábios se encontraram, Caz me beijou como... como se quisesse fazer isso. *Não. Pare. Não é esse o ponto aqui.* — Se você não achava que ia funcionar, por que concordou com o plano?

Algo muda em sua expressão, mas ele dá de ombros.

— Parecia que você queria muito me beijar. E quem sou eu para te negar esse prazer?

Meu rosto explode em chamas. Ele diz isso como se estivesse me provocando. Não, como se estivesse *zombando* de mim. Mas é claro que está. É claro que não significou nada para ele — é assim que ele beija todo mundo, todas as lindas colegas de elenco. Quem eu quero enganar? Um beijo é apenas um beijo para ele.

— Uau — digo, me afastando, a humilhação queimando meu corpo como óleo quente. — Tá bom. Bom, claramente isso foi um erro... e, só para constar, eu definitivamente *não* queria beijar você. De forma alguma. Foi por uma causa maior... tempos difíceis e tudo mais...

— É mesmo? — Ele se aproxima. Inclina a cabeça. — Então no que você está pensando agora?

— Eu... o quê? — Enrubesço ainda mais. Em meio à minha humilhação, estou pensando, contra todos os meus princípios, em como seria beijá-lo de novo, beijá-lo e de fato aproveitar o beijo, mesmo sabendo que seria mais real para mim do que jamais poderia ser para ele.

Mas é como se o beijo tivesse liberado todos os medos e sentimentos suprimidos dentro de mim. Porque também estou pensando em como dezenas de milhares de pessoas em todo o mundo estão de alguma forma interessadas em nossa história, mas apenas na versão fantasiosa dela. Estou pensando em como seria ter Caz e então perdê-lo, da mesma maneira que perco todo mundo quando vou embora, o tipo de dor aguda e inconsolável que teria que sofrer como consequência do meu desejo. Quão fácil seria voltar para minha boa e velha solidão, exceto que, desta vez, a solidão doeria mais do que nunca, uma solidão moldada totalmente pela ausência dele.

Estou pensando que, se eu disser a ele o que realmente sinto, revelar tudo, não vou ter como voltar atrás. Que já foi difícil o suficiente chegar onde estamos — de desconhecidos a aliados por necessidade a amigos de verdade —, e cada tijolo de confiança meticulosamente construído entre nós seria demolido se eu pedisse algo a mais. Que seria quebrar todas as regras que criei para mim mesma, só para dar a Caz — o lindo, imprevisível, cauteloso Caz — toda a munição de que precisa para partir meu coração.

— Eu... não tenho certeza do que pensar — digo.

Ele dá mais um passo em minha direção. Automaticamente dou um passo para trás, as hastes de bambu se erguendo ao meu redor, raspando na minha bochecha. Ele para. Solta meu pulso e segura meu queixo, e uso todas as minhas forças para não derreter na hora ou dizer algo incrivelmente perigoso e sincero.

— Então você não sente nada por mim? — ele pergunta, a voz descendo para um tom mais grave que nunca ouvi antes. — Nem um pouco? — Ele mantém o olhar firme em mim, mas seus dedos se movem para um lugar macio e vulnerável na base do meu pescoço, e me encolho como uma idiota.

Não consigo falar; só balanço a cabeça.

— Sério? — ele diz, uma sobrancelha erguida, com a mesma expressão de quando falei com ele pela primeira vez, quando afirmei não ter ouvido a ligação e ele não acreditou em mim.

Eu me ouço engolir. Tento ignorar a sensação de suas mãos ainda na minha pele.

— N-não. Nada.

Caz responde se inclinando; por um segundo alucinante, bonito e aterrorizante, acho que ele vai pressionar seus lábios nos meus e não consigo me conter — também me inclino. Mas, em vez disso, ele apenas sorri, como se tivesse provado algo para nós dois, e abaixa a boca até minha orelha.

— Mentirosa — ele sussurra.

E não sei o que fazer, como reagir, como processar esse flagra. Então, volto aos meus velhos hábitos, meus métodos arraigados de autodefesa: me contorço para sair de perto. Giro nos meus calcanhares para me afastar dele. E corro. Meus pés batem nos degraus da escada e escancaro a porta, imergindo na luz do sol que quase me cega. Não vou para a aula e não paro até estar longe o suficiente e sozinha em um canto remoto do campus. Até que seja apenas eu, meus milhares de pensamentos e meus batimentos cardíacos violentamente acelerados.

Capítulo dezoito

Eu me esforço para não pensar naquele momento.

Sério. Eu me esforço *muito*, muito mesmo para tirar dos pensamentos os lábios macios de Caz Song tocando os meus, as mãos calejadas segurando meu rosto, a forma como tudo dentro de mim borbulhou e derreteu como se tivesse sido deixado no fogo por tempo demais.

Mas as lembranças continuam surgindo, persistentes, com uma nitidez tão indesejada que teria sido melhor gravar nossa interação para analisar toda a cena repetidas vezes, como quando temos que escrever redações analíticas sobre filmes para a aula de inglês.

Qual é o significado da frase "Então você não sente nada por mim"? E o que a expressão nos olhos dele simboliza? Discorra, apresentando evidências.

Durante toda a semana seguinte, enquanto Caz está ausente em filmagens, elas continuam surgindo em minha mente aleatoriamente: quando estou quase acabando de lavar a louça (porque meus pais gostam de usar a máquina de lavar louça como escorredor e simplesmente não confiam na lavadora); quando estou colocando o pijama à noite, metade da camiseta presa na cabeça, meus cabelos longos emaranhados nos botões...

No que você está pensando agora?

— Merda — murmuro em voz alta, puxando a camiseta com mais força do que deveria e acidentalmente arrancando alguns fios de cabelo. Lacrimejo. — *Merda* — digo de novo, mais alto, com raiva de ninguém além de mim mesma.

Atualizo minhas notificações — *sem mensagens novas desde sexta-feira* — e jogo o celular longe. Bloqueio Caz, depois desbloqueio antes que ele possa descobrir. Excluo nosso histórico de conversa e me arrependo na mesma hora.

E a coisa só piora a partir daí.

No domingo de manhã, Ma — tendo recentemente finalizado um projeto importante e conseguido algum tempo livre em sua agenda apertada — nos leva ao Din Tai Fung para tomar brunch.

Estou voltando do banheiro do restaurante, evitando por pouco uma colisão com a garçonete que carrega uma pilha enorme de bolinhos de camarão e xiaolongbao, quando vejo o rosto de Caz.

Na verdade, vejo o rosto dele aumentado dez vezes e retocado para níveis sobre-humanos de perfeição, impresso em um pôster brilhante perto da mesa em que estão servindo chá. É um anúncio de algum tipo de refrigerante com sabor de lichia. Ele segura a garrafa rosa e sorri com a boca fechada. É seu sorriso falso, aquele que usa quando é forçado a fazer algo que não quer.

O slogan logo abaixo diz *Compre algo doce para sua garota.*

E é tudo tão brega, inesperado e ridiculamente inoportuno que só consigo encarar o pôster, com aquele rosto bonito e familiar, os detalhes que analisei tão de perto em segredo aumentados para que todos possam admirar. Algo quente e doloroso envolve meu coração, apertando-o.

Este pôster não deveria estar aqui. Ou talvez eu não devesse estar aqui.

Mas na verdade ele prova que minha reação naquele dia foi sábia, correta. Não o beijo, mas ter fugido correndo. Porque um pôster brilhante em um restaurante de dim sum é só o começo. Se a carreira de Caz continuar em sua trajetória atual, se ele ficar cada vez mais famoso, conseguir mais patrocínios e convites de participar de campanhas publicitárias e estiver em todos os dramas possíveis, não o verei apenas anunciando uma bebida fofa. O rosto dele estará em outdoors iluminados; o sorriso no metrô; o olhar escuro e escaldante a cada vez que eu ligar a televisão, me fazendo lembrar a sensação de ter esse olhar em mim. Ele estará por toda parte, espalhado por todos os cantos do país, e eu serei assombrada por sua presença.

— Você também é fã?

Eu me viro, assustada, e vejo uma garota que deve ser cerca de um ou dois anos mais nova do que eu. Ela usa roupas de grife da cabeça aos pés e olha para o pôster de Caz como se tivesse acabado de ter um vislumbre de Deus, as duas mãos apertadas contra o peito, bochechas coradas apesar do ar-condicionado. Se estivéssemos em um desenho animado, seus olhos provavelmente seriam dois corações rosa brilhantes.

— Hm... — digo, só agora traduzindo a pergunta do mandarim para o inglês na minha cabeça e processando-a. — Tipo isso. Eu acho.

Ela deixa escapar um suspiro pequeno e melancólico, os olhos ainda colados ao pôster. Então, diz:

— Ele é muito gato, não é?

Controlo o impulso de me furar com um dos palitinhos de metal da mesa ao meu lado.

— Uhum — respondo, o mais indiferente que consigo.

— Mas é uma pena — ela continua, claramente alheia ao quanto não quero ter essa conversa nem agora, nem nunca.

— O quê? O que é uma pena?

Ela levanta uma sobrancelha perfeita, como se eu estivesse me fazendo de idiota.

— Você não ouviu falar sobre todo o escândalo com ele e a tal garota escritora? Tem gente dizendo que é jogada de marketing.

— Ah. — Com o que espero que pareça apenas uma curiosidade casual, pergunto: — E você acha que é?

— Não tenho certeza. — Ela dá de ombros. — Eu provavelmente precisaria de mais evidências. Ouvi dizer que eles vão dar uma grande entrevista juntos em breve, então... acho que veremos? — Outro dar de ombros.

Invento uma desculpa rapidamente e vou direto para minha mesa do outro lado do restaurante. Sento entre Ma e Emily, meu rosto escondido atrás do cardápio plastificado e suas muitas fotos maravilhosas de bolinhos cozidos no vapor, e só então me permito relaxar.

Então, enquanto meus pais estão discutindo quais bolinhos devemos pedir (Ba começa um discurso emocionante e apaixonado sobre como os bolinhos de porco com nirá foram uma parte essencial de sua infância e comê-los sempre o faz lembrar de casa; Ma contra-ataca com dados estatísticos — da última vez que pedimos bolinhos de porco com nirá, comemos só quarenta por cento deles, e, além disso, ele não está vendo que os de *camarão* estão em promoção?) e Emily está secretamente marcando todas as opções de sobremesa disponíveis no formulário do pedido, tiro o celular do bolso e pesquiso meu próprio nome, apesar de ter prometido a mim mesma que não faria isso.

Infelizmente, os comentários também estão divididos:

> @alyssaL: *olha, eu geralmente sou mto cética com essas coisas, mas vcs VIRAM aquele bjo? as faíscas? a intensidade?? cOMO ELE OLHOU PRA ELA??? tipo eu sei que Caz é ator e tal mas não acho q ele seja TÃO bom ator kkkkkk*
> @violetthewen: *EU NÃO SEI OQ PENSAAAAR agora akdfjlala é de verdade oU NÃO*
> @clazzy001: *a parte mais inacreditável pra mim é pq alguém que nem o caz ia namorar essa tal de eliza???? Angela Fei é bem mais bonita*
> @huachengseye: *ok, ou eles tão levando MTO a sério esse golpe publicitário ou tão MTO apaixonados um pelo outro e eu tô pouco me f*
> @chanel.cao: *nem tudo na vida é por publicidade, gnt…*

Empurro o celular para longe, meu estômago se revirando. Por mais que odeie admitir que ele estava certo, é como Caz previu: meu plano não foi nem de longe tão eficaz quanto eu esperava.

O que significa que nenhum de nós está a salvo.

Quando voltamos para casa após a refeição, estou determinada a me distrair.

Preciso encontrar algo que me force a não pensar em Caz ou no beijo ou em toda a especulação on-line. Algo que me permita alcançar um estado de tranquilidade e paz de espírito. Normalmente, quando procuro por uma válvula de escape, decido escrever. Mas hoje em dia tudo que a escrita faz é me lembrar do Craneswift, o que me lembra da redação, o que me leva de volta até Caz.

Então, decido correr.

Apesar da óbvia ironia de decidir correr para fugir de meus problemas, a princípio essa me parece uma ótima ideia. Procuro o conjuntinho fofo de roupa de academia que comprei anos atrás por pura estética e não toquei desde então, prendo o cabelo em um rabo de cavalo alto e faço alguns alongamentos no parque infantil. O ar fresco do início da primavera traz o aroma de uma tempestade iminente, as temperaturas começando a descer, uma brisa fria soprando de vez em quando. Melhor ainda, pois não há muitas pessoas lotando as faixas de corrida do condomínio a essa hora.

Tudo está perfeito.

Então, começo a correr *de fato* e chego à rápida conclusão de que odeio fazer isso.

Meu corpo, tão acostumado a leves variações entre sentar, deitar e caminhar lentamente e sem pressa entre as aulas, parece se revoltar contra a repentina mudança de ritmo. Mal dei meia volta no lago antes que minhas pernas comecem a ter cãibras, uma dor pulsante e aguda que domina os músculos das minhas coxas a cada vez que meus pés tocam a calçada.

Ainda assim, continuo correndo. Forçando meus passos para a frente.

Corro mais alguns metros, engolindo o ar com uma dificuldade crescente até fazer o mesmo som que imagino que morsas fazem ao morrer, quando vejo um homem idoso pelo canto do olho. Um idoso *idoso* mesmo. Ele provavelmente tem setenta e muitos ou oitenta e poucos anos, a julgar pelas rugas profundas em sua pele e a bengala de cabeça de dragão tremendo em sua mão, e caminha com dificuldade na pista paralela à minha.

Fazemos contato visual. Ele ergue um polegar trêmulo.

E então — meu Deus — ele me *ultrapassa*. Ou melhor, me *ultracaminha*, o que sem sombra de dúvidas é muito pior. Tudo o que posso fazer é vê-lo se afastar até virar na esquina de um dos prédios, o toc-toc da bengala desaparecendo ao longe.

Aparentemente, a humilhação é mais do que meu corpo consegue suportar. Meus joelhos tremem. Minhas pernas cedem. Cambaleio até chegar no pavilhão do lago, ofegando com força, o suor embaçando minha visão e escorrendo pelo meu lábio superior, totalmente desproporcional à quantidade de exercícios que acabei de fazer.

A única vantagem do meu estado atual é que com certeza não estou pensando em Caz Song, porque estou preocupada demais com necessidades mais básicas e imediatas, como respirar. E não desmaiar.

Passo uma eternidade assim, curvada, me agarrando aos pilares do pavilhão e odiando tudo, antes de encontrar forças para andar de volta para casa.

E então piso em algo marrom, fedido e mole, o que, é claro, só pode ser...

— Merda — murmuro, olhando para o que é literalmente um cocô de cachorro, espalhado no calcanhar do meu tênis. *Só pode ser brincadeira. Só pode ser* mesmo *uma grande brincadeira.* Quando ninguém surge de um dos arbustos mais próximos para confirmar que, de fato, minha vida é uma grande pegadinha, ergo as mãos, exasperada. — Nossa, uau. Tá. Era só o que me faltava.

Depois de analisar a área à minha volta mais uma vez — ninguém, com exceção de dois pombos de olhos pequeninos passeando pelas margens derretidas do lago —, me agacho desajeitadamente ali, no meio da pista, e tento limpar os tênis com um graveto.

Estou tão focada na minha tarefa que não ouço os passos se aproximando até que param bem na minha frente.

— Eliza?

Meu coração acelera. Essa voz. Suave e baixa e levemente irônica, como se estivesse compartilhando uma piada interna consigo mesmo. Reconheceria essa voz em qualquer lugar, mas não pode ser — *não pode...*

Olho para cima devagar, absorvendo os detalhes pouco a pouco. Jeans escuros surgem no meu campo de visão, depois uma camisa branca soltinha que deixa os braços expostos ao frio, com seus músculos longos e definidos, uma cicatriz leve e enrugada descendo pelo meio...

Claro que é ele.

— Ah. Oi — digo, casualmente jogando o graveto por cima do ombro e balançando por alguns segundos perigosos antes de me levantar, forçando um sorriso no rosto. Como se essa fosse minha forma favorita de esbarrar nas pessoas. Coberta de suor. Agachada. Limpando excrementos de animais dos tênis sem muito sucesso, ainda por cima.

— Oi? — Caz diz, a cabeça inclinada para um lado. Parece uma pergunta.

Você não sente nada por mim?
Não. Pare. Não pense nisso.
— Então, hm. Eu pisei num cocô de cachorro — digo.
— Sim. — Seu tom é adequadamente sério, mas os cantos da boca se contorcem, como se estivesse fazendo esforço para não dar risada. — Percebi.
— É — concordo. Sinto todo meu rosto esquentar e coçar, e não é só por causa do suor. — Bom, eu estava correndo. Sabe como é, é importante se exercitar.
— Também percebi isso. — Ele gesticula para minhas roupas de academia, olhando por tempo demais.
Um silêncio constrangedor se estende, criando tensão entre nós. Ou talvez só eu esteja constrangida. Caz parece calmo, impassível. Ainda parece se segurar para não rir. É como se o nosso beijo no terraço nunca tivesse acontecido, como se não tivessem se passado nove dias inteiros desde a última vez em que nos falamos.
Sinto uma onda de raiva. Durante todo esse tempo, tenho tentado desesperadamente me distrair, me esforçado para não pensar nele — tão desesperada que até resolvi *correr* sem que minha vida estivesse em risco —, enquanto ele... o quê? Está vivendo sua vidinha? Estudando roteiros? Se divertindo enquanto se esquece de mim?
Finco as unhas na palma da mão.
Caz diz alguma coisa, mas não o ouço, *não consigo* ouvi-lo acima do zumbido violento nos meus ouvidos. Então ele repete, mais alto.
— Vai chover daqui a pouco.
Caz não é do tipo de pessoa que usa o clima para puxar assunto, então paro, apesar de não querer, e sigo o olhar dele. E de fato, nuvens escuras estão se reunindo como um

bando de corvos loucos, fazendo a água do lago mudar de verde para um cinza profundo e deprimente. Aquele perfume terroso também está mais nítido no ar, anunciando a chuva prestes a cair.

— Talvez seja melhor entrar — diz Caz, olhando para mim, os olhos quase tão pretos quanto os cílios. Percebo, abalada, que estamos muito perto um do outro. De novo. — Posso ir com você até seu apartamento, se quiser.

Cruzo os braços, criando uma barreira bastante ineficaz entre nós.

— Não. Tudo bem. Meus tênis ainda não estão limpos e, além disso, duvido que vá chover *tão* rápido assim. Ainda meio que dá pra ver o sol...

As palavras mal terminam de sair da minha boca quando as primeiras gotas de chuva caem no meu top, o frio escorrendo direto pelas mangas de poliéster.

Então, como se alguém tivesse ligado uma torneira gigante atrás das nuvens, uma tempestade começa a cair.

— O que você dizia mesmo? — Caz pergunta, a voz quase perdida sob o som da água que cai. Está por toda parte agora, tocando o chão em um ritmo acelerado, batendo contra folhas estendidas, esmagando talos finos de grama contra a calçada como uma bota pesada. O cheiro de terra molhada e pinho sobe pelo meu nariz.

Olho para ele com raiva, piscando através da chuva. Já estou encharcada.

— Pode... pode ir. Eu consigo voltar pra casa sozinha.

Ele não vai embora. Em vez disso, me lança um olhar levemente divertido.

—Tem certeza? Porque você parece um pouco... sem fôlego. Além disso, seu apartamento não é tão longe do meu...

Eu balanço a cabeça rapidamente, a água embaçando minha visão. Não confio em mim mesma o suficiente para ficar sozinha com ele assim.

— Não tem problema. Chego em casa rapidinho.

Mas quando tento dar um passo para trás, sinto um espasmo nos músculos da perna e balanço violentamente, uma dor quente e aguda subindo pelas panturrilhas. Excelente. *Simplesmente maravilhoso.* Na única vez em que decidi fazer exercício físico de forma voluntária, meu corpo me deixa na mão.

Em um instante, todo traço de humor some do rosto de Caz, substituído por preocupação.

— É óbvio que você não consegue.

— Só estou cansada da corrida, é isso. Vou ficar bem em breve.

Ele me lança um olhar longo e duvidoso.

— Deixa eu carregar você — diz como se não fosse nada. Prontamente. Os cabelos cobrindo a testa em fios longos e escuros, a camiseta grudada na pele, e apesar de estar encharcada da cabeça aos pés nessa chuva congelante, sinto de repente como se meu corpo estivesse cheio de água quente, perigosamente perto do ponto de ebulição.

— O quê?

Ele aponta para as costas dele.

— Você me ouviu. Já carreguei muitas garotas nas costas em filmagens. Vai ser fácil.

Como se eu precisasse do lembrete de que grandes gestos românticos não significam nada para ele. Que tudo o que ele diz ou faz comigo também faz com outras garotas: atrizes, celebridades, modelos. Que uma proximidade dessas é algo *fácil* para ele, quando parece questão de vida ou morte para mim.

— Acho que você está superestimando sua força — digo rigidamente.

— Eu duvido.

— Você também está subestimando meu peso.

— Nem vem com essa, Eliza. — Ele revira os olhos. — Você tem no máximo um metro e meio.

— Um metro e *sessenta* — resmungo.

Ele ergue as mãos, usando uma delas para se proteger da chuva.

— Olha, você prefere ficar aqui parada brigando na chuva por causa da sua altura, que definitivamente não é de um metro e sessenta, aliás, ou ir pra algum lugar quente e seco?

E é assim que acabo pegando uma carona nas costas de Caz Song, a chuva atingindo nossa pele a cada passo, a água correndo aos pés dele, o céu nublado se agitando com força. Meus braços estão em volta do pescoço dele. Tudo parece mais escuro, mais contrastante: as árvores com um marrom forte, flores rosas que começam a brotar. O condomínio está vazio agora, exceto por nós dois.

Parece que somos as duas últimas pessoas no mundo.

— Eu queria mesmo falar com você, sabe — Caz diz alguns minutos depois, enquanto fazemos uma curva na pista. Ele segura minhas pernas com firmeza, mas posso ouvir o esforço em sua respiração, ver como seus passos começam a vacilar. Faço o meu melhor para me manter parada.

— Sobre o quê? — pergunto.

— A última sexta...

E de repente meu coração está batendo mais alto que a chuva.

— Verdade, precisamos falar sobre a... resposta do público — respondo, em pânico. — Sua empresária já falou alguma coisa? Porque eu estava olhando alguns dos comentários, e ainda tem um número significante de pessoas on-line que não estão convencidas, e sinto que a entrevista seria uma ótima oportunidade...

— Você deve saber que não é com isso que me importo.

Sinto o frio se esgueirar nas minhas veias. Meus dentes batem.

— O quê... com o que você se importa, então?

— Você — ele responde baixinho. — Eu quero você, Eliza.

As palavras pairam no ar cinzento, e fico feliz por ele não conseguir ver meu rosto. *Eu já sou sua*, fico tentada a responder. *Mais do que achei que fosse possível.*

— Eu...

— Mas não como parte de um acordo secreto — ele continua, falando mais rápido, como se precisasse tirar isso do peito e não tivesse certeza de que teria a chance de fazê-lo de novo. — Não como uma performance. Não para uma "aliança estratégica de benefício mútuo e romanticamente orientada para ajudar a alavancar nossas respectivas carreiras"...

— Você... você decorou isso?

— Claro que sim. Apesar de ainda achar que podíamos ter escolhido um nome melhor. — Ele continua, sem perder tempo. — Não quero fingir que nos conhecemos quando você estava procurando apartamento e nos demos bem, quando *na verdade* a primeira vez que nos conhecemos foi quando você estava sentada a duas carteiras de distância de mim na aula de inglês e a professora estava lendo uma das suas redações e eu pensei que nunca tinha conhecido alguém que sabia escrever daquele jeito antes. Não quero ter que ficar sempre em alerta perto de você quando você é a única que me fez sentir que posso ser... honesto. Ser eu mesmo. Que sou importante mesmo quando não há câmeras por perto.

"Não quero precisar de uma desculpa para te beijar e só fazer isso porque estamos no meio de uma crise e metade da nossa escola está ali para assistir. Não quero que nosso relacionamento seja baseado em uma mentira. E sei que isso é pedir demais, porque você tem seus leitores e as expectativas deles e já tem muita coisa em jogo, mas... eu só queria...

— Ele inspira fundo, e mesmo que uma vez tenha dito que nunca implorava por nada para ninguém, sua voz parece dolorosamente com uma súplica quando ele diz: — Quero que isso seja pra valer.

Meu coração para de bater.

Quantas vezes eu sonhei com ele dizendo algo assim? Centenas. Milhares. Mas era só isso — um *sonho*. Estou totalmente, completamente despreparada para esse discurso na vida real.

— Mas... e a redação? — me ouço perguntar. Há água nos meus olhos, na minha língua. Tem gosto de sal. — As pessoas já estão dizendo que era jogada de marketing... acabamos de nos esforçar para convencê-las de que não era. Se nós... se eu sair por aí revelando que *a história toda* era mentira...

— Podemos dar um jeito nisso — ele promete. Por Deus, ele sempre faz as coisas parecerem tão fáceis.

Quem dera fosse assim.

— Eu só... não entendo por que você tá me contando isso — deixo escapar. — Por que agora? Desde quando você sequer...

E ele de fato ri, apesar de não ter piada alguma.

— Bom, você não tornou as coisas exatamente fáceis pra mim.

— Como assim?

— Eliza — diz ele, balançando a cabeça. — Costumo ser muito bom com essas coisas, mas quando se trata de você... Em um segundo você está dizendo coisas que parecem tão sinceras, como se realmente gostasse de mim, e me faz todos aqueles pássaros de papel... E no próximo você diz que só está fazendo isso por causa do estágio, que tudo que sai da sua boca e parece sincero é só um monte de bobagens rebuscadas, e todas as nossas interações são planejadas com três semanas de antecedência. Se você não tivesse me beijado daquele jeito... eu ainda não teria certeza.

Estou olhando para a frente, totalmente convencida de que estou em uma espécie de universo alternativo em que é *Caz Song* quem está inseguro quanto ao que *eu* sinto por ele.

— Além disso — ele continua, com a voz baixa — muitas pessoas podem gostar de mim pela minha... reputação. Mas esse é o lado que mostro a eles de propósito para *fazer* com que gostem de mim. Ninguém nunca me conheceu tão bem quanto você. Eu não tinha certeza... não sabia se essas outras partes de mim poderiam ser desejáveis também.

E meu coração se despedaça.

Mas minha determinação não.

— É claro que elas são — digo, desacreditada de sequer ter que afirmar isso em voz alta. — Caz, você não sabe como tem sido difícil fingir que... que *não* quero você. Mas isso não vai dar certo.

Ele enrijece; sinto os músculos dos seus ombros.

— Por que não?

— Além dos milhares de motivos logísticos, você quer dizer? É que... tá bom. Tá bom, sabe a Zoe? Zoe Sato-Meyer?

— Eu me lembro, sim. — Sua voz é cuidadosamente neutra. — Aquela que deu a pulseira pra você.

— Exatamente. Ela é... ela *era* minha melhor amiga. — A correção faz meu peito doer como se tivesse levado um soco, mas continuo. — Nós nem chegamos a brigar nem nada. Foi só que... nos afastamos. É o que sempre acontece comigo, Caz. Toda maldita vez. E você pode dizer ou pensar que me quer agora, mas... É isso que vai acontecer com a gente também. Tenho certeza disso.

Este é o mais próximo que já cheguei de expressar a verdade: que tenho medo. Que já faz bastante tempo, talvez depois da terceira ou quarta mudança, da quarta ou quinta amizade que perdi ao longo do caminho, que suspeito que há uma falha dentro de mim. Algo que torna fácil para as pessoas me esquecerem no segundo em que me ausento, até perdermos o contato por mais que eu me esforce para mantê-las na minha vida.

Eu disse antes que minha configuração padrão era a solidão, mas talvez eu estivesse errada.

Talvez seja, na verdade, o medo.

— Você não pode continuar fazendo isso, Eliza — diz Caz. Chegamos ao meu prédio e deslizo pelas costas dele antes que ele avance ainda mais. Então fico em pé, instável, encharcada e tremendo e me obrigo a olhar para ele. A mandíbula está tensa, pequenas gotas de água da chuva brilhando em sua pele, os olhos mais escuros do que o céu atrás dele. Isso se parece, de todas as formas, com um término.

— Fazendo o quê?

— Você não pode controlar tudo. Você não pode decidir como as outras pessoas se sentem... como *eu* me sinto...

— Mas eu já sei como isso vai acabar. — Engasgo. — *Eu sei.* E quando acontecer... *sou eu* que vou ficar de coração partido. Não você...

— Isso não é verdade...

— Você pensa assim agora. Mas você não sabe... você não tem como saber... — Minha voz ameaça falhar, me entregar, mas eu me recupero. Respiro fundo. Assumo uma postura profissional, uso ela como uma armadura. — Olha, isso é culpa minha por não ter seguido à risca nosso acordo profissional. Era só isso que deveria ser; é só isso que *pode* ser de verdade. E estou quase acabando meu estágio. Depois que fizermos essa entrevista juntos e arrumarmos toda essa bagunça, podemos inventar um término digno. Nos separarmos pra valer.

Ele pisca.

— Então é só isso? Você não vai nem dar uma chance? Não tem coragem nem de *tentar*?

Eu quero responder. Quero mesmo, mas há um caroço do tamanho de um punho na minha garganta e mal consigo engolir, muito menos falar. Então apenas assinto.

E Caz espera. Ele espera, e eu o decepciono cada vez mais a cada segundo que se passa entre nós, até que ele entenda.

— Tudo bem — ele diz finalmente, recuando na chuva. Sua silhueta já está desfocada, como parte de um sonho. — Se é o que você quer.

— Caramba. O que aconteceu com você?

Emily arregala os olhos quando abre a porta da frente e me encontra parada ali, pingando e tremendo, os cabelos em nós sujos, os pés descalços depois de largar os tênis nojentos na entrada.

— Choveu — digo, e percebo que minha voz soa como se tivesse chorado.

— Sim, *é óbvio*. — Ela me olha boquiaberta por alguns instantes, abrindo e fechando a boca algumas vezes, provavelmente deliberando se seria apropriado fazer uma piada sobre minha aparência triste e desgrenhada, antes de suspirar e correr para a lavanderia.

Ela volta com duas toalhas grossas que têm um leve cheiro de pinho.

— Obrigada — digo em um grunhido, passando pela porta, deixando pegadas molhadas atrás de mim. Mas quando me inclino para limpá-las, acabo espalhando gotas de lama e água por toda a superfície de mármore e escorregando na bagunça que acabei de fazer, o osso do meu quadril esquerdo batendo no piso úmido com um baque doloroso.

É isso, decido enquanto me levanto. Estremeço. *Este é sem dúvida o momento mais miserável de toda a minha vida. É literalmente impossível que as coisas fiquem mais deprimentes do que isso.*

— Acho que vou tomar um banho primeiro.

— Hm — diz Emily.

— O que foi?

— Os chuveiros não estão... funcionando agora — ela me informa. — Acho que algo ficou preso no encanamento principal por causa da chuva. Ma e Ba foram procurar o wuye lá embaixo, mas disseram que é, tipo, um problema no prédio todo. Pode demorar um pouco para consertarem.

E, mais uma vez, o universo conseguiu provar que estou errada.

— Certo — digo, enrolando as duas toalhas em volta das minhas roupas encharcadas. — Legal. Muito legal. Bem, então acho que vou esperar aqui.

— Eu posso esperar aqui com você — oferece Emily.

Começo a dizer a ela que *Não, não tem problema, pode ir brincar*, mas minha garganta se fecha de novo, e talvez eu não queira ficar sozinha agora. Apesar de já me sentir mais solitária do que nunca.

Ficamos as duas em silêncio por um longo tempo, ouvindo a chuva bater suavemente nas janelas, o estrondo distante do trovão, as gotas de água que caem do meu cabelo.

Então, como se ela não pudesse se conter, Emily deixa escapar:

— Você e Caz brigaram?

O som do nome dele se espalha como sal em uma ferida aberta. Engolindo em seco, a única resposta que me vem à mente é:

— Desculpa. — Embora eu não tenha certeza pelo que exatamente estou me desculpando. Por mentir sobre meu relacionamento com ele para todos, até mesmo agora? Por ter escrito aquela redação, antes de mais nada? Por colocá-lo na vida dela, quando ela sabe tão bem quanto eu como é horrível ser afastada de pessoas com quem você se importa, como é raro se mudar para um novo lugar e encontrar alguém que faça você se sentir em casa? Tem *tanta* coisa. Estraguei tudo de tantos jeitos diferentes. Fiz tantas coisas de errado. — Eu sei que você gosta muito dele.

— Eu gosto dele — diz Emily devagar. Então ela olha para mim e estou impressionada com duas coisas: primeiro, com o quanto ela cresceu sem que eu percebesse, a cabeça quase na altura do meu nariz. E segundo, com esse olhar feroz e protetor, como se nossas posições estivessem trocadas e *ela* fosse a irmã mais velha que destruiria o mundo por mim. — Mas se ele fez alguma coisa de ruim pra você, vou parar de gostar na mesma hora. Não vou nem convidar pra minha próxima festa de aniversário.

Deixo escapar uma risada, mas o som está tingido pela tristeza.

— Não, não. Não é isso. Pelo contrário... — *Pelo contrário, fui eu que errei com ele.*

— Bom, de qualquer jeito — Emily continua, se apoiando na parede —, o principal motivo por que gosto dele é pelo jeito como você fica quando estão juntos.

Isso me surpreende.

— Como... como eu fico quando estou perto dele?

— Feliz — ela diz simplesmente.

Capítulo dezenove

Caz não aparece na escola no dia seguinte.
    Ou no próximo. Ou no outro. Ele não lê nenhuma das minhas mensagens perguntando se está bem, ou retorna minhas mensagens de voz perguntando se podemos traçar um plano para a entrevista, e acabo descobrindo através de um site de fofocas que ele pediu duas semanas de folga da escola para terminar de filmar um drama.
    E eu...
    Bom, eu sobrevivo. Escovo os dentes e vou para a aula e faço minhas anotações. Até mesmo escrevo aquele artigo mais longo que prometi à Sarah Diaz — um texto muito mais sério, sobre o lento colapso da indústria de cursinhos na China, para ser impresso na edição de primavera do Craneswift — e envio por e-mail, ignorando uma onda de ansiedade quando ela confirma o recebimento junto com a pergunta: *Está tudo certo para a entrevista?*
    Não sei como dizer a ela que não tenho certeza de que Caz comparecerá. Se sequer vamos nos falar de novo. Que toda vez que me lembro do segundo de mágoa — e então raiva —

nos olhos dele, o som dos passos na chuva, parece que alguém está apertando meu coração com força, como se não tivesse uma forma de nos recuperarmos disso. Mas tem muita coisa em jogo nessa entrevista: minha carreira, a reputação de Caz, a opinião do público sobre nós, todos os esforços que fizemos até agora. Então, em vez disso, escrevo da maneira mais vaga possível que *tudo está indo bem*.

E talvez quando tudo terminar e eu estiver deitada sozinha no meu quarto, olhando para minhas quatro paredes em branco, vou pensar em Caz e uma pressão terrível e ardente vai surgir na minha garganta. Talvez eu o imagine gravando dramas, rindo com Mingri, cantando no karaokê com as colegas de elenco maravilhosas, e enfie as unhas no travesseiro. Talvez sinta saudade dele e o odeie e o amaldiçoe.

Mas fora isso, estou bem. Ótima.

Há um novo e-mail na minha caixa de entrada no sábado seguinte, somente duas linhas:

> *Acabei de ler seu texto. Por favor, me ligue quando tiver um tempo. Sarah*

A princípio, tudo o que posso fazer é olhar para a tela, sem de fato processar nada. Então leio o e-mail de novo, meu coração batendo cada vez mais rápido contra as costelas, o medo subindo pela garganta como bile.

Não surte, me repreendo. *Você não sabe se isso é ruim.*

Mas também não sei se é bom.

Estou tremendo quando vou sozinha para a varanda e digito o número de Sarah Diaz, segurando o celular com força nas duas mãos.

Ela responde no primeiro toque. Como se estivesse esperando.

— Eliza. Como você está?

Sinto que estou prestes a vomitar ou ter um miniataque de pânico por causa do seu e -mail, obrigada. E você, como está?

— Estou bem — consigo dizer.

— Bom, que bom ouvir isso. Peço desculpas por entrar em contato tão de repente, mas eu queria muito falar com você sobre o seu artigo...

— O que você achou? — Soo tão desesperada. Tão *jovem*.

— É... — E ela para de falar. Por ao menos vinte segundos. Ninguém faz uma pausa dessas quando está prestes a falar que seu artigo é a melhor coisa que já leu na vida. É uma pausa do tipo lamento-informar-que-seu-parente-desaparecido-foi-encontrado-morto-na-beira-da-estrada. Do tipo eu-acho-que-acidentalmente-atropelei-seu-cachorro-enquanto-saía-para-o-trabalho.

Minhas mãos começam a suar, a pele ao mesmo tempo quente e fria, depois quente de novo. Começo a andar pela varanda, como se o movimento pudesse me ajudar a redirecionar minha energia nervosa.

— É... diferente. — Sarah diz por fim, com a voz tensa. — É muito diferente dos seus posts no blog.

Não sei o que devo responder, então fico em silêncio, e o tempo todo meu estômago parece ficar mais apertado.

Então ela libera um suspiro audível.

— Vou ser honesta com você. Você sabe que autenticidade e paixão são importantes para nossa marca, e sinto dizer que não senti nada disso em seu texto. Quer dizer, claramente você fez uma excelente pesquisa, mas a escrita estava um pouco monótona, e eu não consegui realmente encontrar uma mensagem nesse artigo, sabe? Como um todo, ele parecia muito... superficial.

— Ah — é tudo o que consigo dizer no começo. Engulo em seco, brigando com a vontade repentina e esmagadora de chorar. — Ah, isso é... é justo. Tudo bem.

— Espero que eu não esteja parecendo dura demais, Eliza — continua Sarah, e o tom de compaixão em sua voz, de pena, até, de alguma forma me faz sentir mil vezes pior. — Porque eu queria ter amado. Eu queria mesmo. E você sabe o quanto *adoro* seu trabalho de forma geral. Quer dizer, aquela primeira redação era tão alegre e autêntica e sincera... que é exatamente o que acho que falta aqui.

Um zumbido enche meus ouvidos, a ironia das palavras dela me atingindo como um tapa na cara. Como uma redação completamente inventada poderia ser *sincera*? Uma redação sobre um tipo de sentimento que eu nunca havia experimentado?

— Como assim? — pergunto.

— Bom, parece que você escreve melhor quando de fato acredita no que está escrevendo.

— Certo. Tá. Tudo... tudo bem.

— Mas não fique triste — acrescenta Sarah —, conversei com minha equipe e todos estamos felizes em dar mais uma chance para você. Para escrever sobre um tópico de sua escolha. Obviamente, se tivermos problemas semelhantes de novo...

O final não dito de sua frase é claro. Se eu não produzir algo que ela ame, não vai haver uma próxima chance. Será o fim da linha. Não terei minha carta de recomendação e minha chance de ser escritora profissional acabará antes mesmo de começar de verdade.

Paro de andar e pressiono a testa no vidro frio da janela da varanda, minha respiração embaçando a superfície. Se apertar os olhos, consigo ver as árvores nuas e tortas plantadas lá embaixo, as crianças correndo pelo parquinho, o casal andando sem pressa em volta do lago parado, o sol ameno da tarde tingindo suas silhuetas de um cinza-azulado suave.

Todos eles parecem estar a centenas de quilômetros de distância.

— Não se preocupe — me ouço dizer. — Vou entregar outra coisa. Algo melhor. Prometo.

— Bom, fico feliz em saber disso, Eliza. — Ela parece aliviada. — Espero sinceramente que você o faça. Ah, e só para checar de novo, ainda está tudo certo para a entrevista?

Mais uma vez, meus pensamentos vão parar em Caz, e minha garganta se contrai. Houve um tempo em que eu poderia avisar gentilmente que era possível-provável que ele não aparecesse, mas essa já não é uma opção viável. No momento, meu estágio no Craneswift depende da minha redação pessoal e do meu relacionamento com Caz; não posso estragar mais isso também.

— Sim — digo com uma falsa alegria. — Está, sim. É claro.

Assim que desligo, pego o computador no quarto e leio o artigo que enviei para ela. Estou no quarto parágrafo quando percebo, com uma pontada, que Sarah Diaz estava certa. *Parece* superficial. Apesar de ser um artigo de opinião, a coisa toda parece uma daquelas notícias terríveis geradas por inteligência artificial. Sem paixão. Sem ritmo. Sem *graça*.

Porque se for para ser cem por cento honesta comigo mesma... eu não me importo com esse tópico. Nunca me importei. Só pensei que seria o tipo de coisa que deixaria as pessoas impressionadas.

Até o aperto no meu peito agora não tem nada a ver com o próprio artigo, mas com a ideia de decepcionar Sarah e os outros do Craneswift e a perspectiva aterrorizante de falhar de novo.

É por isso que não posso deixar isso acontecer.

Eu me afasto da janela. Respiro fundo e com calma para esvaziar a mente. Prometi a Sarah um artigo melhor, e vou entregar. Tenho que entregar. Tudo que preciso fazer é descobrir qual foi o ingrediente específico que fez Sarah se apaixonar pela minha redação completamente fictícia e replicá-lo, e todo o resto vai dar certo. Fácil.

Eu consigo.

Eu não consigo.

É meia-noite, de acordo com o despertador ao lado da cama, e passei as últimas seis horas olhando para um novo documento em branco do Word. Tenho certeza de que meu cérebro começou a se desintegrar por volta da segunda hora.

— Socorro — murmuro, esfregando minhas têmporas para afastar uma enxaqueca que ameaça despontar.

Você escreve melhor quando realmente acredita no que está escrevendo, Sarah insistiu. Mas no que eu realmente acredito?

Em nada.

Em tudo.

Estou pensando seriamente se bater a cabeça contra a parede pode ajudar a forçar algumas palavras a saírem quando ouço o clique suave da porta da frente e o rangido dela se abrindo. O chacoalhar das chaves. Então o familiar *tec-tec-tec* dos saltos no chão de madeira.

Ma está em casa.

Grata por uma desculpa para deixar de lado por alguns instantes a Tela em Branco da Vergonha, vou na ponta dos pés até a sala para cumprimentá-la.

Ela está com os trajes habituais de trabalho: um blazer perfeitamente passado; uma blusa de seda lisa; e alguns acessórios de prata minimalistas. Juntando isso e a postura impecável que ela mantém até quando está chutando os sapatos Loubotin para longe, Ma parece pronta para conquistar o mundo.

Mas conforme me aproximo, o cheiro agridoce de álcool e a fumaça fraca de cigarro vêm na minha direção. Faço uma careta e mudo de direção no último segundo, indo para a cozinha.

Os pacotes de ervas medicinais foram todos rotulados e divididos em recipientes arrumados e coloridos: *Para dor de cabeça. Para cólicas menstruais. Para calores internos em excesso.* Ainda assim, é mais devido à memória muscular do que pelas exemplares habilidades de categorização da Ma que localizo rapidamente a caixa de que preciso: *Para ressaca.*

Esvazio um dos pacotes em um copo de água quente e mexo o pó marrom até que ele se dissolva, tentando não engasgar com o cheiro.

Por razões que ainda não consigo entender totalmente (apesar de ter *alguma coisa* a ver com "renqing", ou conexões pessoais), a cultura empresarial aqui envolve muitos jantares regados a álcool até tarde da noite, tornando quase impossível obter uma grande promoção se você não bebe. Por exemplo: a maioria dos grandes contratos de Ma foram assinados e brindados com taças de baijiu ou vinho tinto.

O problema é que Ma, na verdade, odeia beber, mas suspeito que ela beberia fogo líquido se pensasse que ajudaria a fechar negócio.

— Ai-Ai? O que está fazendo acordada tão tarde?

Eu me viro ao ouvir o farfalhar suave dos chinelos e entrego a xícara com o remédio para Ma.

— Me certificando de que você não vai acordar de ressaca amanhã, é claro. — Eu me apoio no balcão. — Sabe, tenho quase certeza de que nossos papéis estão invertidos nesta situação.

Ela revira os olhos, mas o sorriso que me dá é carinhoso.

— Hao haizi. Você é muito atenciosa.

— Tá bom, tá — digo. Elogios sempre me fazem sentir estranha. — Beba enquanto ainda está quente.

Ela engole tudo em dois grandes goles e em seguida faz uma expressão de nojo tão exagerada que não consigo não rir.

— Acho que é verdade o que dizem — ela diz, balançando a cabeça, um olhar contemplativo. — Às vezes as coisas que são boas pra você… têm um gosto muito amargo.

— Uau, superprofundo isso, mãe. — Abafo uma risada. — Fale pro Ba colocar na próxima coletânea de poesias dele.

— Talvez eu fale — ela responde seriamente, e então nós duas começamos a rir. Mas em algum momento meu riso fica mais fraco e começo a pensar em todas as coisas que não deveria estar pensando, como Caz e minha fracassada carreira de escritora e as mentiras que continuo guardando dentro de mim como parasitas, e minha expressão se fecha. Então, começo a chorar como nunca chorei antes. Como se não fosse parar nunca mais.

— Ai-Ai? — Ma soa confusa, o que é compreensível, considerando que minhas emoções deram uma guinada de cento e oitenta graus em questão de segundos. — O que houve?

— N-n-nada. — É aquele tipo feio de choro com palpitações e soluços e ofegadas, o ranho escorrendo pelo rosto. — E-eu... estou bem. Está tudo bem.

— É por causa daquele garoto, Caz? — Ma pergunta, colocando um braço ao meu redor, e eu sinto o aroma azedo do vinho misturado com o perfume de jasmim.

Concordo e balanço a cabeça ao mesmo tempo, mais soluços fortes sacudindo meu corpo.

— Não é só... é que... — Eu não sei como explicar.

Porque *sim*, é por causa de Caz, é claro que é, o garoto que me carregou embaixo de chuva e nunca mais apareceu. Mas meu coração não está partido só por causa de Caz.

Há Zoe também.

E apesar de sentir uma saudade intensa dos dois, com todo meu coração, de maneiras diferentes, sentir saudade de Zoe é quase pior. Porque não existem milhares de livros, poemas e filmes por aí para descrever exatamente o que estou sentindo, ou músicas com letras bonitas para que eu possa chorar e cantar junto no carro. Não há um guia que ensine a sobreviver a esse tipo de problema, nenhum remédio recomendado para acalmar esse tipo específico de dor. As separações românticas são retratadas constantemente, todo mundo fala delas, mas rompimentos platônicos são deixados de lado, para serem sofridos em segredo, como se de alguma forma fossem menos importantes.

— Você está tentando me dizer que seu relacionamento com Caz é falso? — Ma pergunta suavemente.

Atordoada, fico em silêncio. Até meus soluços param por alguns segundos.

— Como... como você sabia?

— Você é minha filha — é tudo o que ela diz, como se fosse explicação o suficiente. Talvez seja.

— Desculpa. — Esfrego meus olhos, ainda fungando. — Você está brava comigo?

— Suponho que deveria estar — diz ela lentamente, colocando meu cabelo atrás da orelha. Então, ela pega um lenço de papel do balcão da cozinha e seca meu rosto, de uma forma tão natural e maternal que quase começo a chorar de novo. — Mas não, não estou.

Ficamos assim em silêncio por um tempo, o braço quente em volta dos meus ombros, pedaços de lenço molhado presos na minha bochecha. E é bom. É sereno. Ainda sinto que o apocalipse está acontecendo, mas fico grata por ter um abrigo aqui.

— Eu só... eu não sei o que fazer — digo, com a voz rouca. — Não sei o que estou fazendo.

— Tudo bem — diz ela.

— Não. Não, não está. Ninguém gosta de mim e eu *sempre estrago tudo* e... — Paro de falar antes que minha voz falhe.

Ma me analisa por alguns instantes, então ela vai para o sofá e me senta ao lado dela, seus maneirismos de repente graves, sérios.

— Você sabia que — ela começa, cruzando as pernas —, na primeira vez que anunciei que nos mudaríamos para o outro lado do mundo, pra um país que você nem sabia falar a língua, eu esperava que você fizesse birra. Quebrasse alguma coisa ou pelo menos batesse a porta. Você era só uma criança, no fim das contas; seria compreensível. Mas sabe o que você fez?

Sinto que essa é uma pergunta retórica, mas balanço a cabeça de todo modo.

— Você só concordou, completamente calma, e me perguntou se podia levar seu moletom. No começo, pensei que talvez você fosse nova demais para entender a... a *magnitude* de uma mudança como aquela, mas então percebi que você entendeu muito bem, e que se importava muito. Mais do que qualquer um de nós. Você só não queria causar problemas pra mim e para o seu pai.

"Você guarda tudo o que sente aqui dentro, Ai-Ai — ela diz, apontando para o próprio coração. — Para o bem e para o mal. Mas nem todo mundo vai conseguir adivinhar o que você está pensando como eu. Ninguém vai saber como você se sente se você não contar. E até que você o faça, não tem como saber o que vai acontecer."

Não vou dormir depois disso. *Não consigo.* As palavras de Ma ainda ecoam no meu cérebro, cada vez mais alto até que me pego procurando meu celular. Abrindo a minha última conversa com Zoe.

Meus dedos pairam no teclado. Minha pulsação acelera.

Essa coisa toda de ir-atrás-das-pessoas-que-são-importantes-para-você parece tão contraintuitiva e masoquista quanto enfiar a mão no fogo.

Mas é da *Zoe* que estou falando. A garota que passou por todas as aulas da srta. Betty e provas de biologia junto comigo; que uma vez me emprestou o casaco para cobrir uma mancha vergonhosa de comida apesar do frio que fazia; que sempre comemorava alto cada pequena coisa que eu fazia, como fazer a bola de vôlei passar por cima da rede na aula de educação física. A garota que me deu uma festa de despedida surpresa no fim da nona série antes que eu fosse embora de L.A. e ouvia pacientemente meus desabafos inúteis e entendia meu humor seco e meus medos irracionais quando ninguém mais entendia

Se tem alguém para quem posso dizer como realmente me sinto, esse alguém é ela.

Então, abraço meus joelhos, inspiro fundo e digito:

oi! só queria dizer que sinto muito sua falta e...

E o que? Para onde vou a partir daí? Além disso, quem começa uma mensagem-do-fundo-do-coração com um *oi* e um ponto de exclamação? Ela vai pensar que sou um robô de atendimento. Vai pensar que meu celular foi hackeado, ou que perdi a capacidade de enviar mensagens como uma adolescente normal.

Não.

Excluo a mensagem inteira e começo a escrever um e-mail.

Ei, sou eu.

Sei que estamos meio distantes ultimamente, então acho que só queria dar um oi. Te atualizar um pouco da minha vida.

Ultimamente tenho ouvido a playlist que fizemos juntas na oitava série, e me fez pensar em todos aqueles passeios de carro até sua casa, quando tocávamos nossa música tão alto que seu pai fingia estar bravo com a gente, apesar de sempre estar sorrindo. E também daquele dia em que o Carrot te deu um fora (e já que estou sendo totalmente honesta aqui, eu nunca gostei dele — ele sempre usava sapatos cheios de lama dentro da sua casa e definitivamente NÃO se parece com um Keanu Reeves mais jovem), quando fizemos aquela viagem da escola para a praia e você estava jogando pedras nas ondas como se o mar tivesse te ofendido pessoalmente enquanto eu recitava todos os clichês pós-término que conhecia, e a água tinha o mesmo tom acinzentado do céu, e tudo era ao mesmo tempo horrível e maravilhoso porque depois comemos um pacote de batatas fritas de sal e vinagre juntas e colocamos umas vinte músicas deprimentes na nossa playlist. Então eu disse algo que fez você rir pela primeira vez naquele dia e logo nós duas estávamos rindo a troco de nada até que nossos estômagos doessem. Nós fazíamos muito isso, na verdade. Às vezes eu sentia que poderíamos transformar qualquer coisa em uma piada interna.

Acho que o ponto desse meu textão nostálgico é que sinto saudade de você. Obviamente. E sei que é difícil criarmos novas memórias como criamos essas antigas quando não estamos nem no mesmo país, e que tantas amizades acabam quando uma das pessoas muda de escola/cidade/emprego etc. Mas...

Achei que seria melhor falar tudo isso, em vez de escrever mais monólogos dramáticos e tristes na minha cabeça. E achei que também poderia haver uma (pequena) chance de você estar ouvindo as músicas em nossa antiga playlist também. Ou pelo menos pensando nisso.

Além disso, mesmo que essa seja a última mensagem que eu envie para você, prefiro que nossa amizade termine bem. Apesar de, claro, esperar que não tenhamos que terminar nada.

Basta me enviar uma mensagem se quiser conversar. Ou me ligar. Qualquer coisa. Você sabe como me encontrar.

* * *

A esperança é uma coisa tão terrível.

É como um mau hábito do qual você não pode se livrar, um cachorro perdido que continua aparecendo do lado de fora da sua porta à procura de restos, mesmo quando você não tem mais nada a dar. Toda vez que você pensa que finalmente se livrou dela, ela começa a se esgueirar de volta. Assumir o controle. Se agarrar em você.

E apesar de *saber* disso muito bem, ainda não consigo deixar de sentir uma faísca de esperança, nítida e brilhante, quando meu celular toca na manhã seguinte.

Uma chamada em vídeo de Zoe.

Atendo tão rápido que quase derrubo o celular, mas consigo colocá-lo na mesinha de cabeceira e me posicionar em frente à câmera quando o rosto de Zoe preenche a tela. E é só...

Esperança.

Há tanta esperança em mim.

— Oi — digo.

Ela sorri. É um sorriso envergonhado, mas sincero.

— Oi.

De repente, lembro daquele dia na oitava série, a primeira vez que realmente nos falamos. Eu era nova ali, mas os professores de inglês já me amavam, e Zoe era a aluna mais brilhante em todas as matérias há muito tempo, então muitas pessoas achavam que nos odiaríamos. Mas aí, depois que li um dos meus textos em voz alta em uma apresentação, ela se aproximou de mim. Estava com o mesmo sorriso de agora, enquanto eu estava desconfiada, esperançosa e ansiosa, até que ela abriu a boca e disse:

— Meu Deus, você escreve tão bem.

E foi assim que nos tornamos melhores amigas.

É engraçado, pensando bem. Como a escrita sempre foi o que me conectou às pessoas.

— Eu li sua mensagem — diz Zoe agora. — Obrigada. Sério. E... desculpe. Eu sei que as coisas andam meio estranhas...

— Não precisa pedir desculpa...

— Não. Não, preciso, sim. — Ela dá um suspiro alto e longo. — Tem sido tão agitado por aqui com as inscrições para a faculdade e... bom, você lembra o quanto era um ambiente competitivo. Pessoas prontas para se matar por uma boa nota. Agora imagina isso, mas ainda pior. E então essa garota nova, Divya... não sei se você conhece....

— Eu me lembro — digo a ela.

— É, então, ela está se candidatando para a mesma faculdade *e* o mesmo curso que eu e... quer dizer, ainda é uma competição do caramba, mas é bom ter alguém no mesmo barco, sabe?

Eu concordo, deixando-a falar.

— Enquanto isso, você está saindo com uma *celebridade* e fazendo um monte de coisas legais e eu não queria somar meu estresse com o seu, então... então, é isso. — Ela termina, com o mesmo sorriso duro e estranho.

— Uau.

— Eu sei que é...

— *Uau*, Zoe. — Balanço a cabeça e rio. — Você tá zoando comigo? Uma vez você me deixou reclamar por uma hora sobre os minixampus que distribuem em hotéis, mas não queria me incomodar com seu estresse muito válido sobre seu futuro, literalmente?

Sua expressão fica mais relaxada. Muda para o sorriso que conheço tão bem e de que senti tanta falta.

— Bom, olhando por este ângulo...
— Estou certa. Você sabe que estou certa.
— *Acho* que sim...
E talvez a esperança não seja tão terrível, afinal. Porque passamos a próxima hora conversando e nos atualizando, e mesmo que não seja *exatamente* como costumava ser — há mais pausas e aqueles pequenos sinais de constrangimento —, acho que não a perdi.

Se ao menos pudesse ser assim com Caz também, uma voz sussurra baixinho dentro da minha cabeça. *Se ao menos eu pudesse consertar tudo*. Mas logo afasto essa ideia. Zoe é minha melhor amiga há anos. Caz Song, por outro lado, é considerado um dos três maiores galãs da China; a diferença entre nós é irreconciliável.

Antes que eu me perca nesse pensamento, começamos a falar do Craneswift e da minha escrita.

— Está sendo horrível — desabafo com ela. — Enviei meu artigo final para Sarah ela achou que era a pior coisa do mundo.

— *Duvido* que ela tenha dito isso.

— Deu a entender.

— Ah, para com isso — ela diz, quando para de rir. — Você é talentosa, eu sei que é. Ela disse qual era o problema ou...

— Era... impessoal demais, aparentemente. Não parecia tão genuíno quanto meus posts no blog.

— Então mude — Zoe diz, como se a resposta fosse óbvia.

— Mas não posso ser a pessoa que só escreve textos pessoais, emotivos e totalmente sinceros sobre amor e alegria — protesto. — Não posso. Essa não sou eu. Queria escrever uma coisa séria.

— Mas por que não pode?

— É só que... Eu acho... — procuro a palavra certa — acho constrangedor.

Zoe dá de ombros.

— A maioria das coisas sinceras parece pelo menos um pouco constrangedora. Faz parte dos nossos mecanismos de defesa. É a forma que nosso coração tem de nos proteger de possíveis mágoas.

Antes que eu possa rebater esse argumento, ouço a mãe dela chamá-la de outro cômodo.

— Merda. Esqueci de tirar a roupa do varal — ela murmura, levantando-se para sair. Então faz uma pausa. — Te ligo mais tarde, tá? Prometo.

— Tá bom. Tchau. Tô com saudade — digo depressa, e percebo que ela pode estar certa em relação às coisas serem embaraçosas.

Ela ri, levanta a mão para acenar para mim, e é só então que vejo a pulseira azul desgastada ao redor do pulso. A pulseira idêntica à minha. Ela aguardou esse tempo todo.

— Também tô com saudade.

Capítulo vinte

A entrevista está programada para as quatro da tarde na segunda-feira da semana seguinte.

Às duas horas, engulo meu orgulho e escrevo, depois reescrevo, uma mensagem para Caz, meus dedos tremendo enquanto digito a hora e o local e a pergunta: *Você vai?* Às duas e meia, a confirmação de leitura aparece abaixo da mensagem, mas não há resposta.

Às três e meia, apareço sozinha na biblioteca, meu estômago se revirando.

A entrevistadora, Rachel Kim, queria que nos encontrássemos aqui. Algo sobre o lugar dar um "vislumbre" da minha vida diária de estudante, o que é bem engraçado, considerando que nunca pisei na biblioteca durante todo o tempo que estou aqui. Mas obviamente não disse isso para ela. Quer dizer, não é como se esta entrevista fosse mostrar a realidade de qualquer forma.

Quando entro pelas portas de vidro da biblioteca, a equipe de filmagem já está se preparando. Há equipamentos em todos os lugares, câmeras profissionais e microfones e telas apoiadas nas estantes de livros infantis, longas hastes de metal encostadas nas paredes de tons pastel. Uma cadeira e dois sofás retrôs posicionados no centro da sala. Colocaram até uma bandeja com docinhos e água, tudo ainda intocado.

Estou tremendo de verdade enquanto vou até os sofás. Sento e cruzo as pernas. Descruzo. Brinco com um fio solto nas almofadas.

Resisto à vontade repentina de vomitar.

É só ansiedade, digo a mim mesma. Ansiedade e o fato de Caz não estar aqui comigo.

A meia hora seguinte passa em um ritmo terrivelmente lento. Minha boca sempre fica seca quando estou estressada, então fico me levantando e bebendo um copo de água atrás do outro e correndo para o banheiro e voltando, o tempo todo tentando parecer confortável com essa situação toda. A equipe de filmagem deve pensar que estou com intoxicação alimentar.

Estou no oitavo copo de água quando as portas da frente se abrem.

Uma mulher jovem e bonita, com um corte de cabelo curtinho e os cílios postiços mais longos que já vi na vida entra na sala, o olhar parando em mim no mesmo instante.

— Você deve ser a Eliza! — Ela se empolga, estendendo a mão com unhas bem-feitas, combinando com a cor de pêssego do vestido. — Eu sou a Rachel.

— Isso. Oi. — Me levanto rapidamente, rezando para que ela não note as manchas de suor no sofá, e dou um aperto de mão firme.

— É *tão* bom conhecer você pessoalmente — diz ela, com um sorriso de comercial de pasta de dente. O hálito tem cheiro de hortelã. — Por Deus, faz tanto tempo que quero fazer essa entrevista.

— Sim. — Tento demonstrar tanto entusiasmo quanto ela e falho miseravelmente. — Quer dizer, eu também.

Nós duas sentamos. Ou *eu* me sento — ela para no meio do caminho e vira a cabeça para a esquerda e para a direita, como se eu estivesse escondendo algo atrás de mim.

— Desculpa — ela diz após um tempo. — É só que... o Caz não vem?

Meu coração se revira ao ouvir o nome. Minha garganta queima.

Mas quando estou prestes a inventar uma desculpa sobre Caz ter sido chamado de última hora para refazer uma cena, as portas da biblioteca se abrem de novo e ele entra como se nunca houvesse dúvida de que viria.

Uma onda de alívio vertiginosa e esmagadora — misturada com descrença — me domina.

— Desculpa, estou atrasado — ele diz para Rachel, apertando a mão dela. — Você sabe como é o trânsito de Pequim.

— Então olha para mim pela primeira vez desde aquele dia na chuva e sorri.

E sinto meu coração cair no chão. Se partir em pedacinhos com a queda.

Porque o sorriso que ele me dá é formal, o mesmo que usa com estranhos, fãs e entrevistadores como Rachel, os cantos da boca se curvando um pouco, nenhuma de suas covinhas aparecendo.

Não deveria doer tanto. Eu deveria estar feliz por ele ainda honrar nosso acordo depois de tudo o que aconteceu entre nós. No entanto, enquanto me forço a sorrir de volta para ele e observo enquanto se senta ao meu lado, tão perto que os ombros quase roçam nos meus, não posso deixar de sentir que há um machado enfiado no meu peito, cortando mais fundo a cada segundo que passa.

— É *tão* bom ver vocês dois juntos — Rachel diz, empolgada, enquanto se senta à nossa frente, as mãos apoiadas elegantemente sobre a saia. — Tenho certeza de que já ouviram isso, tipo, um milhão de vezes, mas vocês são um casal *muito fofo*.

Sorria e concorde, exijo de mim mesma, sufocando a vontade de olhar para Caz, de avaliar sua reação ao ouvir as palavras dela. *Tudo isso vai acabar em breve.*

Mas a entrevista parece durar para sempre. Depois de uma introdução longa e bastante elogiosa, cobrindo desde minha ascendência até as escolas em que estudei e como minha redação viralizou, Rachel se volta para a carreira de Caz, seu sorriso Colgate aumentando.

— Você já estrelou obras bem populares, não é? — ela diz após listar todas. — De dramas universitários a dramas de época e xianxia.

— Sim, suponho que sim. — Ao contrário de mim, Caz obviamente não tem problemas para dar entrevistas; suas respostas saem fáceis e confiantes, resultado de anos de prática e experiência sob os holofotes. Mas há uma tensão incomum em seu corpo que, embora eu duvide que seja perceptível para os espectadores, preenche o espaço entre nós de forma significativa.

Talvez, ouso pensar, *isso esteja acabando com ele da mesma forma que está acabando comigo, sentar assim tão perto, agir como se tudo estivesse bem, como se estivéssemos namorando e* apaixonados, *quando faz mais de uma semana que nem nos falamos...*

— E o que você acha do trabalho dele, Eliza? — Rachel pergunta. — Você costuma assistir aos dramas dele?

Eu pisco, despreparada.

— Hã. — Limpo a garganta. — Assisto, claro que assisto. Com frequência. Ele está sempre ótimo. — Não preciso mentir nessa parte, ele *é* ótimo no que faz e, a essa altura, já assisti tudo em que ele atuou, inclusive sua primeira ponta como guarda do príncipe em um drama imperial.

Até ali ele estava lindo.

— E você? — Rachel se vira para Caz, parando para tomar um gole de água *incrivelmente* pequeno e elegante, depois outro, como se estivesse decidida a esticar esta entrevista pelo maior tempo possível. — Você se considera fã da escrita de Eliza?

— Sim — Caz diz baixinho, e desta vez não consigo não olhar para o rosto dele. Embora seus olhos estejam escuros e firmes, olhando para a frente, há uma combinação sutil e complexa de emoções logo abaixo da máscara de indiferença, algo que faz com que suas próximas palavras pareçam uma confissão. — Eu sempre fui fã dela.

—Ah, que fofo — Rachel responde suavemente, e acrescenta alguma coisa sobre meus posts no blog do Craneswift, mas eu sequer ouço o que ela diz.

Estou me lembrando do que Caz disse no outro dia:

Na verdade, a primeira vez que nos conhecemos foi quando você estava sentada a duas carteiras de distância de mim na aula de inglês e a professora estava lendo uma das suas redações...

E então, como se eu acidentalmente abrisse a caixa de Pandora, tudo o que ele disse depois disso volta à minha mente.

Quero que isso seja pra valer.

A biblioteca parece girar, o calor artificial aumentando ao meu redor, as luzes da câmera me cegando, registrando cada pequena mudança e lampejo de emoção no meu rosto. O espaço entre nós de alguma forma parece menor e maior do que nunca.

— ... tudo bem, Eliza? Quer um copo de água?

Quando volto a mim, Rachel, Caz e a equipe estão todos me encarando, variações de confusão e preocupação estampados em suas expressões. Bem, principalmente confusão. É Caz quem parece mais preocupado — embora apenas por um segundo fugaz, antes que sua mandíbula se aperte e suas feições se suavizem de novo. Eu não aguento. Eu não aguento, mas preciso aguentar. Preciso ir até o fim.

— Desculpa — digo, desviando minha atenção dele. — Só, hm, viajei por alguns segundos. Está tudo bem.

— Ah, bom, estamos mesmo conversando faz bastante tempo, não é? — Rachel diz enquanto checa o relógio um pouco surpresa. — Não se preocupem, vamos acabar em breve.

Eu mal consigo soltar um suspiro de alívio antes que ela abra a bolsa e pegue um roteiro fino e laminado.

— O quê...? — tento.

— É só uma coisa divertida que pensamos em fazer — Rachel explica animada, jogando o roteiro para mim.

Estudo o roteiro, e meu coração parece pular algumas batidas. São os diálogos de uma cena famosa que Caz gravou para o último drama de época, em que interpretou um rei fantasma desesperadamente apaixonado por uma princesa banida ao longo de dez vidas. E não é uma cena famosa qualquer — é *a* cena de declaração de amor, bem depois do rei fantasma transferir os próprios poderes para a princesa e salvá-la. Já vi prints e pessoas citando essa cena em todas as mídias sociais.

— Basicamente, ia ser demais se o Caz refizesse esta cena icônica com você — diz Rachel com uma piscadela.

Ou talvez algo tenha ficado preso em seus cílios postiços. — E eu sei que você não é atriz, Eliza, mas suas falas são supercurtas. Além disso — ela acrescenta, sorrindo —, como ele é seu namorado, não é como se você precisasse de atuação para parecer real.

Eu sou uma atriz melhor do que você imagina, penso, com a boca seca.

Uma recusa começa a tomar forma dentro de mim, mas eu a reprimo, sem saber como explicar sem levantar suspeitas. Além disso, Caz não parece ter problema algum em refazer uma de suas cenas mais dramáticas e românticas aqui comigo. Ele apenas lê roteiro por cima do meu ombro, repete as falas algumas vezes, assente e diz:

— Tá. Podemos fazer.

E ainda que eu note que ele engole em seco logo depois, os dedos flexionando nas almofadas do sofá, isso não é nada comparado ao pânico em meu estômago. Sinceramente, não tenho certeza de quanto tempo posso manter minha compostura e esconder minha mágoa antes de desmoronar.

— Quando vocês quiserem — fala Rachel, acenando para as câmeras se aproximarem de nós.

Caz levanta do sofá e se ajoelha prontamente diante de mim, bem no chão da biblioteca, já entrando no personagem com a facilidade com que alguém troca de roupa. Há uma nova rigidez em sua expressão, um brilho intenso no olhar preto. Pegando minha mão, ele pergunta, a voz baixa e muito mais grossa do que o normal:

— Como você está se sentindo?

Minha mente fica em branco por alguns instantes, sem registrar nada além do toque firme e suave dos dedos de Caz, até que percebo que é a minha vez de falar.

— Melhor. Eu... hm... Não, espera... — Ruborizando, eu olho para o roteiro de novo. — Eu que deveria perguntar isso, seu bobo. Como você pôde...

— Não foi nada — diz, totalmente imerso na cena. Ele coloca a mão na minha bochecha, ajeita um fio solto de cabelo atrás da minha orelha e eu tento controlar a respiração, escondendo o quanto sua proximidade dói. *Estamos apenas seguindo o roteiro*, me lembro, de novo e de novo. *É só isso.*

— Não diga que não foi nada — continuo, puxando da memória. — Seus poderes...

— Posso sobreviver sem meus poderes, mas não posso sobreviver sem você. — Lentamente, ele diz: — Esperei dez vidas por você, te perdi dez vezes, lutei para ir ao submundo recuperar sua alma. Você é minha luz, Vossa Alteza; o único lar que já tive. Eu prefiro morrer a deixar você escapar pelos meus dedos de novo.

Após essas últimas palavras, a biblioteca fica em silêncio total; até a equipe parece encantada por sua performance.

E apesar de saber — *eu sei* — que é tudo mentira, o emaranhado quente de emoções na minha garganta não é. Olhamos um no olho do outro, eu sentada, ele ainda de joelhos, a tensão entre nós se solidificando cada vez mais, e algo parece mudar na expressão dele também.

Então, os aplausos altos e abruptos de Rachel quebram o silêncio.

— Ah, foi *maravilhoso* — diz, animada, apoiando as mãos no peito. — Ainda melhor do que eu poderia esperar. Vou incluir em todas as chamadas. — Então, ela continua falando por algum tempo sobre como a entrevista foi boa, o quanto ama minhas postagens no blog, como está animada para ver minha carreira com o Craneswift decolar, e penso:

É isso. É exatamente isso que eu queria — ou o que pensava que queria. A promessa de uma boa carreira. A oportunidade de impressionar a entrevistadora e quem for assistir em casa. A segurança de manter Caz Song distante, de manter nossa relação puramente profissional.

Então, por que me estou tão infeliz?

Quando Rachel por fim me libera e começa a guardar o equipamento da entrevista, saio da biblioteca imediatamente, indo atrás de Caz. Sem nenhum instinto de autopreservação. Em vez disso, há apenas a horrível esperança florescendo dentro de mim, uma ideia antiga e tola ressurgindo: *talvez haja uma forma de consertar a situação*. De dizer como me sinto, assim como fiz com Zoe. Alguma forma de mantê-lo na minha vida, mesmo que seja só como amigos. Agora que vivenciei a alternativa — sem ligações dele, sem sorrisos verdadeiros, nada, como se eu não *existisse* na vida dele —, percebo que a dor é inevitável. Mas algumas dores são piores que outras.

Caz para no meio do corredor vazio, e quase trombo nele.

Por um momento, ele se limita a me olhar, indecifrável.

— O que você está fazendo? — pergunta, sua voz mais fria agora que estamos sozinhos, distante. Morro um pouco por dentro, mas sei que também não posso culpá-lo. Fui *eu* que coloquei essa distância entre nós.

— Eu... Eu... — Mordo a língua, a ironia de tudo isso me atingindo. Como supostamente sou boa com palavras, a não ser nessas situações. Quando se trata *dele*. — Eu só queria dizer... só queria te contar que...

Ele inclina a cabeça um pouco, algo mudando por trás do olhar. Como se ele se importasse com o que tenho a dizer, apesar de não querer.

— Sim?

— Desculpa — desembucho. — Eu não quis... naquele dia, quando você disse... eu menti...

— Você mentiu — ele repete. — Sobre o quê, especificamente?

— Eu...

Ele muda de posição para que eu fique de costas para a parede mais próxima e se aproxima. A voz continua suave, até gentil, mas cada palavra me atinge como um soco.

— Sobre como eu deveria confiar em você? Como eu poderia ser eu mesmo com você? Ou talvez sobre como você aparentemente sabe melhor do que eu como me sinto, mesmo depois de ter me declarado pra você? Qual dessas opções, Eliza?

Sinto meu corpo queimar. Está dando tudo errado.

Mas ele ainda não acabou. Se aproxima ainda mais, exatamente como no dia em que estávamos no terraço, e a parte de trás da minha cabeça encosta na parede.

— Essas palavras são suas, não minhas — diz. — Você me diz para ficar à vontade com você, mas assim que o faço, você... se afasta. Foge. Sabe como isso faz eu me sentir? Compartilhei minhas dores, meus medos, minhas inseguranças, meu coração... coisas que nunca contei pra ninguém, e você *foi embora*.

— Eu entendo isso agora — balbucio, meus olhos cheios de lágrimas. — Sei que não foi justo, mas... você veio hoje. — Há tanta esperança na minha voz que é vergonhoso. *Você veio por mim, não?*

Ainda assim, a esperança dentro de mim desaparece quando vejo a expressão dele.

— Eu vim porque fizemos um acordo, e porque entendo o quanto isso é importante pra você e pra sua carreira.

Mas, Eliza... — Ele balança a cabeça, com uma risada que mais parece um suspiro. Se afasta de mim, e o espaço entre nós, o espaço que me esforcei tanto para criar, parece frio, amaldiçoado. — Sejam elas verdadeiras ou não... suas palavras têm consequências. Você não pode só retirar o que diz.

Levo muito tempo para me recuperar, para recolher os cacos do meu coração partido. Quando o faço, Caz já foi embora.

Capítulo vinte e um

A entrevista vai ao ar na semana seguinte, quando estou na aula de matemática.

A sra. Sui faltou hoje. Ficamos sem professor substituto e fomos instruídos a usar essa aula para estudar. Por isso, todos ao meu redor já estão checando as redes sociais, uma aba aberta com as perguntas de álgebra só para fingir. Então, há uma pequena agitação quando a entrevista vai ao ar: risadinhas baixas e abafadas, cadeiras rangendo quando amigos se viram para assistir, olhos curiosos indo das telas para mim.

E a cadeira vazia ao meu lado.

Uma dor já familiar me domina. Caz faltou aula a semana inteira. Ocupado com mais gravações.

Apesar de que, quando Savannah coloca o computador na mesa do professor, para que a sala inteira possa ver, e começa a passar a cena dramática que Caz e eu encenamos, penso que talvez seja melhor assim.

— Ai, meu Deus. *Olha só* vocês dois — Nadia diz, sorrindo para mim enquanto os outros dão risadinhas.

Eu não quero olhar, pelo mesmo motivo que não se deve coçar uma ferida aberta, mas o volume do vídeo está alto demais para que eu possa ignorar, minha própria voz gravada vindo na minha direção:

"Eu que deveria perguntar isso, seu bobo..."

Resistindo à vontade de me encolher, olho para a tela.

Quem editou nossa entrevista se deu ao trabalho de colocar meu vídeo com Caz ao lado do trecho original do drama que ele estrelou para comparação. E conforme o vídeo continua, a câmera se aproximando do rosto de Caz enquanto ele faz a famosa confissão, não posso deixar de notar uma diferença entre as duas versões. Quer dizer, *obviamente* há uma diferença: a atriz original está bem mais bonita e confortável em frente às câmeras do que jamais estarei; e com as flores de pessegueiro em segundo plano, emoldurando os dois, e o figurino longo e tradicional cheio de sangue, a cena se assemelha a algo saído de uma tragédia épica.

Mas também há algo de diferente no olhar de Caz.

Porque quando Caz diz à atriz que esperou por ela, que sentiu sua falta, que se recusava a perdê-la de novo, sua atuação é impecável, totalmente convincente. Mas é só isso — *atuação*. Quando murmura as mesmas falas para mim, no entanto, a intensidade crua e penetrante de seu olhar é inegavelmente real.

O que foi que Daiki disse quando nos provocou no aniversário de Caz?

Dá para ver no olhar de vocês...

Agarro a borda da mesa, a respiração assustada e intensa na garganta. Caz me contou, é claro. Tanto no dia em que nos beijamos quanto no dia da chuva e de novo depois da entrevista. Mas acho que, até esse instante — com a evidência passando diante dos meus olhos, a câmera me forçando a ver a mim mesma e a ele por suas lentes objetivas —, nunca acreditei que era o que ele sentia *de verdade*. Que Caz Song poderia realmente sentir algo por mim. Que não há um defeito dentro de mim que iria inevitavelmente afastá-lo.

E agora o único pensamento na minha cabeça é:

Merda.

Merda. Eu estraguei tudo. Calculei mal. Esse tempo todo, quis me proteger para não me machucar... e acabei machucando Caz. Mais do que poderia imaginar. Preciso falar com ele, consertar as coisas. Pedir mais uma chance.

Começo a me levantar, mas, na frente da sala de aula, Savannah recua primeiro.

— Ai, meu Deus — ela sussurra, olhando para algo no computador. Então, se vira com olhos arregalados para mim, e a confusão faz meu estômago se revirar, se fundindo com o pavor.

— Hum, Eliza... eu acho que você deveria... Eu não...

A entrevista terminou, e uma notificação surge na tela. Há um novo artigo sobre Caz disponível, postado alguns minutos atrás. Olho mais de perto, o coração acelerando, e as palavras surgem em fragmentos, me atingindo como cacos de vidro:

Jovem ator Caz Song... enquanto filmava o tão esperado drama xianxia... acidente no estúdio... lesões desconhecidas... Hospital Lijia... esperando por notícias...

Eu congelo.

Congelo como se estivesse morta.

O quê? Quero gritar, mas as palavras nunca saem da minha boca. *É alguma brincadeira,* mas essas palavras também não saem. Quero vomitar. Meu coração está definhando, eu juro, encolhendo, encolhendo até sumir, e não consigo fazer nada além de ficar parada ali. Inspirando e expirando até conseguir soltar minha voz da garganta.

Ainda assim, ela sai como um sussurro rouco.

— Eu não... Eu não entendo.

— Tem alguma coisa a ver com um cabo que quebrou — Savannah diz, lendo rápido, e a temperatura na sala de aula parece cair trinta graus. Tudo está congelado à minha volta.

— Ou com o equipamento que estavam usando. Algum tipo de mau funcionamento...

E estou oficialmente em pânico. Hiperventilando. Minha mente vira um grande vazio.

Penso em Caz e na cicatriz pálida em seu antebraço e naqueles malditos cabos desgastados que deveriam ter sido substituídos meses atrás. Já aconteceu com ele uma vez. Sempre poderia acontecer de novo.

— Vou ligar pra ele — resmungo, porque uma parte pequena, esperançosa e tola de mim ainda está rezando para que tudo seja um mal-entendido. Talvez ele nem estivesse gravando hoje. Talvez ele tenha terminado a cena mais cedo e saído antes do acidente.

Talvez.

Por favor.

A classe inteira permanece em silêncio enquanto vasculho meus contatos, encontrando o número de Caz na primeira tentativa. É tão familiar que já está quase memorizado. Em seguida, clico no botão de chamada e o coloco no alto-falante. O telefone toca...

E toca.

A cada novo toque não atendido, meu coração parece pular na garganta, no mesmo ritmo. Eu me sinto enjoada.

Com vontade de desmaiar. Se fechar os olhos, posso imaginar a voz de Caz ao celular agora, suave e baixa e um pouco confusa sobre o motivo de estar ligando para ele em primeiro lugar e, por um breve momento em que o toque para, eu juro que é ele.

Mas só o que ouço é a caixa de mensagens.

Guardo o celular e olho para cima; me forço a ignorar a pena estampada nos olhos de Savannah, a preocupação escancarada no rosto de Nadia.

— Se algum professor perguntar, diga que tive que ir embora.

— Espera. Aonde você vai?

É uma pergunta tão absurda que quase explodo em uma risada histérica. Aonde mais eu iria? Onde, se não atrás ele? Não importa que ele tenha basicamente me rejeitado e que isso possa terminar muito mal. Eu só preciso *vê-lo*, estar lá ao lado dele, confirmar com meus próprios olhos que ele está bem. Não importa o quanto isso possa doer.

— Para o hospital — grito por cima do ombro, já me virando para sair, digitando o número de Li Shushu no celular com os dedos tremendo.

Então corro...

Mas dessa vez não estou fugindo.

A viagem até o Hospital Lijia leva uma eternidade, cada minuto se arrastando como uma faca na minha pele.

Mas, de alguma forma, antes que eu possa enlouquecer ou que meu coração exploda, a placa do Hospital Lijia aparece. Parece nova, a tinta azul brilhando.

Não espero Li Shushu estacionar o carro direito antes de sair correndo, gritando por cima do ombro para que não me espere, porque se Caz estiver bem, podemos conversar e descobrir uma forma de ficarmos juntos, e se ele não estiver, bom...

Eu sufoco o pensamento até a morte e corro mais rápido.

O ar ganha um cheiro diferente no segundo em que entro correndo no hospital. Como antissépticos e produtos de limão encobrindo algo desagradável e o sabor nítido e metálico de aço inoxidável ou talvez apenas sangue seco. Como desespero e doença.

E agora vem a parte complicada...

Não faço ideia de qual é o quarto de Caz.

Se for até a recepcionista e pedir o número do quarto de Caz Song, é capaz de me ignorarem pensando que sou só uma fã, ou talvez uma stalker. Podem até me expulsar.

O que significa que tenho que descobrir sozinha onde ele está. Não é impossível, o hospital tem só quatro andares. É o que dizem as placas ao lado da escada principal. E já que o primeiro andar é basicamente para fins administrativos e o segundo é a maternidade, posso começar pelo terceiro andar, procurar a partir daí...

Assim que o plano toma forma na minha cabeça, disparo, subindo as escadas dois degraus de cada vez.

O terceiro andar se abre para uma vasta sala de paredes brancas com assentos desconfortáveis de plástico alinhados. A fraca luz da tarde entra pelas janelas. Há mais médicos e pacientes aqui em cima: uma criança chorosa ainda presa ao soro, com um casaco militar grande demais em seus ombros magros; uma mãe cansada revirando a bolsa em busca de recibos e documentos médicos.

Olho para cada rosto que passa, cada baia separada por cortinas nas duas extremidades do ambiente. Não sei exatamente o que estou procurando. Talvez pelo próprio Caz, são e salvo, ou por um colega de elenco, ou...

Alguém.

Qualquer pessoa.

Qualquer pequeno sinal de que ele está bem.

Meu coração martela contra as costelas enquanto avanço cada vez mais, procurando sem encontrar nada. Minha pele formiga, uma nova onda de pânico surgindo.

Então vejo uma figura familiar esperando do lado de fora de uma das salas fechadas — queixo largo, cabelo aparado e ombros ainda mais largos, metade do corpo ainda coberto por placas de uma armadura falsa.

Mingri.

O alívio inunda meu peito, mas desaparece assim que vejo o olhar dele.

Os lábios formam uma linha dura e fina, os olhos desfocados e vermelhos. Enquanto olho, ele enxuga o rosto grosseiramente com a mão. Ele está... chorando?

Não.

Meus passos vacilam, e de repente quero dar meia volta. Ir embora daqui. Voltar a não saber a verdade. Mas ele já me viu.

— Eliza? — Mingri esfrega os olhos uma última vez e se endireita, caminhando lentamente, a exaustão estampada em todo seu corpo. Exaustão ou... luto. Sua voz é silenciosa. — O que você está fazendo aqui?

— Eu... — Há algo preso na minha garganta, algo doloroso. Tento ignorar. — Cadê o Caz?

As feições dele vacilam e eu sei — mesmo antes que ele diga as palavras —, eu sei. Preparo cada célula do meu corpo, mas ainda não é o suficiente para encarar o que ele diz a seguir, em mandarim:

— Ta bu zai.

Faço uma tradução rápida na minha cabeça — *ele não está aqui* — e tudo para. Meus ouvidos começam a apitar. Apitar como um telefone tocando, antes que a estática se transforme em silêncio. Acho que desabo no chão, porque quando me dou conta, meus joelhos estão doendo após baterem no azulejo cinza, o frio do chão penetrando minha pele, meus ossos, afundando seus dentes afiados por toda parte. Mingri avança com as mãos estendidas, começa a dizer outra coisa, mas não consigo ouvi-lo. Não consigo nem pensar.

Não está aqui. Não está mais aqui.

Está morto.

É como se houvesse um parafuso sendo retorcido no meu peito. Essa é a sensação, e não quero senti-la, mas desde quando isso foi o suficiente para que algo parasse? Acabou. Tudo. E eu nem ao menos tive a chance de dizer a ele como realmente me sentia, nunca consegui pedir desculpas de verdade. Eu inspiro e expiro e o mundo ainda está em movimento, deve estar, mas tudo está congelado dentro de mim. Eu sempre tive medo de que Caz Song fosse partir meu coração, mas isso...

Esse é o tipo de dor da qual é impossível se recuperar.

Capítulo vinte e dois

Duas mãos tocam meus ombros. Gentis.
    Não sei a quem pertencem. Não me importo. Minha visão fica embaçada, as luzes do hospital dançando à minha frente como a via láctea, e não é até eu ouvir a voz dele, sentir sua sombra me encobrindo, que congelo.
    — O que aconteceu? O que você disse pra ela?
    A voz *dele*. Não a de Mingri, é...
    Minha respiração falha. Meu coração volta a bater mil vezes por minuto, e me viro tão rápido que minhas costas doem, porque não é verdade, *não é verdade não pode ser verdade não pode ser mas é.*
    É verdade.
    Caz Song está de pé no meio do corredor do hospital olhando para mim, longos cílios fazendo sombra em suas bochechas, olhos escuros cheios de preocupação. Ele está vivo. Ele está vivo e bem aqui e nunca pareceu tão bonito e, apesar de não suportar a ideia de tirar os olhos dele, volto a olhar para Mingri para confirmar que não estou alucinando.

E Mingri está virado na direção de Caz, o que significa que não devo estar vendo coisas.

Ele está mesmo aqui.

— Eliza? — Caz diz, e sua voz é tão doce que esqueço de mim mesma, esqueço de tudo, levanto do chão com mais força do que imaginava ter e me jogo nele, envolvendo-o com os braços, a cabeça apoiada em seu peito. Ele balança um pouco com o impacto, pego de surpresa, mas consegue recuperar o equilíbrio.

E eu o abraço. Me apoio nele.

Inspiro o cheiro de verão de seu xampu e sinto a firmeza dos ombros, os lugares duros em que seus músculos se conectam, a inclinação do pescoço, e tudo é tão bom que eu poderia chorar.

Então Mingri limpa a garganta.

Nós nos afastamos, mas o momento parece pairar em algum lugar entre as pontas dos meus dedos, o calor que emana do corpo dele aquecendo o meu.

— Desculpa. Eu não fazia ideia... — Mingri diz, as mãos meio erguidas em uma defesa confusa. — Não pensei que...

— O que você disse pra ela? — Caz repete, os olhos ainda em mim. Toda a ternura se foi. Na verdade, nunca o vi tão irritado antes. Irritado com *Mingri*.

— Eu... — Mingri coloca a mão na parte de trás do pescoço, esfregando a pele corada. — Eu só disse que você não estava mais aqui. Que tinha ido. *Pra pegar água*, foi o que quis dizer, mas agora entendo que ela *pode* ter confundido *aqui* com, ah, o plano físico dos vivos, em vez de este lugar específico... E talvez eu não devesse ter usado mandarim...

Caz o encara por um longo momento, desacreditado. Então, dá um soco no ombro de Mingri. Não é um soco particularmente agressivo — não é do tipo que se dá quando se quer derrubar alguém ou começar uma briga —, mas, a julgar pelo barulho que faz e a careta de Mingri, não foi exatamente gentil.

— Como você pôde dizer isso? — Caz exige.

— Eu pensei que ela já soubesse que você estava bem! Além disso, quer dizer, eu não tive exatamente a chance de esclarecer antes que ela...

— Você podia ter escolhido melhor suas palavras — Caz o interrompe.

— Bem, não é como se eu tivesse mentido — Mingri murmura.

A essa altura, meu desespero se transformou em vergonha e confusão. Passo as mãos pela bochecha o mais casualmente possível, como se não tivesse acabado de ter uma crise nervosa. Então olho para um e para o outro antes de falar com Mingri.

— Mas você... — digo, relembrando. — Você parecia tão fora de si, e estava esfregando os olhos...

— Sim, porque estava *bocejando*. E essa cara é o resultado de filmar a mesma cena quarenta vezes em uma tenda superquente sem fazer pausas. — Ele lança um olhar não--tão-sutil de irritação para Caz. Aponta um polegar acusador para ele. — Graças a esse cara, estamos todos trabalhando duro há semanas. Quer dizer, ele costumava ser todo dedicado e tal, mas nos últimos dias...

— Mingri. — Caz limpa a garganta.

Mingri o ignora.

— Ele tem sido extra intenso nos últimos dias. Não para nem pra almoçar. Até o *diretor* estava pedindo pra ele se acalmar um pouco. Enfim, pensamos que tinha algo a ver com você...

— *Mingri*.

— Mas ele estava nos assustando pra caralho, então nós não...

— Acho que já chega — Caz diz alto, e Mingri ergue as mãos em rendição.

— Tá bom, tá bom, vou dar um pouco de espaço pra vocês. — Então um pequeno sorriso bobo surge em seu rosto. — Era pra eu encontrar o Kaige lá fora de qualquer modo, então...

— Sim, vai lá, se divirta — Caz diz, ríspido.

Mas Mingri permanece por mais alguns instantes e pisca para mim.

— É bom ver você de novo, Eliza. De verdade. Pelo bem de todo o elenco e equipe, por favor, cuide bem dele. — Ele desvia de outro soco de Caz. — E, hm, desculpa de novo pelo negócio da morte.

— Tudo bem — digo depressa, porque quero muito falar com Caz a sós. Mingri parece entender o recado; ele acena para nós dois e vai embora.

Enquanto os passos se afastam pelo corredor, me viro para Caz.

— Você está machucado ou...

— Só um corte superficial no braço — diz, dobrando a manga para me mostrar. Há um curativo que se estende do cotovelo ao pulso, correndo quase paralelo à sua velha cicatriz. — Não tinha nem por que vir até o hospital só pra isso, mas estavam com medo de que infeccionasse ou algo assim. — Ele dá de ombros e ajusta a manga de novo antes que eu possa ver mais de perto. — Está tudo bem.

— E nós estamos... — Engulo em seco. Me obrigo a terminar a frase. Ele já me rejeitou antes. O pior que poderia acontecer é ele me rejeitar de novo, e então eu o perderia e passaria o resto da minha vida lidando com um coração partido. Mas e se eu não contar como me sinto, quando sinto? Esse é outro tipo de desgosto: mais fatal, mais terrível. — Está tudo bem entre *a gente*? Você ainda... você ainda tá bravo?

Há surpresa em sua expressão. Então, ele enfia as mãos nos bolsos, se inclina para trás e olha para mim com tanta intensidade que por um momento esqueço como respirar.

— O que você acha?

— Eu... — Sou forçada a parar quando duas enfermeiras aparecem no corredor carregando tubos escuros de sangue. Elas sorriem e acenam para nós quando passam. Sorrimos de volta. Todo mundo é muito educado, e eu quero arrancar meus cabelos. Meu coração parece lutar para se libertar do peito.

Assim que elas estão longe, tento de novo.

— Eu estava pensando...

Outro grupo de enfermeiras passa por nós conversando, aparentemente em uma competição para ver quem anda mais devagar. Repetimos todo o processo excruciante mais uma vez. Sorrio até meus dentes começarem a ranger, até sentir uma dor física na mandíbula pelo esforço para não gritar.

— Quer saber? — Decido, incapaz de suportar mais tempo. — Vem comigo.

Todos os quartos do hospital estão ocupados, assim como as áreas de espera e o saguão do térreo, então acabamos entrando em um armário de limpeza no canto oposto do segundo andar.

— Tão familiar — Caz observa enquanto o empurro com delicadeza contra um armário de desinfetantes e fecho a porta atrás de nós. O espaço é ainda menor que o armário do zelador da nossa escola; mais alguns centímetros e estaríamos nos tocando. Estamos tão perto, na verdade, que posso sentir a mudança sutil em sua respiração quando ele olha para mim. — Então. O que você estava dizendo antes?

Durante todo esse tempo, me orgulhei da minha capacidade de mentir, de inventar histórias, de fingir que não me importo com nada. Mas mentir é fácil. É fácil inventar histórias até conseguir o que quer. Não exige nenhum apego emocional; não traz riscos. Não tem como te machucar, porque você nunca acreditou de verdade naquilo.

Mas dizer a verdade — dizer *exatamente* o que você pensa, o que sente, para as pessoas com quem você mais se importa... Isso é uma das coisas mais difíceis do mundo. Porque você precisa confiar nas pessoas. Confiar que não vão te machucar, mesmo que tenham o poder de fazer isso.

Respiro fundo. Abro a boca.

Minha única fonte de conforto é pensar que já fiz isso com Zoe e não morri. Talvez, só talvez, possa fazer de novo.

— Antes de vir pra cá — começo, procurando pelas palavras certas —, estava assistindo àquela entrevista que demos. Com a cena da declaração. Quer dizer, tá... isso foi, tipo, o que desencadeou tudo, mas acho que venho pensando nisso há muito tempo... Mas eu não *sabia,* entende?

Caz franze as sobrancelhas um pouco e percebo que não estou fazendo sentido nenhum. Meu Deus, sou péssima nisso.

Fico vermelha, mas tento de novo.

— O que quero dizer é... Bom, primeiro, se vou levar minha escrita a sério, não quero que minha carreira seja construída em torno de uma mentira. É provável que a verdade venha à tona um dia, e acho... acho que estava tentando adiar o inevitável, porque sou uma covarde e tem muitas pessoas que eu não queria decepcionar. Mas ao insistir nessa mentira, eu estava decepcionando essas pessoas de qualquer maneira.

"Em segundo lugar, percebi, e acredite em mim, pensar que você estava morto deixou isso bem claro, que não quero que nosso relacionamento seja construído em torno de uma mentira também. Eu quero estar com você — digo, e minha voz suaviza por conta própria, como se as palavras fossem sagradas demais para serem faladas em voz alta nesta sala escura, cheia de alvejantes, espanadores e desejo tangível. Dou um passo para a frente, ergo o olhar. A distância dolorosa entre nós diminui para apenas alguns centímetros. — Pra valer dessa vez."

Os segundos que se seguem são alguns dos mais aterrorizantes da minha vida. Talvez eu sempre tenha medo. Talvez o medo de me machucar e de ficar sozinha nunca vá embora. Mas mesmo que essa seja minha configuração padrão, posso lutar contra ela. Há tantas coisas incríveis do outro lado do medo.

Como o amor.

Como isso.

Caz me encara por muito tempo, seu olhar perguntando e respondendo tudo. Então ele passa a ponta dos dedos devagar pela minha mandíbula, como se não estivesse totalmente convencido de que existo de verdade.

— De verdade?

— De verdade. — Inspiro. Parece impossível que meia hora atrás eu sentisse que fosse morrer, e agora estou aqui, mais viva do que jamais achei que pudesse me sentir. — Ei, seu rosto não está machucado ou coisa assim, certo?

Ele congela, confuso.

— Não, por quê...

— Que bom — digo, sorrindo, e pressiono meus lábios nos dele.

Capítulo vinte e três

E agora vem o verdadeiro gerenciamento de crise.

Após chegar em casa, escrevo um e-mail rápido para Sarah dizendo que tenho um plano para meu segundo texto. Vai ser diferente da minha redação pessoal, explico, e bem mais longa, mas estou pronta para abrir meu coração.

E tudo isso é verdade.

Uma ideia vem se formando na minha mente desde que entrei no armário de limpeza com Caz, e é arriscada e assustadora, mas estou aprendendo que as coisas mais valiosas são assim.

Por volta da meia-noite, Sarah me responde.

Estou ansiosa para ler.

Com essa confirmação, começo a trabalhar na mesma hora. Abro um novo documento do Word e intitulo "DESSA_VEZ_É_REAL.docx". Então, começo do começo. O começo *de verdade,* incluindo...

A tarefa de inglês que eu não queria fazer. A reunião de pais e professores. Encontrar Caz no corredor. Cada detalhe constrangedor, eletrizante e vergonhoso.

É uma confissão, um pedido de desculpas e uma história de amor, tudo em uma coisa só, e quanto mais escrevo, mais percebo que estava errada antes. Escrever não é uma forma de mentir — não a boa escrita, ao menos, aquela que faz você sentir alguma coisa.

Escrever é uma forma de dizer a verdade. Para o bem ou para o mal.

Também percebo que talvez, *só talvez*, eu tenha sido sincera em algumas coisas que escrevi na redação original. Talvez haja uma parte pequena e fraca de mim que quer ser desejada, que quer andar de mãos dadas com um garoto bonito sob o luar, que quer sentir que tem alguém ao lado, que quer caminhar pelas ruelas de Pequim com outra sombra surgindo naturalmente ao lado da minha.

Não, fraca não é a palavra certa. É isso que preciso enfiar na minha cabeça. A esperança não é uma fraqueza. É oxigênio, uma rachadura na janela, a luz pálida do luar em um quarto empoeirado.

Talvez eu deva aprender a deixá-la entrar.

Entre minhas sessões de escrita, pinto as paredes do quarto de azul.

Emily e Ba vêm me ajudar. Tocamos música alta pelo computador e usamos velhas capas de chuva que estavam encaixotadas, cobrindo o chão com jornais do mês passado enquanto pintamos e pintamos e pintamos. Emily ama essa tarefa mais do que ninguém. Seu pincel voa por toda parte sobre a parede branca, espalhando gotas coloridas em suas bochechas rosadas e pés descalços, até seus dedos parecerem os de um alienígena. Sabemos que Ma vai repreendê-la por se sujar quando a vir, mas Ba apenas ri. Há manchas de tinta em seu cabelo também. Nas dobras de sua pele quando ele sorri.

Eu sorrio de volta para ele, grata por tudo.

Terminamos de pintar menos de uma hora antes do almoço e paramos para admirar nosso trabalho. Escolhi um tom de azul vivo e alegre, tão azul quanto o céu de primavera do outro lado da janela. Tão azul quanto lobélias frescas. E quando o sol bate no quarto no ângulo certo, iluminando tudo por dentro, as paredes parecem quase turquesa, o mesmo tom da parte mais rasa do oceano ou de uma piscina infinita.

Quero acordar todos os dias e, ao olhar para meu quarto, me sentir como me sinto agora: feliz. Esperançosa.

Depois que a tinta seca, penduro o cordão de luzes que comprei na Taobao e arrumo cuidadosamente uma série de fotos na parede ao lado da cama.

Nas primeiras fotos, estou ao lado de Zoe. Nós duas estamos rindo tanto que nossos rostos parecem quase distorcidos, as mãos segurando as costelas.

Há mais fotos: do lago congelado no inverno; minha família reunida no restaurante de frutos do mar, segurando palitinhos; os prédios da escola Westbridge ao pôr do sol, o céu ficando rosa sobre o pátio. Caz e eu naquele dia no parque Chaoyang, meus lábios tocando sua bochecha, seus olhos arregalados com leve surpresa.

Olho para as fotos na parede e me deito nas cobertas macias, e esta sensação estranha e terna no meu peito parece muito com a de se sentir em casa.

* * *

Estou sentada no terraço de novo, mas, dessa vez, não estou sozinha.

— Ei — Caz diz, sentando no balanço ao meu lado, uma pasta na mão. Está sorrindo, e não sei dizer se aconteceu alguma coisa incrível ou se ele só está feliz por estar aqui. Quer dizer, com certeza é por isso que *eu* estou sorrindo como uma idiota. É estranho como tudo parece novo e familiar ao mesmo tempo, o futuro se estendendo à nossa frente como uma estrada aberta e reluzente. *Novo* porque não tenho mais medo de me abrir com ele, e talvez, eventualmente, com outras pessoas também; já fiz planos de ir às compras na Indigo com Savannah e de almoçar no dia seguinte com todos os amigos de Caz.

E *familiar* porque é ele.

— O que é isso? — pergunto, apontando para a pasta que ele segura.

— Uma inscrição para a faculdade.

— Pensei que já tivesse ajudado você a fazer todas — digo, confusa.

— Essa é diferente. — Ele bate dois dedos na pasta, um hábito quando está nervoso e que poucas pessoas parecem notar, então me entrega para ler. — Essa aqui... é para a Academia de Cinema de Pequim.

Levo alguns instantes para processar o nome. Então, arregalo os olhos.

— Caz. Espera, quer dizer...

— Tenho pensado muito no que você disse — ele explica enquanto abro a pasta, folheando com cuidado as páginas lá dentro. Estão todas preenchidas em sua caligrafia confusa. O calor aquece meu peito. Sei melhor do que ninguém como é difícil compartilhar sua escrita com outras pessoas, como isso deixa você vulnerável. — E eu ainda quero ir para a faculdade — continua. — Tenho certeza disso, mas acho... Não seria ruim estudar algo de que eu gosto de verdade, não? Um monte de atores famosos se formaram lá também.

— Ai, meu Deus. *Caz.* Isso é incrível.

Ele dá de ombros e passa a mão no pescoço como se não fosse nada de mais, mas evidentemente está tentando não sorrir.

— Mas talvez precise da sua ajuda. Você não precisa escrever nada... Só ler, me dizer o que acha, se não for incomodar...

— Claro que vou ajudar — digo. Eu quase começo a justificar mencionando uma cláusula do nosso acordo ou inventando que adoro editar os textos de candidatura dos outros. Então me lembro de que não precisamos mais fingir, nós dois podemos ser nós mesmos, e é um alívio e um prazer intenso ao mesmo tempo, a melhor sensação do mundo. — Caz, quero muito ser incomodada por você. Não me importaria em ser incomodada por você pelo resto da minha vida.

— Obrigado. — Ele parece quase tímido. — Sério, eu fico te devendo...

Ergo a mão antes que ele possa continuar falando.

— Tá, pare de ser tão educado. Está me assustando.

Ele ri, zombeteiro.

— Quê, você prefere que eu não agradeça mais por nada?

— Viu? — Aponto um dedo para ele; Caz finge afastá-lo. — Essa atitude aí? Muito melhor.

— Você é tão estranha às vezes — diz, e de alguma forma soa mais carinhoso do que *eu te amo*. Ele empurra o balanço para trás, e meu estômago afunda agradavelmente com o movimento. — Mas enfim, e você? Como está o texto?

— Já passei da metade. Mas, tipo, não faço ideia do que as pessoas vão achar.

E é isso. É sempre assim: pode não correr bem. Pode ser *terrível*. Posso acordar um dia tendo entregado meu coração ao mundo, revelado todas aquelas partes vulneráveis e embaraçosas de mim, soletrado meus pensamentos mais íntimos, só para descobrir que ninguém gosta deles. Ou pior, que ninguém nem se importa.

É o mesmo com Caz. Ainda é completamente possível que o que temos não dure até o fim ano, ou até o fim da estação. Talvez nos formemos e acabemos em lados opostos do mundo, nos afastando pouco a pouco. Talvez ele mude irrevogavelmente, abandonando a parte dele que um dia me quis e descartando-a como um velho casaco de inverno. Ou quem sabe serei eu a fazer isso.

Mas estou descobrindo que certas alegrias valem a possibilidade de me machucar.

— Você está feliz? — pergunto para Caz, inclinando a cabeça para olhar para ele direito, para estudar a curva familiar de sua mandíbula, as covinhas profundas em suas bochechas quando ele sorri e me puxa para mais perto. A cidade se ergue atrás dele, e se alguém me mandasse escrever outra redação sobre *estar em casa*, sei exatamente o que escreveria.

— Estou — ele diz, suave. — E você?

Respiro o doce perfume das magnólias dos jardins, sinto o ar primaveril na minha pele, o toque do casaco dele no meu pescoço. Sua presença ao meu lado, quente. Sincera. Meu coração ameaça transbordar.

— Estou incrivelmente feliz agora — digo a ele.

E cada palavra é verdadeira.

Agradecimentos

Apesar do título deste livro, a jornada para publicá-lo foi absolutamente surreal no melhor dos sentidos, e não seria possível sem nenhuma das seguintes pessoas:

Agradeço a Kathleen Rushall, minha brilhante agente. É impossível falar sobre você sem me empolgar. Não sou capaz de expressar o quanto sou grata por seu apoio, sua paciência, sua fé em mim e seus conselhos. Você realmente mudou minha vida e, todos os dias, fico maravilhada com minha sorte. Obrigada também à maravilhosa equipe da Andrea Brown Literary Agency.

Agradeço a Maya Marlette, por seu entusiasmo sem fim, trabalho duro e e-mails deliciosos e por acreditar neste livro desde o início. Um enorme agradecimento a todos da família Scholastic, incluindo os incríveis Mallory Kass e Jalen Garcia-Hall. Agradeço aos imensamente talentosos Caroline Noll, Elizabeth Whiting, Alan Smagler, Dan Moser, Jarad Waxman e Jody Stigliano, além de Rachel Feld, Erin Berger, Brooke Shearouse, Shannon Pender e Jordana Kulak por apoiarem meu trabalho. Agradeço também à minha equipe de áudio, liderada por Lori Benton e John Pels, por ajudar a dar vida ao meu livro. Agradeço à minha incrível produtora editorial, Janell Harris, minha incrível editora, Priscilla Eakeley, minhas revisoras, Jody Corbett, Jackie Hornberger e Jessica White, e a mais adorável equipe de bibliotecas/convenções, Emily Heddleson, Lizette Serrano e Sabrina Montenigro. Muito obrigada a David Levithan, Ellie Berger e Leslie Garych. E um muito obrigada a Maeve Norton, Elizabeth Parisi e Kanith Thailamthong, pelo talento e paixão que dedicaram à minha capa.

Muito, muito obrigada à fantástica Taryn Fagerness, da Taryn Fagerness Agency. Seu apoio realmente é muito importante.

Obrigada a todos que trabalharam para construir e vender esse livro, tanto nos EUA quanto no exterior.

Obrigada a Fi e Phoebe, por me tranquilizarem quando estou estressada, o que acontece grande parte do tempo, e por me inspirarem constantemente a ser melhor.

Obrigada à minha irmãzinha, Alyssa, por ler todas as versão deste livro e me incentivar. Não gosto de admitir isso com frequência, mas você é a melhor leitora e irmã que eu poderia ter, e a casa fica sempre mais alegre quando você está por perto.

Obrigada, mais uma vez e eternamente, aos meus pais, que me deram tudo o que sempre precisei e muito mais. Espero deixá-los orgulhosos.

**CONFIRA NOSSOS LANÇAMENTOS,
DICAS DE LEITURAS E NOVIDADES
NAS NOSSAS REDES:**

- editoraAlt
- editoraalt
- editoraalt
- editoraalt

Este livro, composto na fonte Fairfield,
foi impresso em papel Ivory Slim 65g/m² na gráfica Coan.
Tubarão, Brasil, setembro de 2024.